MINGUO TONGSU XIAOSHUO
DIANCANG WENKU

民国通俗小说典藏文库·张恨水卷

银汉双星·一路福星

张恨水◎著

中国文史出版社

小说大家张恨水（代序）

张赣生

　　民国通俗小说家中最享盛名者就是张恨水。在抗日战争前后的二十多年间，他的名字真是家喻户晓、妇孺皆知，即使不识字、没读过他的作品的人，也大都知道有位张恨水，就像从来不看戏的人也知道有位梅兰芳一样。

　　张恨水（1895—1967），本名心远，安徽潜山人。他的祖、父两辈均为清代武官。其父光绪年间供职江西，张恨水便是诞生于江西广信。他七岁入塾读书，十一岁时随父由南昌赴新城，在船上发现了一本《残唐演义》，感到很有趣，由此开始读小说，同时又对《千家诗》十分喜爱，读得"莫名其妙的有味"。十三岁时在江西新淦，恰逢塾师赴省城考拔贡，临行给学生们出了十个论文题，张氏后来回忆起这件事时说："我用小铜炉焚好一炉香，就做起斗方小名士来。这个毒是《聊斋》和《红楼梦》给我的。《野叟曝言》也给了我一些影响。那时，我桌上就有一本残本《聊斋》，是套色木版精印的，批注很多。我在这批注上懂了许多典故，又懂了许多形容笔法。例如形容一个很健美的女子，我知道'荷粉露垂，杏花烟润'是绝好的笔法。我那书桌上，除了这部残本《聊斋》外，还有《唐诗别裁》《袁王纲鉴》《东莱博议》。上两部是我自选的，下两部是父亲要我看的。这几部书，看起来很简单，现在我仔细一想，简直就代表了我所取的文学路径。"

　　宣统年间，张恨水转入学堂，接受新式教育，并从上海出版的

1

报纸上获得了一些新知识，开阔了眼界。随后又转入甲种农业学校，除了学习英文、数、理、化之外，他在假期又读了许多林琴南译的小说，懂得了不少描写手法，特别是西方小说的那种心理描写。民国元年，张氏的父亲患急症去世，家庭经济状况随之陷入困境，转年他在亲友资助下考入陈其美主持的蒙藏垦殖学校，到苏州就读。民国二年，讨袁失败，垦殖学校解散，张恨水又返回原籍。当时一般乡间人功利心重，对这样一个无所成就的青年很看不起，甚至当面嘲讽，这对他的自尊心是很大的刺激。因之，张氏在二十岁时又离家外出投奔亲友，先到南昌，不久又到汉口投奔一位搞文明戏的族兄，并开始为一个本家办的小报义务写些小稿，就在此时他取了"恨水"为笔名。过了几个月，经他的族兄介绍加入文明进化团。初始不会演戏，帮着写写说明书之类，后随剧团到各处巡回演出，日久自通，居然也能演小生，还演过《卖油郎独占花魁》的主角。剧团的工作不足以维持生活，脱离剧团后又经几度坎坷，经朋友介绍去芜湖担任《皖江报》总编辑。那年他二十四岁，正是雄心勃勃的年纪，一面自撰长篇《南国相思谱》在《皖江报》连载，一面又为上海的《民国日报》撰中篇章回小说《小说迷魂游地府记》，后为姚民哀收入《小说之霸王》。

1919年，五四运动吸引了张恨水。他按捺不住"野马尘埃的心"，终于辞去《皖江报》的职务，变卖了行李，又借了十元钱，动身赴京。初到北京，帮一位驻京记者处理新闻稿，赚些钱维持生活，后又到《益世报》当助理编辑。待到1923年，局面渐渐打开，除担任"世界通讯社"总编辑外，还为上海的《申报》和《新闻报》写北京通讯。1924年，张氏应成舍我之邀加入《世界晚报》，并撰写长篇连载小说《春明外史》。这部小说博得了读者的欢迎，张氏也由此成名。1926年，张氏又发表了他的另一部更重要的作品《金粉世家》，从而进一步扩大了他的影响。但真正把张氏声望推至高峰的是《啼笑因缘》。1929年，上海的新闻记者团到北京访问，经钱芥尘介绍，张恨水得与严独鹤相识，严即约张撰写长篇小说。

后来张氏回忆这件事的过程时说："友人钱芥尘先生，介绍我认识《新闻报》的严独鹤先生，他并在独鹤先生面前极力推许我的小说。那时，《上海画报》（三日刊）曾转载了我的《天上人间》，独鹤先生若对我有认识，也就是这篇小说而已。他倒是没有什么考虑，就约我写一篇，而且愿意带一部分稿子走。……在那几年间，上海洋场章回小说走着两条路子，一条是肉感的，一条是武侠而神怪的。《啼笑因缘》完全和这两种不同。又除了新文艺外，那些长篇运用的对话并不是纯粹白话。而《啼笑因缘》是以国语姿态出现的，这也不同。在这小说发表起初的几天，有人看了很觉眼生，也有人觉得描写过于琐碎，但并没有人主张不向下看。载过两回之后，所有读《新闻报》的人都感到了兴趣。独鹤先生特意写信告诉我，请我加油。不过报社方面根据一贯的作风，怕我这里面没有豪侠人物，会对读者减少吸引力，再三请我写两位侠客。我对于技击这类事本来也有祖传的家话（我祖父和父亲，都有极高的技击能力），但我自己不懂，而且也觉得是当时的一种滥调，我只是勉强地将关寿峰、关秀姑两人写了一些近乎传说的武侠行动……对于该书的批评，有的认为还是章回旧套，还是加以否定。有的认为章回小说到这里有些变了，还可以注意。大致地说，主张文艺革新的人，对此还认为不值一笑。温和一点的人，对该书只是就文论文，褒贬都有。至于爱好章回小说的人，自是予以同情的多。但不管怎么样，这书惹起了文坛上很大的注意，那却是事实。并有人说，如果《啼笑因缘》可以存在，那是被扬弃了的章回小说又要返魂。我真没有料到这书会引起这样大的反应……不过这些批评无论好坏，全给该书做了义务广告。《啼笑因缘》的销数，直到现在，还超过我其他作品的销数。除了国内、南洋各处私人盗印翻版的不算，我所能估计的，该书前后已超过二十版。第一版是一万部，第二版是一万五千部。以后各版有四五千部的，也有两三千部的。因为书销得这样多，所以人家说起张恨水，就联想到《啼笑因缘》。"

不论张氏本人怎样看，《啼笑因缘》是他最有影响的作品，这一点毫无疑问，可以随便举出几件事来证明。《啼笑因缘》发表后，被上海明星公司拍成六集影片，由当时最著名的电影明星胡蝶主演，同时还被改编为戏剧和曲艺，在各地广泛流传；再有《啼笑因缘》被许多人续写，迫使张氏不得不改变初衷，于1933年又续写了十回，张氏在《我的写作生涯》中说："在我结束该书的时候，主角虽都没有大团圆，也没有完全告诉戏已终场，但在文字上是看得出来的。我写着每个人都让读者有点儿有余不尽之意，这正是一个处理适当的办法，我绝没有续写下去的意思。可是上海方面，出版商人讲生意经，已经有好几种《啼笑因缘》的尾巴出现，尤其是一种《反啼笑因缘》，自始至终，将我那故事整个地翻案。执笔的又全是南方人，根本没过过黄河。写出的北平社会真是也让人又啼又笑。许多朋友看不下去，而原来出版的书社，见大批后半截买卖被别人抢了去，也分外眼红。无论如何，非让我写一篇续集不可。"这种由别人代庖的续作，出书者至少有四种：惜红馆主《续啼笑因缘》、青萍室主《啼笑因缘三集》、康尊容《新啼笑因缘》和徐哲身《反啼笑因缘》。虽然远不如《红楼梦》续作之多，但在民国通俗小说中已经是首屈一指了。张氏在《我的小说过程》一文中还说："我这次南来，上至党国名流，下至风尘少女，一见着面便问《啼笑因缘》。这不能不使我受宠若惊了。"

《啼笑因缘》使张氏名声大振，约他写稿的报刊和出版家蜂拥而至，有的小报甚至谣传张氏在十几分钟内收到几万元稿费，并用这笔钱在北平买下了一所王府，自备一部汽车。这自然不是事实，但张氏当时收到的稿酬也有六七千元，的确不能算少。这样，他就可以去搜集一些古旧木版小说，想要作一部《中国小说史》。就在此时，日寇侵华的"九一八事变"爆发，张氏的希望随之化为泡影。作为一位爱国的作家，在国难当头的状况下自不会沉默，张恨水在1931至1937的几年间，先后写了《热血之花》《弯弓集》《水浒别传》《东北四连长》《啼笑因缘续集》《风之夜》等涉及抗敌御侮内容的作品。

1934年，张恨水到陕西和甘肃走了一遭，此行使他的思想发生了很大的变化。张氏在《我的写作生涯》中说："陕甘人的苦不是华南人所能想象，也不是华北、东北人所能想象。更切实一点地说，我所经过的那条路，可说大部分的同胞还不够人类起码的生活。……人总是有人性的，这一些事实，引着我的思想起了极大的变迁。文字是生活和思想的反映，所以在西北之行以后，我不违言我的思想完全变了，文字自然也变了。"此后，他写了《燕归来》，以描写西北人民生活的惨状。

抗日战争全面爆发后，张恨水取道汉口，转赴重庆，于1938年初抵达，即应邀在《新民报》任职。抗战八年间，他除去写了一些战争题材的小说外，还有两种较重要的作品，即《八十一梦》和《魍魉世界》（原名《牛马走》），均先于《新民报》连载，后出单行本。抗战胜利，张氏重返北平，担任《新民报》经理，此后几年他写了《五子登科》等十来部小说，但均未产生重大影响。1948年底，张氏辞去《新民报》职务。1949年夏，他患脑溢血，经过几年调治，病情好转，张氏便又到江南和西北去旅行。1959年，张氏病情转重，至1967年初于北京去世，终年七十三岁。

张恨水一生写了九十多部小说，印成单行本的也在五十种左右。说到张氏作品的总特色，一般常感到不易把握，因为他总在不断地变。其实，这"变"就正是张恨水作品最鲜明的总特色。

张恨水是一个不甘心墨守成规的人，他好动不好静，敢于否定自己，这正是作为开创者必须具备的素质。读一读张氏的《我的写作生涯》，就会发现他总是在讲自己的变，那变的频繁、动因的多样，在民国通俗小说作家中实属仅见。……待到《金粉世家》《啼笑因缘》相继问世，张恨水的名声已如日中天，他在思想上的求新仍未稍解，他说："我又不能光写而不加油，因之，登床以后，我又必拥被看一两点钟书。看的书很拉杂，文艺的、哲学的、社会科学的，我都翻翻。还有几本长期订的杂志，也都看看。我所以不被时代抛得太远，就是这点儿加油的工作不错。"

5

追求入时，可说是张恨水的一贯作风，不仅小说的内容、思想随时而变，在文字风格上也不断应时变化。仅就内容、思想方面的变化而言，在民国通俗小说作家中也很常见，说不上是张氏独具的特色，但在文字风格上也不断变化，就不同于一般了。张氏在《我的写作生涯》中经常提到这方面的事例，譬如他曾提及回目格式的变化，他说："《春明外史》除了材料为人所注意而外，另有一件事为人所喜于讨论的，就是小说回目的构制。因为我自小就是个弄辞章的人，对中国许多旧小说回目的随便安顿向来就不同意。即到了我自己写小说，我一定要把它写得美善工整些。所以每回的回目都很经一番研究。我自己削足适履地定了好几个原则。一、两个回目，要能包括本回小说的最高潮。二、尽量地求其辞藻华丽。三、取的字句和典故一定要是浑成的，如以'夕阳无限好'，对'高处不胜寒'之类。四、每回的回目，字数一样多，求其一律。五、下联必定以平声落韵。这样，每个回目的写出，倒是能博得读者推敲的。可是我自己就太苦了……这完全是'包三寸金莲求好看'的念头，后来很不愿意向下做。不过创格在前，一时又收不回来。……在我放弃回目制以后，很多朋友反对，我解释我吃力不讨好的缘故，朋友也就笑而释之，谓不讨好云者，这种藻丽的回目，成为礼拜六派的口实。其实礼拜六派多是散体文言小说，堆砌的辞藻见于文内而不在回目内。礼拜六派也有作章回小说的，但他们的回目也很随便。"再譬如他在谈及《金粉世家》时说："以我的生活环境不同和我思想的变迁，加上笔路的修检，以后大概不会再写这样一部书。"诸如此类的变化不胜列举。

张氏的多变还体现在题材的多样化。他说："当年我写小说写得高兴的时候，哪一类的题材我都愿意试试。类似伶人反串的行为，我写过几篇侦探小说，在《世界日报》的旬刊上发表，我是一时兴到之作，现在是连题目都忘记了。其次是我写过两篇武侠小说，最先一篇叫《剑胆琴心》，在北平的《新晨报》上发表的，后来《南京晚报》转载，改名《世外群龙传》。最后上海《金刚钻小报》拿去出版，又叫《剑胆琴心》了。"第二篇叫《中原豪侠传》，是张氏自办《南京人报》时所作。此外，张氏还写过仿古的《水浒别传》和《水浒新传》，他说："《水浒别传》这书是我研究《水浒》后一时高兴之作，写的是打渔杀家那段故事。文字也学《水浒》口气。这原是试试的性质，终于这篇《水浒别传》有点儿成就，引着我在抗战期间写了一篇六七十万字的《水浒新传》。""《水浒新传》当时在上海很叫座。……书里写着水浒人物受了招安，跟随张叔夜和金人打仗。汴梁的陷落，他们一百零八人大多数是战死了。尤其是时迁这路小兄弟，我着力地去写。我的意思，是以愧士大夫阶级。汪精卫和日本人对此书都非常地不满，但说的是宋代故事，他们也无可奈何。这书里的官职地名，我都有相当的考据。文字我也极力模仿老《水浒》，以免看过《水浒》的人说是不像。"再有就是张氏还仿照《斩鬼传》写过一篇讽刺小说《新斩鬼传》。张恨水的一生都在不停地尝试，探寻着各色各样的内容及表达方式，他甚至也写过完全以实事为根据、类似报告文学的《虎贲万岁》，也写过全属虚幻的、抽象的或象征性的小说《秘密谷》，他的作风颇有些像那位既不愿重复前人也不愿重复自己的现代大画家毕加索。

张恨水写过一篇《我的小说过程》，的确，我们也只有称他的小说为"过程"才最名副其实。从一般意义上讲，任何人由始至终做的事都是一个过程，但有些始终一个模子印出来的过程是乏味的过程，而张氏的小说过程却是千变万化、丰富多彩的过程。有的评论者说张氏"鄙视自己的创作"，我认为这是误解了张氏的所为。张恨水对这一问题的态度，又和白羽、郑证因等人有所不同。张氏说："一面工作，一面也就是学习。世间什么事都是这样。"他对自己作品的批评，是为了写得越来越完善，而不是为了表示鄙视自己的创作道路。张氏对自己所从事的通俗小说创作是颇引以自豪的，并不认为自己低人一等。他说："众所周知，我一贯主张，写章回小说，向通俗路上走，绝不写人家看不懂的文字。"又说："中国的小说，还很难脱掉消闲的作用。对于此，作小说的人，如能有所领悟，他就利用这个机会，以尽他应尽的天职。"这段话不仅是对通俗小说而言，实际也是对新文艺作家们说的。读者看小说，本来就有一层消遣的意思，用一个更适当的说法，是或者要寻求审美愉悦，看通俗小说和看新文艺小说都一样。张氏的意思不是很明显吗？这便是他的态度！张氏是很清醒、很明智的，他一方面承认自己的作品有消闲作用，并不因此灰心，另一方面又不满足于仅供人消遣，而力求把消遣和更重大的社会使命统一起来，以尽其应尽的天职。他能以面对现实、实事求是的态度对待自己的工作，在局限中努力求施展，在必然中努力争自由，这正是他见识高人一筹之处，也正是最明智的选择。当然，我不是说除张氏之外别人都没有做到这一步，事实上民国最杰出的几位通俗小说名家大都能收到这样的效果，但他们往往不像张氏这样表现出鲜明的理论上的自觉。

张恨水在民国通俗小说史上是一位名副其实的大作家，他不仅留下了许多优秀的作品，他一生的探索也为后人留下了许多可贵的经验。

目　录

小说大家张恨水（代序） ……………………………… 张赣生 1

银汉双星

第一回　楚楚歌声诗人娱老

　　　　盈盈舞态仙子无愁 …………………………………… 3

第二回　嗜影成迷娇娃落发

　　　　逢场作戏浪子倾心 …………………………………… 10

第三回　缄雪分甘梅香袭齿

　　　　染脂作柬絮语撩人 …………………………………… 18

第四回　令色令仪灯前艳影

　　　　亦真亦幻画里情侔 …………………………………… 27

第五回　乐舞未央玉山颓矣

　　　　情怀莫逆兄妹为之 …………………………………… 36

第六回　月上花梢来听试曲

　　　　尘飞陌上笑咏同车 …………………………………… 45

第七回　满榻芬芳小楼且住

　　　　一天风露午夜何之 …………………………………… 54

第 八 回 倩影双栖黄金铸爱
　　　　柔肠寸断白柬书愁 …………… 63
第 九 回 惆怅秋风寓言却扇
　　　　凄凉落月影事成图 …………… 72
第 十 回 银汉同离双星割席
　　　　玉楼重闭少女归心 …………… 79

一路福星

第 一 章　好消息 ………………………… 89
第 二 章　登记群之旁 …………………… 97
第 三 章　事出意外 ……………………… 105
第 四 章　江边夜话 ……………………… 113
第 五 章　登车的作风 …………………… 121
第 六 章　第一段路上 …………………… 129
第 七 章　夜宿綦江 ……………………… 137
第 八 章　羡煞旁观者 …………………… 145
第 九 章　由綦江到松坎 ………………… 153
第 十 章　欲即欲离的旅伴 ……………… 161
第十一章　黔北道上 ……………………… 169
第十二章　她最后呼喊上帝 ……………… 177
第十三章　坐以待旦 ……………………… 185
第十四章　同游贵阳 ……………………… 193
第十五章　快人快语 ……………………… 201
第十六章　预备经过险区 ………………… 209
第十七章　夜过鹅翅膀 …………………… 217
第十八章　看鱼和看箫 …………………… 225
第十九章　胜利的果子 …………………… 233

银汉双星

第一回

楚楚歌声诗人娱老
盈盈舞态仙子无愁

锦瑟年华感逝波，人间亦自有天河。可怜憔悴黄花影，一曲秋香子夜歌。

带一分憨便有情，依人小鸟可怜生。何期转作三秋扇，也向西风诉不平。

不必张徽告素琴，何须铸错怨黄金。只愁五尺红丝弱，难系王郎铁石心。

画里真真似旧不，芙蓉出水若含羞。应教解得相思味，别是人间一段愁。

这四首七绝是小子春窗无事、花影扶栏之际，偶然有所感触，信笔写来的几句诗。这种诗，一时游戏，原说不上好坏二字，但是这一非咏古，二非书怀，却说的是电影界中一件小小风流公案，倒也新鲜别致，人所未道。本来道途传说，眼前并无此人，但人间故事，只要说得有味，不妨妄言妄听，聊以解嘲，又何必问其有无呢？古来许多风流佳话，都是社会上捏造的。到后来偏有人找出一件似是而非的事去印证，倒像真有其事一般。就惹了一班书呆子，赔了不少眼泪，添了不小欢喜，其实还不是凭空楼阁，大家自造一种幻象来种魔吗！小子这四首七绝，正也不外乎这个例子。至于我所以特地写出来，就以为这事有些趣味，将来有人把这事去摄制出片子来，也是一件银幕佳话。小子一遍唠叨，与有荣焉了。

这话从何说起？其事不远，传说就发生在近代北京，是民国某

3

年间，四海升平，八方无事。住在北京城里，有一位诗人李旭东先生，读书之余，无可消遣，常常自己编了一些词曲，谱入丝管，自歌自唱，倒也有趣。因为它的体裁，套自《西厢》一类的文字，只重白描，不重辞藻，却也雅俗共赏。他年近五旬，没有儿子，只有一个最小偏怜的女儿。她名字叫李月英，在那个时候，已经是十四岁。因为她自小聪明，年纪虽小，已经在女子中学二年级了，所以她父亲编的词曲，她全能领会。而且她受了父亲的遗传性，最爱音乐，常拿着父亲调弄的琵琶笛鼓，仿效起来，居然能合节奏。尤其是她生了一副娇滴滴的好嗓子，把她父亲编的词曲，一唱起来悠扬婉转，十分动听。李旭东先生是年将半百的人了，摸着胡子唱那风花雪月的妙歌，究竟有些不大合适。现在月英唱得很好，正可替他代劳。因此他编了新曲子，自己将曲谱订正，就传授给月英唱，自己只拿着琵琶弹起来，与歌声相和。

这一天，李旭东编了一支《玉梨香》的曲子，坐在绿槐荫下教月英来唱。旭东抱着琵琶，坐在一把青藤椅上。月英却坐在阶沿下一块白玉石上，手上拿了一朵玫瑰花，只管送到鼻尖上去嗅那香味。这个时候，太阳正当中天，那槐树上的新绿叶子，被热烈的阳光晒着，更显着清淡，由槐树里穿过来的南风，摆动着院子里的盆景。有几盆未全谢的紫丁香，被风吹着，向绿荫里散着余香，让人闻着，精神为之一爽。李旭东迎着风将琵琶调了一调弦子，觉得音调很是和谐，便道："月英，你现在应该全会唱了，我不教你，你一个人唱着试试看。"月英将左手执着玫瑰花，右手把花瓣扯下来，将指头弹着，把它弹去。弹了一瓣，又弹一瓣，一朵玫瑰花都让她弹完了，直让父亲问她，她才把手上的花枝儿扔去，笑道："人家不愿意唱，老是要人家唱。"说毕，将身子一扭。

李旭东道："你唱吧，你若唱得一点儿不错，今天晚上，我带你到真光去看电影。"月英听了这话，将身子一跳，三步两步走了过来，伏在她父亲的背上，两只脚接二连三地跳着，笑道："好极了，今天晚上，真光是李丽、吉舒姊妹俩的《乱世双姝》！听到这个消息，我早想去看，您这一说，正猜着我的心事了。"说毕，将头自李旭东的左肩上伸了过来，笑着问道，"真的吗？可不能冤我。"说时，又用手去抚摸她父亲的头发。李旭东笑道："你别淘气，我自然会带你去。"

月英听说，便在屋子里找了一张小圆凳子，放在父亲面前，自己坐在上面，两只膝盖挺起，两只胳膊撑了膝盖。上面比齐两掌，伸开托着下颏，掩着苹果般的两颊，笑道："爸爸，您瞧这像哪个电影明星，像不像爱丽丝？"李旭东道："你还是这样淘气，我不带你去看电影了。"月英听了，连忙放下手来，便笑着唱道："圆圆的月亮，照着东墙。"李旭东道："慢来慢来，我还没有弹起来哩。"他又调了调弦子，于是父亲弹着，女儿就唱起来。那曲子是：

　　圆圆的月亮，照着东墙。柔软的南风，吹起玉梨香。记得去年今日，度蜜月光阴快乐的我俩。我俩，我俩手挽手儿，靠在栏杆上。他说我是梨花，我说他是月亮。这般的花香，都为月光照在花身上。

　　清凉的月亮，过了回廊。角门外的夜风，吹散玉梨香。不道今年今夜，只有一个影儿横在纱窗。纱窗，纱窗，隔着梦儿，空把他来想。开窗望着梨花，梨花不见我俩。怎能像那月儿，照着侬家也照着战场上。

一支曲子唱完，只听见当着院子门的屏风后一阵鼓掌之声；接着转出一个人，笑道："唱得好！唱得好！李先生编的曲词和李先生弹的琵琶，已经是好的了，加上密斯李体贴曲词，唱得这样清凉婉转，实在好听。"一看那人是群英学校的教务长陶素行先生，他也就是李月英的老师。因为她正在这个学校里读书呢！李旭东放下琵琶，站起来笑道："日子很长，闷着无事，我又懒得出去，所以把我新编的曲子练熟，爷儿俩自弹自唱起来。"陶素行笑道："我向来只知道密斯李舞蹈得极好，我还不知道她有这样的技能，唱得这好的歌曲。

敝校下两个星期要举行游艺会，李先生能不能给令爱编一出舞蹈的曲子，加入游艺会。有了李先生编的脚本，加上密斯李的歌曲和舞蹈，这真可以说是李氏三绝，那天一定博得观众盛大的欢迎。"李旭东笑道："当然可以，我是不要报酬，可以赶办起来，不过她是一个电影迷，有什么事找她，她就要人家请她看电影为交换条件的。"

陶素行笑道："小事小事，随便哪一天，都可以照办。"说时，便走到月英面前，伸手抚摸着她的头笑道，"你爱看电影吗？可惜你不生在美国，若是生在美国，凭你这种天真烂漫的样子，就可以去做一个明星。"月英得着先生这样的夸奖，将右手的食指比着嘴唇，把一双亮灿灿的眼珠望着陶素行，只是傻笑。陶素行携着她的手道："你要看电影吗？今天晚上，我就可以请你到真光去。"李旭东道："今天晚上是我的东了。你要请，就另择吉期吧。"

月英接过陶素行手上的手杖，将手杖在地下随意画着，低着头道："陶先生既然请我，自己又要陪着去，虽然花了两张票，实在只有一张票是请我，我倒是不要人陪着去。最好是……"陶素行不等她说完，便接着笑道："最好是我不必去，我自己的那张票省下来，转送给你，对也不对？"月英扔了手杖，两只手执着陶素行两只手，接连跳了几跳，笑道："陶先生真的吗？多谢！多谢！"陶素行道："我不但送你两张，我要送你五张呢。"月英道："那更好了，别在院子里站着，请到屋子里坐吧。"李旭东对陶素行笑道："怪不得在社会上办事总要送礼，你看你的礼还没有送来的，只是口里这样说一句，已经就有被请到屋子去坐的资格了。"陶素行笑着和他爷儿俩一路进去，坐谈了一会儿，告辞走了。

到了晚上，月英果然随着父亲上真光去看《乱世双姝》的片子。回得家来，桌上放着一封信，下面署着"陶缄"二字。月英看见，一把便抢在手里。李旭东笑道："不过几张电影票罢了，你何必做成这个样子？我见了，也不会就要你的。"月英拿着信，将手放在背后，笑道："也许多了，您要留几张呢！倒不是要我的，您怕我有了电影票就会天天去看，所以一定会拿起来的。"李旭东笑道："你倒

6

是不打自招，你既然知道这一层，我不留下你的了。"月英将信交给父亲拆开，就靠着她父亲同看那信，打开来果然是五张真光的影券，月英欢喜得了不得。李旭东因为《乱世双姝》这一张片子，要映一个星期，票子就交给月英。这六日之内，她是不会去的了。

谁知到了次日，月英等不及晚场，日场她就复看去了。看过之后，回来吃晚饭，吃了晚饭休息一会儿，她又去看第三次。晚上十二点钟回来，李旭东才知道她去了真光剧场，因道："月英，这张片子你很爱吧？看了两次呢！"月英笑道："你还不知道，我看了三次了。明晚上再去看一次，也许我就够了。"李旭东笑道："除非研究电影的人，把看电影当上课，不然，没有把一张片子看上四五次的。"月英道："也许我就是上课呢。将来我学会了演电影，做起大明星来，咱们就发财了。那个时候你也不要当教员，咱们就一块儿出洋去游历。第一，自然是先到美国。到了美国，我就用中国明星的名义，到好莱坞去参观。你瞧，那个时候，许多明星都要来欢迎我了。"李旭东笑道："还没睡觉呢，别说梦话了。"李先生虽然这样笑她，可是李小姐心里，真有一点明星迷，说的话好像是闹着玩，她心里未尝不想办到这个程度。

到了次日晚上，她因此又耗费了一张戏票，去看第四次的《乱世双姝》。后来到了学校里去，同学有看过这张片子的，和她一谈起来，谁也没有她那样熟悉。她不但是口里说，而且手里还带着做。在课堂上，先生下了课，同班的学生都不下课，笑着说道："密斯李，密斯李，电影表演，电影表演。"月英听到人家这样说，她一定就站到讲台上去表演。

有一天，她在讲台上表演赖婚片安娜和那私生子施洗礼的一段，也不知道在哪里借来一个洋娃娃。她环住左手，将孩子环抱在怀里，用一个大茶杯斟了一杯茶，放在讲台的桌子上，私私地摸了一点儿茶水在眼皮下，像流泪的样子；用右手溅了几点水，滴在洋娃娃的头上，自己昂着头，张着嘴，望着天花板，耸着肩膀，只管呜咽着。这时，用着个同学装着女店主，随便地坐在位子上说道："你这孩子

7

不中用了，四肢都冷了。"她听了这句话，发了狂似的，哭着用脸去乱亲那洋娃娃的脸，洋娃娃抱得是格外的紧了，又执着洋娃娃的小手，伸到嘴边，嘴是极力去呵热气。课堂上这些天真烂漫的女郎，倒认为是事实，一齐僵着后脑勺子，对讲台上望着，有几个真流出泪来，课堂上倒闹得鸦雀无声，静悄悄的。恰好这下一堂课是国文，乃是陶素行代的课。他夹着书本子走进课堂来，见学生坐着很斯文，很是奇怪，向前一看，原来月英站在讲台上，正表演得入神，自己也站住看呆了。月英一抬头，见先生来了，将洋娃娃向桌上一扔，便跑回自己位上去。堂上的学生，这才一阵哄堂大笑。月英红了脸，搭讪着翻书，打开桌上的抽屉板，把脸藏在板后，不敢望着陶素行，总怕他为了这事要申斥几句。不料他只说了一句"顽皮"，接上讲书，就把这件事揭开过去了。从此以后，月英表演电影越发是出了名，同学和她取了一个绰号，叫作电影迷。

不多的日子，群英学校里就要开游艺会了。李旭东因为受了陶素行的重托，给他们编了一出《无愁仙子》的舞蹈曲子。李旭东为着学生容易练习起见，逐日亲自到群英学校来导演，那戏里的无愁仙子一角，就是月英担任。过了一个星期，游艺会正式开幕。李月英学的《无愁仙子》也就完全纯熟了。学校里因为她表演电影是有名的了，特意把这《无愁仙子》搁在游艺正热闹之时候表演。表演的地点在大礼堂，又是游人最多的所在。这个舞蹈曲的情节，是一个无愁仙子，看到人世寂寞，吩咐春风姐姐到人间去。吹嘘一阵，春风姐姐下了凡。花姐姐都来了，蝴蝶姐姐也来了，于是无愁仙子降到人间，给许多女郎快乐舞蹈一会儿。春风姐姐忽然狂舞起来，她把花姐姐全带了去，剩了无愁仙子和两个蝴蝶姐姐，依然感到寂寞。唱了一个很悲哀的曲子，然后闭幕。

月英在这舞蹈曲里面，有四五次舞蹈，还有两段独唱之歌曲，博得许多的彩声，尤其是她那婀娜的身材，穿着淡青色的古装衣，披着漆黑的一把头发，一舞起来衣裳飘动，活泼极了。月英本是一个圆圆脸儿配着一双乌珠似的眼睛，一带着笑容便觉春风满面。她是脸上能有表情的人，比别一个舞蹈的女孩子，更加一层好处，所以那些参观游艺会的人，没有不得着十分愉快的。舞蹈完了，演台的紫幕已垂下来，看的人觉得正到好处，忽然停止，十分可惜，就轰天轰地地鼓掌。演台上的指导员被催不过，又要求月英再演一段。绣幕重开，她又把最后的那一段表演了一回。表演已完，大家依然是鼓掌，于是月英含笑走到演台的当中，两只手牵着长衣的裙摆，身子向下一蹲，向台下道谢。就在这时，幕垂下来了。这一来，大家都感到余味不尽，以为月英的动作，处处都含有美之意味。

自从这一次游艺会开会之后，《无愁仙子》的曲名和密斯李月英的芳名，同时宣传于教育界。凡是教育界有什么游艺会，必定邀李月英去表演《无愁仙子》。李月英不能个个游艺会都到，于是别的学校里也抄了这《无愁仙子》的歌曲去排演。可是据看过月英舞蹈的人说，别的歌曲不能说定是谁演得最好，但是《无愁仙子》这一出舞蹈曲，谁也不能赛过李月英，因此知道有《无愁仙子》的，就无人不知道李月英了。当那太平时候，交通便利，大概南北各处穿的衣服，是以上海为转移。可是文化上的种种运动，无论是哪儿都以北京为转移。这时北京各校的舞蹈曲初兴，外省少不得要来学样。李月英主演的那出《无愁仙子》，也就由北而南，大家都仿演起来。要说仿演得最快的，当然是上海了。有那知道这曲子来源的，都赞一声李月英，因此李月英三个字，也由北京传至数千里外去。而小小一段银幕佳话，就从此产生了。要知道怎样产生之法，且听下回分解。

第二回

嗜影成迷娇娃落发
逢场作戏浪子倾心

却说李月英创作了无愁仙子而后声名鹊起，连上海方面，也知道她的芳名了。大家又知道她的艺术，是父亲一手培植出来的，更钦佩李旭东先生是一个艺术家。这个时候，恰好上海的江南大学少一个文学教授，同时中外女学校也少了一个音乐教授，不约而同地写了信给李先生，请他南下去充任这一席。李旭东把京沪两方的束修一比起来，觉得是彼善于此，因此便把行装收束，准备带着女儿南下。

月英得了这样消息，比她父亲能多挣钱还要快活几倍。眼见不多久的时候，就到了那个花花世界的上海了。她每天和父亲闲话的时候便要问父亲，哪一天动身。李旭东因为在北京多年，既然要走，收束的事自然不少，所以动身的日子总不能一定。李小姐可真急了，自己两件小小行李，取了又打开，打开又收起，倒有四五次。老早地买了一蒲包水果，预备带到火车上去吃的，后来水果吃光，连蒲包都不见一点儿渣儿了，动身的日子还没有定。她索性不问父亲哪一天走了，常是鼓着那小嘴。

李旭东笑道："你又不等着到上海去会什么亲戚朋友，上海也没有什么重要职务等着你去充任，你为什么要这样着急。"月英道："既然要去，早早地就去，为什么要迟了又迟呢？我是早写了快信，告诉我几个老同学去了，老同学望不着我到，还要说我失信呢。"李旭东笑道："你着急的理由，就是为这个吗？你真是愿意着急了，我要知道你是这样等不及，我就不老早告诉你，免得惹你这样麻烦。"

月英鼓着嘴，坐在一边，用手去拧衣裳角，眼光也不望着父亲，口里可就说道："不走就罢，我不再问你老人家几时走这一句话了。"李旭东道："你打一个电话，问一问东车站看，到浦口的通车是几点钟开。"月英道："忙什么，早着呢。"李旭东笑道："就该走了，怎么还不忙呢。"月英道："就要走了吗，是哪一天呢？请您告诉我一个日子。"李旭东用手点着她笑道："这可是你输了，你刚才还说不再问我几时走了，怎么不到五分钟的工夫又问起来呢？"月英听说，一跳两跳地跳到她父亲身边，两只手捉着她父亲一只胳膊，举将起来，自己就把脑袋伸到父亲胁下，扭着身子，半哭半笑地道："您冤我，那不成，您非快走不可，不然，我一个人先搭火车走了。"

李旭东有他女公子这样娇憨可爱，不忍太拂她的意思，就赶着料理一切。不到三日工夫，各事粗粗就绪，就带了月英搭了火车南下。李先生在上海虽有许多好友，但是一下火车，就把行李挑到朋友家里去，总不是个办法，因此先就在大东饭店先开了一个房间。洗了一个澡，又吃了一点儿东西，依着李先生，就要带月英去拜访朋友。月英道："又不是我的朋友，我不去。"李先生道："留下你一个人在这里，不闷得慌吗？"月英道："不要紧，我一个人会去瞧电影去。"李旭东笑道："胡闹了，坐了两天的火车，刚刚休息，就要去瞧电影，被人听见说了，真是笑话了。"李月英笑道："我老是听见人说，上海的夏令配克戏院不错，我是急于要去看看。我在报上看见，《多情英雄》这张片子就只演今一天，明天就要运到外埠去了。我不去看，岂不要错过。"李旭东笑道："上海骗子多，你到这儿来，人生面不熟，可仔细被骗子拐去了。"月英笑道："拐子拐我？咱们是北京来的，不含糊。"李旭东笑道："不要说咱们了，到了上海来，要说倪笃才时髦呢。"当李先生还要望下说时，月英已经悄悄走出去了。李旭东以为她既愿意看电影，也就随她。

当天他拜访了一下午的朋友，有几个熟朋友知道他带了女公子来的，便问女公子何以不见，李旭东笑着把原委告诉了。大家都笑着道："这了不得，一到上海，什么事不办，就去看电影，可想到她真爱这件事。上海朋友里面，不少的电影迷，可是迷到她这种程度的，真还不多见呢。现在上海各电影公司，正在纷纷地搜罗人才，李小姐这样喜欢电影，一定极内行，若是也加入他们公司里，一定要成一个明星的。"李旭东听了他朋友的话，也只是笑笑。

当日他回大东饭店的时候，月英早回来了，自己手上拿了一本电影杂志，躺在沙发椅上看，沙发椅旁边茶桌上，又叠着三四本电影特刊。她见了父亲回来，便举着手上的杂志，一直伸到脸上，笑道："爸爸，你瞧瞧，这全是新出版的，若是在北京，至少要一个星期后才看得见呢！"李旭东皱着眉道："嘻，你真是无事忙，我的事多着呢，哪里有工夫瞧这个。"月英碰了父亲一个钉子，鼓着小嘴坐到一边去了。李旭东见月英是这样贪玩，心想这上海地面不比北京，总要检点一点儿的好，因此就赶快在学校附近，赁了所两楼两底的房子住下。一面就设法把月英送到中外女学校，插进相当的班次去读书。恰好这个女学校，又正是注重美术，鼓励学生精神活泼的。同班的学生都和月英说得来。她们本来就学过《无愁仙子》这一套歌舞剧，现在发明这事的李氏父女来了，正好看看原来所演的怎样，所以不到第三个星期，大家就鼓动月英表演了一回。表演之后，大家觉得与众不同，都说一声好。恰好她同班里面，有几位电影家的姑娘，把这事就缓缓传到电影界里去了。

这个时候，上海有个银汉制片公司，资本还算充足，办影片办得稍稍有点儿成绩，因为在摄制正片之外，要另摄些新闻片子，正在四处搜罗相当的材料。听到发明无愁仙子的李女士现在到了上海，以为要请李女士在镜头前表演一回，比摄制那些老戏，就要强十倍。因此就委托了公司里一个经理人李介梅去见李旭东，征求他的同意。李旭东是个极开通的人，对于这种要求，当然不会拒绝，便许了稍缓一二日，亲自带月英到公司里去摄影，好让月英参观电影公司的内幕。李介梅笑道："李小姐若能到我们公司里去，我们竭诚欢迎的，请李先生给我一个确实的日期。"李旭东笑道："这个确实日期，我是不能代她指定的，必得当面问她自己。"说明，便让人把月英叫了出来，给她介绍道："我给你一个极愿认识的人，这里银汉电影公司的经理李介梅先生。"

月英走上前来，笑着对李介梅一鞠躬。她穿的是一件杏黄色的明星布的旗袍，细细的腰身，短短的衫袖，非常灵巧，胸面前挖着四方的套领，露出脖子下一块如雪凝酥的皮肤，在这白皮肤上，挂着一串豌豆大的假珠圈。这个时候，旗袍传到上海还不大久，月英这种中西合璧的装束，非常地触目。加上面如满月，配上一头乌漆似的头发，挽着丫角双髻，黑白分明，非常美丽。李介梅便笑道："密斯李，我们公司久仰得很，要想你把《无愁仙子》的舞蹈剧，让我们摄一张片子，你肯答应吗？"月英笑道："这倒是很有趣的事，很愿意试一试。可是这几天不能摄片子，还要等两天。"

李旭东笑道："人家请你，你倒真端起来了，你还有什么要紧的事，还要让人家等两天。"月英道："你不是答应了我，让我剪发吗？要我剪了发再拍片子。"李旭东道："你爱哪天剪，就哪一天剪，为什么还要等两天呢？"月英笑道："我自然有一个理由，现在暂不告诉你。"说时，用右手一个食指，依次点着左手五个指头，眼珠一转，对李介梅笑道，"李先生，你礼拜五来吧，那天就有工夫了。"李介梅道："不是在府上拍，是到敝公司去拍，我们那里有玻璃屋子，可以把光线配得匀匀的，然后动手。"月英微微将身一蹲，做出要跳起来的样子笑道："好极了！那可以提前一天，礼拜四到贵公司去参观吧。"

大家不明白她用意所在，且自由她，殊不知她全副精神全注重在一卷新闻片子上。因为这片里面，有一大段片子，是美国最新式的剪发样式，无意中被她在一家影院公司看见了。她觉得这种剪发非常美丽，很想也把头发剪了去。但剪发这件事，提倡的人虽多，实行的人还极少。父亲的意思怎样还不知道，总是问一问好，因此看完了电影就和父亲商量。不料李旭东很容易说话，月英一提，他就完全赞成，而且给月英建议，应该剪什么样子。月英一想，中国人对于剪发的样子，并没有什么研究，无论如何，不及电影上那种样子好。可惜看影片的时候没有十分留意，不知道怎样剪法。因此到了第二日，又到电影院去，打算把那张剪发的新闻片看个第二回。但是事有凑巧，正副片子完全换了。

当她一进门的时候，就看见影告牌上，已经把画片完全换了，当时就问收票的茶房道："怎么着，今天换了片子吗？"茶房笑道："小姐你来得正好，这是新片子的第一场呢。"月英站在影告牌边，把牙齿咬着左手一个食指，低了头好像很踌躇似的，这旁边正站着一个影院里的经理，他认得月英是本院的老主顾，而且知道她是大名鼎鼎的李月英，便忍不住插嘴道："李小姐，上次影片，你不是来了吗？"月英道："来是来了。这张片子，我还打算再看一回。"经理道："这张片子，我看不大好，有再看的价值吗？"月英道："我倒不是要看正片子，我是要看新闻片子。"经理道："这新闻片子，也不见有什么特别之处。不错，这里面有一段却尔司登的步法，摄得很清楚。要学会了，看一回是不成的。要看这片子，倒有机会，现在转到中华影院去了。"

月英听了这话，转身就走，连忙赶到中华影院来。一进门便问夏令配克转来的片子今天演了没有。那影院里也不知道她是哪里来的老内行，便一老一实地告诉她新闻片子在内，都是礼拜四演起。她记住了这句话，所以提到要剪发，她就要看完这张新闻片子以后才办，别人哪知道她葫芦里卖的什么药呢？

到了礼拜四，她就老远地去看这张片子，只把新闻片子看完，正片也不要看了，走出影场门，掏出身上的日记本子，把心爱的那一种剪发样式，就赶快画着样子记了下来。回得家去，叫了一个理发匠来。对着镜子，连说带比，把那样子说出来。理发匠倒是一个高手司务，依着她的话，仔仔细细给她剪下发来。这样剪法，头发齐顶心一分，左右下垂，护着两耳，后面的头发，圆圆地连着两鬓。她那又白又圆的面孔，将黑头发两边一陪衬，减少了脸的圆周，越显得俊秀了。从来女子的鬓发，都是向后拢着的，现在顺着鬓发的势子，两耳一托，恰好是向前弯了过去。因之后来学月英剪发的，就叫着双钩势了。月英始终不脱北方人的气味，总喜欢穿旗袍，现在又剪了发，有点儿像男子的西式分头。上海人初看到这种装饰，很觉特别，远远地看去，倒要认为是个未成人的美少年了。

她剪发之后，不到两个钟头，银汉公司的经理李介梅正来履约，请李旭东父女到公司里去参观。一看见月英新剪的头发，光滑乌亮，罩住雪白的脸子，便笑道："李小姐真善于化妆，要是现身银幕上，真可以更动社会上的视线。现在上海滩上，剪发的女子也不少了，剪出来不是一丛凉帽缨子，便和男子的分发一样，一点儿也不美观。李小姐这个式样，除了发髻的累赘，依旧还保存着头发的天然美，实在不错。"月英听了人家这样的称赞，不住地用手理着鬓发，含着微笑。李介梅笑道："这并不是我当面奉承，李小姐这种装束实在是很美的。我们公司里，什么都预备好了，就请李先生李小姐去吧。李小姐也不必再装饰了，这个样子就很好。"月英道："去，我是极愿意的，不过学校里和我合演《无愁仙子》的几个同学，我为看电影忘了招呼她们，今天来不及了。"

李介梅道："那也不忙，李小姐今天可以先到我们那里去参观，回头就可以请李小姐在灯光下先摄几十尺单人片子试试。"月英笑道："设若我要表演呢？"李介梅笑道："那更好了，只要摄得好，就可以插进新闻片子去的。"李旭东道："你不要太夸口了，人家那里的演员谁不是有几年经验的，倒要你这一无所知的人前去表演，人家看那不是笑话吗？"月英被她父亲当着客人面前一说，倒很有些不好意思，便在身上抽出手绢，凭空提着两只绢角，挡住面孔，把脸藏在手绢后面笑。李介梅道："李小姐精神很活泼，据我看，一举一动都艺术化呢！好吧，我们就走吧。"于是催着李氏父女一同起身。李介梅前来欢迎，是非常诚恳的，所以自己驾着公司里的精美汽车前来迎接。

这时，三人一同坐着汽车，便直向银汉公司来。到了公司里，李介梅先引着他们在客厅里稍微休息了一会儿，介绍了几个办事的人物和他们见面。李旭东道："贵公司的导演家王清泉先生和我倒认识，现在可在公司里？"李介梅道："在公司里，这个时候他忙着呢！正在导演一张片子，今天是摄内景，在玻璃屋子里工作，所以没出去。"月英笑道："这正是机会了，李先生，你能引我去看看吗？"李介梅道："那有什么不可以，这张片子名字叫《苦海回槎》，是说一个失恋的青年，经过一番情场的苦恼，忽然醒悟过来，解脱了一切。剧旨倒是很沉痛，今天正是摄那个少年失恋时候，最吃紧的一段。"月英听说，马上站起身来，笑道："那么，我们就去参观吧，不要把这一段精彩的地方失掉了。"

李介梅见客都站起来了，当然不便坐着，只好站起来引道，将他们引到摄影的地方来。恰好这个时候，在休息之间。一群男女演员都围坐在两架摄影机边下，大家说说笑。李介梅抢上前一步，先去知会了一声。只见人丛里走出一个胖子，秃着头，圆圆的脸儿，额角上还列着一层汗珠子，身上穿了灰哗叽长衫，可是斜卷着两只衫袖，左手食指中指之间夹着大半截雪茄烟，他一见李旭东，早笑着说了两声欢迎。李旭东也点头为礼，便笑着回头对月英说道："就是大导演家王清泉先生了。"王清泉走过来，和李旭东握了一握手，李介梅早介绍月英和王清泉说话。王清泉笑道："怪不得李小姐的歌舞剧很有名，今日一见，果然是个有艺术天才的人。"李旭东笑道："什么艺术天才，淘气罢了。"月英却是微笑，眼睛不住向那群演员里面看去。那群演员也是向月英这边看来。

月英看那里面，有一个女演员，长得长长的脸儿，前面的覆发一直罩到眉毛，身上穿一件圆大襟的短衣服，越发显得身材活泼。她一双水光眼珠，流星似的，直向这边看人。月英常在银幕上看见这人面孔的，她叫柳暗香，专演风骚一派的角儿，很有名声。一向在银幕上看惯了她，倒像是熟人一般，便对她点头微笑。柳暗香见她是个小姑娘，也就回了一笑。月英为什么笑，却不明白呢。柳暗香身旁，有一个演小生的杨倚云，正看得入神，他忽见月英向这边笑来，误会了，以为是招呼他，便点了一个头。月英在一张爱情片子上，曾看见他表演得十分沉痛，到如今心里还替他难受。现在见人家点头，不能干受，自己也就点了一个头。杨倚云正要借这个机会，走过来和她谈话。那导演家王清泉又下了令，开始摄演。

　　这一开演就是杨倚云上镜头。镜头面前是一幕房间景，一张小铁床，上面有老头子睡着。他脱了西装的外衣，光穿着白的衬衫，一根长的领带子飘到胸面前。王清泉坐在摄影机边说："拿着你情人的信，那信写得是极危急的。"于是杨倚云将裤袋里的信拿出一看，发出很苦恼的样子，背着两只手，走来走去。王清泉说："决计走，穿上衣服。"杨倚云于是在衣架上取了衣服穿上，把脚一顿，似乎下了决心的样子。又戴着帽子，对壁上挂的镜子照了一照。王清泉道："床上的病人，要尽量感到病苦，翻身翻身，慢慢地从被里拿出手来。走的该走了，开房门，病人要紧啦。走的犹豫了，回转头来，走向床边看，不忍走。"那导演家一面说，布景里的人一面演，这正是吃紧的关头。月英耳目并用，觉得这很是有趣，看都看呆了。那杨倚云表演情人遭危困，不能不去，又觉得老父病体垂危，万难走开，直演得徘徊不定，有肝肠寸断的神情。月英看了，见事情逼真，几乎要流下泪来。

　　一会儿把这一幕戏摄完，这一天的工作是算完了，大家簇拥着走过来。王清泉便对月英道："李小姐，我介绍你和几个明星相见吧。"于是引着月英和男女演员一一相见。见到了杨倚云，他取下了帽子，深深地一鞠躬，笑道："李小姐，我久仰你的大名了，今天遇到，非常地荣幸。刚才的表演，见笑得很。"月英含着微笑，略略谦逊了几句。这时，王清泉赶快把布景撤去，请月英个人站在镜头前，摄了一卷片子。当月英摄影之时，杨倚云站在摄影机边，呆呆地看，手上的帽子落在地下，脚不住踏着，自己一点儿不知道，惹得大家笑起来。但由此一笑，杨、李却成了朋友。要知如何成交，且听下回分解。

第三回

缄雪分甘梅香袭齿
染脂作柬絮语撩人

却说月英在镜头前拍照，杨倚云老远地望着，人都望呆了。他手上本拿着帽子的，帽子落在地下，用脚踏着，一点儿也不知道。所有在场的人，看见他这种情形，都不由得哄然一声笑了起来。杨倚云初还不知道，后来看见大家都望着他脚下，低头一看，才醒悟过来。一面弯着腰去拾帽子，一面笑道："我从来没有看见初上镜头的人有这样自在的。李小姐这样态度自然，我实在佩服。"

在这大家笑语声中，月英的像已经摄完，走了过来，不由对杨倚云一笑。杨倚云微微鞠了一个躬，因问道："密斯李，听到说明天要到敝公司来摄一幕《无愁仙子》，有这话吗？"月英道："是的，可是恐怕演不好。"杨倚云道："客气话，客气话，我想密斯李不但可以摄那种小片子，就是正正当当地来摄片子，一定也不会坏。我看密斯李一定在北京拍过片子，不然，没有这样稳重，不要是个老内行，来冤我们吧。"月英听人家这样恭维她，不住地憨笑，对杨倚云微微摇头道："我实在不懂。不信，就请杨先生问一问家父便知。"杨倚云笑道："纵然没有拍过片子，也是对电影很有研究的。密斯李，你也愿从事于电影事业吗？"月英笑道："很愿的，但是我一点儿经验都没有。"她说这话时，声音很细，几乎听不到。说完，她又拿起手帕，来蒙住她的脸，似乎又有一点儿害臊的样子。

杨倚云见她天真烂漫之中，略略有点儿女子态，非常有趣。只顾跟着月英说话，不觉一路走到客厅里来，大家坐下，杨倚云也坐下。他们的导演家王清泉看见杨倚云那样得意忘形的样子，心里可

18

就想着，要把摄影机放在他和她之前，摄出来的片子，那真是优于内心表演的了。心里这样想着，眼睛就不住地向二人身上打量。杨倚云看见，未免有些不好意思，只得对客告辞先走了。

这王清泉一见月英之后，认为是一个很好的电影演员，极力想把她罗致在公司里。不过人家是一个小姐，并不要谋什么职业，要她来演电影，完全是兴趣问题，不过这事也不难。看她的情形，见杨倚云呆头呆脑地跟着，倒并不讨厌，他两人一定可以说得上的，不如就利用杨倚云把她引进公司来。这样想着，到了次日，月英带一班同学来演《无愁仙子》之先，却特意和杨倚云打电话商量，让他来当副导演，帮助引这班女孩子上镜头。这个差事本来就不错，加上杨倚云对于月英已经一见倾心，只恨没有机会来接近。现在当副导演，就可以随时找着月英谈话，既可公开又极便利，论起机会来，真没有比这再好的了。马上换了一套极漂亮的西装，临时赶到东亚大理发馆，理了一个发，而且买了几条花绸的手绢，随插在各衣袋里。领襟纽眼里，也插上一朵晚开的玫瑰花。杨倚云修饰停当，手上拿了一根软藤司的克，便坐着包车，直到公司来。

这时，李月英带着一班同学，正在化妆室里化妆。杨倚云先到休息室里和王清泉谈话，王清泉见他穿的深蓝色的褂子。雪白的衬衣上，又悬着一条大红领带，便笑道："漂亮啊！今天……"杨倚云不等他说完，先就笑道："今天我高升了，升了副导演，当然是要换一套新衣服到任，这有什么奇怪。"王清泉道："既然如此，我希望你多多卖力，把这个《无愁仙子》导演出来，让人看了，真要是无愁仙子才好。"杨倚云道："那样说，王先生不管了？"王清泉笑道："杨先生若是肯负责，我就不管，但是希望你要对全体负责才好，不要注重一个人。"杨倚云忍不住笑，便搭讪着抽烟卷，因为休息室里找不到火柴，便走将出去。越走越远，不觉走到化妆室来。

这里的化妆室，划为两大部分：一部分是男化妆室，一部分是女化妆室。两室之间，只有一间小小的过道。杨倚云背着两手，只在过道里徘徊着，只见女化妆室的门一开，一阵笑语之声，跑出好几个小妹妹来，当头一个正是李月英小姐。她已经换了绿纱的舞衣，头发上勒着一串水钻花瓣，手里捧着一个五彩小匣子，带笑带跑。杨倚云出于不备，一刻工夫，闪避不及，二人撞了一个满怀。月英哎哟了一声，那里匣子落在地板上，匣子盖一打开，又是唏哩哩一阵响，却撒了满地板的小纸包儿，仔细看时，却是许多花纸包的糖果。后面那几个小妹妹，也是换了舞衣的。看见月英撞了人，糖果撒了遍地，却只在后站着，不肯上前。

杨倚云碰坏了人家的东西，未免有些不好意思，便俯着腰，要给月英去捡，但是当他弯着腰的时候，月英正也弯腰去捡，杨倚云口里，本来就在说"对不住！对不住！"恰好在对不住声中，两人的脑袋又撞上了一下。月英碰在头顶上，又有头发护着，倒不觉甚痛；杨倚云可就碰在颧骨上，这一下子，可撞得他眼睛发黑，痛入肺腑，站立不住，便在旁边一张椅子上坐下，那几个小妹妹都纠在一处，笑了起来。月英觉得也有些不好意思，转身就走。这一群小姐，就如一窝蜂子似的拥进女化妆室去。倚云坐得定了一定神，然后才把地下的糖果一粒一粒全捡起来，放进匣子里去。

刚刚捡完，偏偏遇到一班同事从男化妆室里出来，见杨倚云手里捧着一匣打开了的糖果。大家不由分说，一个人伸手过来拿几块，杨倚云挡住了左边，右边已经被人拿去，挡住右边，左边又被人拿去，口里拼命地喊："人家的，人家的，不能动，不能动。"但是来势很猛，不一会儿工夫，抢去了大半匣。杨倚云两只手抱着个匣子，极力地向怀里藏着，而且弯着腰来掩护，这才把难关打过，便赶紧站到女化妆室门口，交老妈子送了进去。杨倚云站在门外，只听见里面说道："哟，这一盒糖果，都吃完了才送来吗？"他听了这话，是有些不好意思，但是又不能为了这事进去申辩一番，只得先行闪开。

一会儿工夫，王清泉亲自到这儿来，请这些小姐出去拍片子。杨倚云在摄影场上和月英见面，早取下头上一片瓦的软帽，给她一鞠躬，笑道："真对不住，那一盒糖果让同事闹着玩，拿了一大半去了。"月英见他穿了雪白的衬衣，披着一个红领带，精神抖擞，那态度又极为谦和，很可以让人软化。因笑道："那是很小的事，何必挂齿。"杨倚云趁着这个机会，就和她牵连不断地说话。月英因为他先告诉了是副导演，少不得要听他的指挥，当然也是有话必答，因此一来，两人倒显得很是接近。王清泉他也是一个喜欢闹着玩的人，索性由杨倚云去指挥月英一个人，他却是照应其余的女孩子。这一张短片子导演下来，杨、李二人就熟识了好多。

到了导演完毕的时候，杨倚云笑问月英道："密斯李什么时候在家，我可以过去奉看吗？"月英道："除了礼拜，每天四五点钟从学堂里回来，总在家的。"杨倚云道："明天不是礼拜？我去奉看，当然可以见着密斯李的了。"月英手上提着一把绸伞，她用手抚弄伞柄上的穗子，低了头笑道："很欢迎。"说毕，一扭转身躯，就和一班同学走了。杨倚云看月英那种神气，绝没有丝毫讨厌之意，心里很是愉快。到了次日下午，他就跑到玉蜂糖果公司去，要买上等的糖果，可是挑来挑去，要买昨日月英所吃的那种糖果，竟找不出来。挑了半天，也不好意思不买，就把那一块二角钱一磅的什锦糖果，随便要了一磅。心里一想，她吃的那种糖果，恐怕是外国货，本国公司里大概买不到，不如到百货公司去看看，也许那里有好的。他本来赁了一辆小汽车，自己开着跑，因为当明星的人，不会跳舞，不会开汽车，那是一种耻辱，所以杨倚云对于开汽车也很在行。

他跳上汽车，只是将车机一转，不到几分钟工夫就到了百货公司。将汽车停在门口，自己一直就向第三层楼食物部来，找到伙友，就问有顶好的糖果没有。伙友道："有好的，不过要六块钱一盒。"杨倚云听说价目这样大，先就有三分愿意，就叫伙友拿来看。伙友打开玻璃橱，捧出一个一尺上下长方形的匣子来。匣子外面是一层鹅黄细绸，中间有漏花，松松地裹着。未曾捧到面前，早有一阵馥郁浓香袭人鼻端，黄绸的上面系有钉扣的活带，只一拉，带子松了，解出来里面是一层玻璃纸包着匣子。匣子上印了五色水彩画，用金线滚着匣边，非常地精致。沿匣子四周，是金质堆花，也极好看。

杨倚云道："外表是很好看，可不知道这里面的糖果是什么味儿。"伙友道："我们另外有零的，可以请你尝尝。"于是捧了一个大玻璃缸出来，揭开了盖，取了一个小纸包交给他。

杨倚云接过那小纸包一看，上面用浅紫色，印着一个 Kiss 的英文字，便觉一语双关，是送女友一种好礼物。打开小纸包来，里面是一片雪白的糖块，不曾用鼻子去嗅，早闻到那一阵略带梅花味的香气。将糖放在口里，又甜又酥，非常可口。杨倚云尝了一片，又尝一片，笑道："很好。这些零的也卖给我，你给我包上。"伙计用小秤称了一称，算是三块钱，找了一个纸囊，就要装上。杨倚云道："不，你给我作两袋装，我还要分一半送人。"伙计听说，又另找两个东洋五色亮纸小囊，给他装上。他付了钱，带着糖果，很高兴地开了汽车，直上李月英家来。

到了门口，停车下来。杨倚云将左胁夹着纸盒，左手提着糖果，右手按着门铃。门一响，早就取下头上的帽子，含笑问道："李先生在家吗？"开门的那人忽然笑起来，开了半扇门看时，这人正是李旭东先生。杨倚云一心要进门，这话问得太快，也笑起来。因看见李先生头上戴着帽子，身后一个人影子一闪，好像是李女士，因道："来得不巧了，李先生正要出去哩！"月英忽然将那扇门也打开，笑着对他点了一点头道："不要紧的，杨先生请进来坐吧。"杨倚云道："倒是不要客气，我是没事的人，明天再来，也是不要紧的。"月英道："我们也是出去玩，请进来吧。"李先生见小姐再三地让客，也就说道："请进来谈谈，我们很欢迎的。"杨倚云因主人诚意相让，便和他父女一路进门。

杨倚云不待坐定，先就将那一盒好糖果双手捧着，递给月英，笑道："这是百货公司的上等糖果，我介绍给密斯李。"月英笑道："杨先生真是客气了，昨天那盒糖果……"杨倚云抢着笑道："不，不，我并不是赔偿损失来了。我因为刚才在百货公司买东西，无意中尝了一块糖果觉得实在好吃。我知道密斯李喜欢糖果，所以买了来介绍介绍，这好像做捎客的人，替人送货样来了。"月英接了糖果，让杨倚云在三连座的大沙发上坐了。自己却坐下手，同在一张沙发上。李先生呢，却坐在另外一张圈椅上，因笑道："这盒子太精致，糖果总还好吃。"月英笑道："我也是这样说，先尝尝看。"说时，就解黄绸外的五彩条带。杨倚云道："先别打开，免得走了香味。"说着将手上的纸囊一举道，"这里还有零的呢！"于是将纸囊透开，将糖果倾倒在茶桌上，笑道："密斯李，请尝尝。"

月英解了一小包，一吃便觉合味，接连吃了三块，才笑道："果然不错，爸爸，你也尝两块。"说时，抓了几小包，走过来，向李旭东手里乱塞。李旭东皱眉道："我怕吃甜的，你说不错，那就是了。"月英不由分说，解了一包，两个指头钳着一块，笑道："爸爸，你张开嘴。"李旭东道："有生客在这里也是胡闹。"月英就趁他张口说话的时候，将糖块向他嘴里一扔，笑道："好吃不好吃？"李旭东咀嚼着，点了一点头，笑道："不错。你是研究吃糖果的人，你说好，还坏得了吗？"月英听到父亲一夸奖，眉毛一扬，笑道："那不是吹的，差不多的人，绝不能像我吃糖果这样有研究。"

杨倚云道："这糖果，密斯李，是认为很好的。那么，六块钱一盒，也就不算贵了。"月英问道："六块钱一盒吗？杨先生太破费了。"杨倚云笑道："要送礼，自然送好的。若是送了不好的来，密斯李吃不上口，送礼的人未免有些不好意思了。"这时月英坐到一处来，将糖果一颗一颗剥了吃。杨倚云也就说说笑笑，陪着吃起来。

李旭东笑道："这样好的东西，应该慢慢地吃，若是整包地吃下去，像吃饭一般，那吃得什么滋味来。"月英听说，抓了茶桌上的糖果小包，就向纸囊里装进去。杨倚云将手拦住道："不必，不必。"因在身边提起一个蜡纸囊，笑道，"这里还有一袋呢！"月英道："很好吃，别让我一个人吃光了，这一袋杨先生带回去吃吧。"杨倚云笑道："送人的东西，哪有带回去的道理。"月英低头想着，笑了一笑，说道："来而不往非礼也，我这里也有点子雪花糖，送杨先生。"说时，便回内室去。

不多大一会儿，她捧了一个五彩洋铜盒子出来。她揭开盖来，里面是极细的白糖片。这糖片只比芝麻粒大一点儿，是仿造雪花制的，或长或圆或方，都是六个犄角儿，而且那种颜色极白，远远地看去，真会说它是一盒子雪，不会说它是一盒子糖果。杨倚云一见，连连叫好。月英钳了一粒，笑道："这个糖不在乎多吃，杨先生，你试试看。"杨倚云伸开手掌，托着一粒，送到口里，果然觉得甜津津的，而且那嘴里有一阵清香在牙缝中透露出来，因笑道："好东西。刚才我买的糖，觉得里面含有一种梅花香味，但是远不纯洁，似乎又带有一点儿玫瑰之味。现在吃这个糖，那就觉得完全是梅花味了。"月英道："我就因为吃到那糖的香味，才想起这糖来的。现在我分一半给杨先生吧。"于是就把空纸囊打开，将盒子里的雪花糖倾了半袋在里面，将纸囊口上的纸叠了三叠，在衣袋里一摸，摸出一只小别针，将囊口夹上，笑道："这就跑不掉香味了。"

杨倚云见她想得周到，不住地叫谢谢，因为公司里拍片子的时间已到，不能再坐，就提了半纸囊雪花糖告辞而去。这天晚上，杨倚云坐在灯下闲想，这位小姐天真烂漫，真是可爱。上海滩上的女子都是狡猾非常的。越是漂亮，越是爱她的人多；越是爱她的人多，越是交际广；越是交际广，就越会掉枪花。这种女子是没有纯洁诚恳之爱情的。我看李小姐和人说话，就和人说话；爱送人东西，就送人东西，一点儿假意没有。上海滩上，真不容易找到这种人了。我看她分给我的半纸囊雪花糖，非同等闲，是自己心爱之物，尤其是那一只别针夹住袋口，是一层最动人的小动作。若摄进电影去，那是值得特写的。想到这里，禁不住就在抽屉里，取出那纸囊来玩弄。

原来杨倚云，就是兄弟二人和一个母亲，此外便是男女佣工了。他自己住在一间前楼，每日回家也看些电影一类的书报，以资深造，所以他在屋子里的时候，却也没有人来打搅他。他解开纸囊，取出两粒雪花糖放在嘴里，便觉有一阵清香，随着自己的呼吸向外透出，真是合着一句成语，留芳齿颊间。大凡带有香味的东西，有两种能力：一种是安慰人的；一种是引诱人的。譬如明窗净几之间，养一盆鲜花，青灯古佛之旁，焚一撮沉檀，这是安慰人的了；又像歌舞场上，脂粉流风，绮罗丛中，花钿委地，就是铁打金刚，到此也不免真个销魂了。而且有香味的东西，安慰人的居少数，引诱人的却居多数，尤其是两性间赠送的东西，要是带上些香味，可以格外引起对方的注意。所以香囊带香帕，这一类的小物事，虽然不值什么，但是那一股香气，却是无价之宝。现在杨倚云所得到的，却是一种香糖吃下去了，由脏腑里面香了出来，那一种香的能力，也不知是安慰，也不知是引诱。但只觉得令人神魂颠倒，十分快乐。

　　杨倚云的兄弟少云，正有一件事要等着和哥哥商量，哥哥上了前楼，半天不见出来，也没有一点儿声息，很是奇怪，便轻轻地走到前楼来看。只见他左手提着一个纸囊，右手两个指头好像钳了一点儿什么东西放在嘴里，他却笑嘻嘻地闭着眼睛睡着了。杨少云笑道："这个样子，是做梦还是真笑呢？"杨倚云糊里糊涂答应道："是真事，怎么会是做梦。"说毕这话，醒了过来，这才知道自己是做梦，不由得也笑了。杨少云笑道："那纸袋里是糖果吗？怎么拿着糖果睡着了。"杨倚云只微微一笑，不肯分辩，但是这话一传出去，大家也就知道一件事了。又过了一天，杨倚云忽然接到一封信。信束是嫩黄色，用钢水笔写的红字，左边写着李缄。杨倚云看到这个李字，心领神会，早就要笑出来。拆开那信，却是极好的玉版笺，用朱线画成格子，字却是胭脂水写的，看看非常鲜艳。那信道：

倚云先生：

　　你送我的糖果，越吃越有味，谢谢你。拍照是怪有趣的事，我还想到你贵公司来玩玩，可以吗？昨天我又看到您新拍的一张片子，您的表演好极了。报上说，您拍照，由马上摔下来，这话真的吗？我很是惦记。

英上

25

杨倚云就最爱月英说一口很流利的北京话，现在她写的信满纸京话，而且字里行间一往情深，就像有一位很伶俐的小姑娘，站在当面含笑说话一般，而且那信封里面有一阵浓香，仿佛就有些像月英身上那一种衣香，真个是传神阿堵了。当时他将一张信纸颠来倒去念了七八遍，脸上不住地现出微笑。于是立刻刷刷头发，刷刷皮鞋，戴上帽子出门去了。要知他向哪里去，再看下回。

第四回

令色令仪灯前艳影
亦真亦幻画里情俦

却说杨倚云接了月英的信，马上修饰一番就出门而去。他的意思是要到哪里去，自己也并不踌躇去想，可是一出大门，自己一醒悟，忽然大笑起来。原来这个时候，已经十二点钟，马路上电灯灿亮，只照着稀稀的几个过路的人影。这时要到李家去，是个什么客人呢？自己笑了一阵，又推门回家去了。他这晚在床上一想，我无缘无故常跑到李家去，也不是一个办法。就是人家不说奇怪，自己也觉得无聊。最好把她弄到公司里去，她也成一个演员，我们成了同事，那就可以很随便地往来了。

这样想着，次日到公司里去，就打算和导演王清泉商量这件事。这个时候，银汉制片公司名誉一天高似一天，自然也是赚钱的时代。就是一层，演员人才异常感到不够用。他经李月英拍过一张短片子以后，觉得她确有艺术天才，生成是个银幕上的人物，也曾托人去和李旭东商量过好几回，希望李小姐加入银汉公司，也来当一个演员。李旭东对于艺术这一件事，本来很热心，也极愿意月英成个艺术家。但是这个时候，上海的一班演电影的角色，名誉实在不大高明，尤其是女演员。社会上拿着她当一件有趣的事儿闲谈，很不愿月英这天真未凿的姑娘，加入这一班交际明星里面去。因此首先对于这事很是踌躇，答应不下来。

无如月英听到这个消息，犹如买彩票中头彩一般，马上就要答应，她见父亲持着犹豫的态度，噘着一张小嘴，老是不高兴。在她父亲面前走路的时候，脚步也放得重重的，踏着地板咚咚地响。李先生看到这种情形，心里未免好笑。且不理她，看她怎样？月英越想越气，一味地发闷气。到了吃饭的时候，家里的女仆人高妈来请吃饭，月英噘着嘴道："不吃饭。"高妈见她在房里坐着不动，就去告诉李旭东。

李旭东笑道："这越发胡闹。这个事，慢慢地和我说就是了，值得发气不吃饭。"于是自己走到李小姐屋子里来。李小姐坐在一张软椅上，两手捧了一本小说，挡住了脸，靠着椅子背在那里看。李先生进来，她把书向上举了一举，却不露面。李旭东笑道："你不吃饭吗？"月英依然看书，并不理会。李旭东笑道："没有出息，只这一点儿小事，自己就罚自己挨饿。"月英只当没有听见，动也不一动。

李旭东趁她不提防，走上前一把将书夺了过来，笑道："我倒要看看你气到什么样子。"月英见父亲把书抢去了，便伸开两只手的巴掌，遮着两边脸，噘着嘴，只把身子扭着转到一边去。李旭东笑道："哈哈！这小东西真发了气了。"说时，就来拉月英的手。月英忍不住笑，扭转身子便伏在椅子上，口里说道："越拉我越不吃饭，再要拉我，我就会哭起来的。"说时，两脚乱顿。李先生拉着她的手道："你坐起来吧，我答应你去拍电影，这还不成吗？"月英将身子一扭道："真的吗？"李先生道："当然是真的，我怎能冤你，我若冤你，你不会和我再闹别扭吗？"李先生一边说着，一边拉着她。月英就只好抽出手绢掩着面，跟李先生去吃饭。

经过这一度小风潮，李先生对于李小姐之电影趋向，实在没法干涉。到了次日，恰好银汉公司的王清泉、李介梅二人同到李家来，敦请月英女士加入他们公司里。李氏父女就请在客厅里当面谈判，先说了一些客气话，后来谈得入题，王清泉就笑道："我们看到李小姐有艺术天才，所以来请她。既然是专程来敦请的，当然要特别待遇，所以第一张片子，不但是请李小姐充当主角，而且演的角色正和李小姐的性情相近，可以让李小姐充量去发挥天才。至于薪水一层，我们也可以代表公司里说一句，总求好看一点儿。不过公司里既然是买卖，当然有一定的手续，到了将来主演过几张片子后自然是要加的。"李介梅也笑着说："电影事业，前途未可限量，目前还不算大发展。"

他两人说了一阵，始终还没有提到是多少钱。后来王清泉又说："中国电影，不过是些热心艺术的人出来试办试办，现在还谈不到资本，所以演员的薪水非常地低。若把好莱坞的薪水来比那是不可的，其实我们公司里的薪水，不过是个名义，只好算是夫马费而已。现在我们这里的两个女明星章锦霞和柳暗香，总算是有点儿名声的了，可是她们二人的薪水都是三百元。此外还有几位和她们资格差不多的，我们就不敢再定包银。不过是论片子算，拍一张片子，也不过一二百块钱。费事一点儿，一张片子要两三个月，那是常事。现在李小姐初上银幕，我们也绝不薄待，将来自然是和明星一般给薪水。目前呢……"王清泉说到这里，将手取下嘴里衔的吕宋烟，只是向痰盂子里弹烟灰。李介梅也是坐在那里脸上显出笑容，像要说什么，一时又不好说出来。

李旭东倒是很谅解，笑道："她本来是去试试，成功失败，还在未定之天，怎能就计较薪水多少。"月英也笑道："我倒不在乎钱，不过试试看罢了。"王清泉见条件并不苛刻，就许了送二百块钱，而且请月英主演的片子名字也有了，就是《两小无猜》。商议了一阵，就约定下个星期开始摄影。王清泉、李介梅商议好了，就起身告辞。李先生送到大门口，又说了几句话，转身进来。

走进屋，只见月英坐在沙发上，左手捧着一册小日记本子，右手拿了一支小铅笔，伸到左手手背底下，反过来敲着日记本子的书面，噗噗噗地响。将牙齿咬着下嘴唇，却偏了头在那里出神。李先生笑道："你又想什么？"月英将日记本子交给他，笑道："我在这里列预算表，您瞧瞧我还该买些什么呢？"李先生接过她的日记本子看，只见上面写道："下月份预算表。计收入二百元，付请客二十元，付制衣六十元，付皮鞋八元，付跳舞丝袜五元，付自来水笔十二元。"李先生还没有看完，先笑起来，说道："我没有给你办的东西，你全写在上面了，还有一桩要紧的用费，你没开在上面。做明

29

星是要坐汽车的，你怎么不列上汽车费呢?"月英道:"那怎样能开，二百块钱还不够坐汽车的呢?"李旭东道:"虽然不够，一个月也该雇一两回的车点缀点缀。"月英道:"那么，我和您借十块钱。第一天我上公司，坐了汽车去，装一个面子。发了薪水，我就奉还。"李旭东笑道:"你现在也不过挣二百块钱一个月，动不动就是薪水，真是得意呀。"月英也不由得笑了起来。

但是她这个要求，却是多余的。在条件议好的次日，公司里就派代表正式订合同，而允许了第一天派汽车来欢迎她。杨倚云得了这个消息，欢喜得了不得，也来对月英说:"第一天自己开汽车来送上公司。"到了那日，公司里和杨倚云开了汽车来。月英以为两人坐一辆车可以谈话，就坐了杨倚云的车。到了公司里，也由杨倚云引着她到总理室去。公司里的人倒是意想不到，怎么他二人的交情就深到这样。杨倚云对于这事，以为是正当的行动，倒不怕人注意。月英又是一个天真烂漫的人，绝不留心这些，因此他们第一日到公司里，就成了一种韵事。

那个导演家王清泉倒认为月英是个可造人才，因此先请月英到休息室里去。对她把这种影片的情节说了一说，又告诉她所应注意的几点。他说:"密斯李虽然拍过一个片子，那是现成的舞蹈，是机械的动作，无所谓表演。今天还算是初次上镜头，先试试看。这就请你去化妆了。这演电影化妆和舞蹈的化妆是不同的。我请章锦霞女士帮你一点儿忙吧。"于是走了出去把那位章锦霞明星请了来。她穿了一件杏黄色的印度绸电印花旗衫，周身滚着组水钻的绿丝鞯，走起路来，衣光一闪一闪。她一进门早是圆颊生春，对月英一笑。王清泉一介绍之后，章锦霞便握着月英的手道:"不要紧的，小妹妹，你有什么事，都来问我得了。"月英和她站在一处，只觉得她身上那一种香气芬芳馥郁，浓厚异常。而且她一口广东音，说着上海话，就不大上轨道。现在改为普通话，更是佶屈聱牙。月英握着她的手，却只和她傻笑。章锦霞便带她到化妆室里去了。

这里月英虽然来过一次，现在情形有些不同。那里面接连两张大餐桌，上面放了些化妆品、几面小镜子。桌子两头，有架穿衣镜，几个女杂角靠了桌子坐下，正在一面说笑，一面化妆。桌子那头，另外有个小屏风，向里折着，将屋子隔开了一段。章锦霞把她引到屏风里来，又有一张大餐桌、几张转椅和两面大镜子，东西比较都精致一点儿。章锦霞让她坐下，就给她开了桌上的化妆盒，教她擦粉画嘴唇点胭脂。

正在这个当儿，只见旁边一扇房门一开，那柳暗香穿了一件白色洋式睡衣，披着头发，走了出来。见了人，缩着脖子一笑。章锦霞拍着月英的背道："你看，她已化妆好了，要去拍片子了。赶快弄好，我们可以去看她演一段很好的表情。"柳暗香道："别听她的，没有什么意思。"说时，她把一只手撩起睡衣的后身，赤着一双雪白的脚背，踏了一双拖鞋，踢踏踢踏，就笑着走了。章锦霞告诉月英："她今天所主演的片子，名叫《诱惑》。男角就是杨倚云，他们两人合演起来，正是旗鼓相当，回头你去看看，一定看得入神。这是真人做真事，比在电影上看，更是有趣味了。"月英听了，很是高兴，马上赶着化妆，就和她一路到摄影场来。

这摄影场正面，布着一片卧室的内景，靠了假墙，横陈一张沙发睡榻，睡榻头前开着一个小卧室门，门紧闭着。对着这内景，一列排了两架摄影机，摄影机边放了一把小转椅。王清泉就坐在那里。脚边倒竖着一个传话筒。再后一点儿有几张半新半旧的沙发椅，坐了许多人，也有男的，也有女的，也有化了妆的，也有没化妆的，大家随便说笑，那柳暗香、杨倚云也都在这里坐着。王清泉见月英来了，便用手拍着一张空椅道："密斯李，你在这儿坐着，请你先看一幕。"月英笑着，眼睛只望着大家。杨倚云穿了一套漂亮的西装，一只手拿了一束鲜花，一只手拿了一根司的克，对她微笑点了几点头，意思让她坐下。月英坐下去，王清泉笑道："你看看，这就开始了。"于是和杨倚云、柳暗香各打了一个招呼，他们就陆续登场。

内景两斜角上，竖着两只铜脚灯架，上面顶着两盏镁光灯发出刺人眼光的白光，交叉光线，射到那内景的集中点。诸事预备好了，玉清泉便嚷道："倚云，你睡在那睡榻上，要设想到两性的行动上去。"那杨倚云将手上的花和司的克都放在沙发榻边的一张小几上，帽子也搁在那里。他支着一只脚，躺在沙发上抽烟卷，这就开始摄影了。杨倚云对着那扇小卧室门，不住抬着两肩微笑，依着王清泉的指导先坐起来，坐起之后又走几步。王清泉嚷道："敲那门，但是不要敲着，极力地踌躇着。"杨倚云果然一露笑容，就伸手向前要做敲门之势，手一到门上，又缩了回来，将上面几个门牙咬住下嘴唇，痴立了一会儿。王清泉道："决定敲门吧。"杨倚云于是侧伸身子，反着手，数着次数，慢慢敲那门。王清泉举起话筒，喊道："密斯柳出来，尽管媚一点儿，不妨带点儿难为情。"于是那门开了，柳暗香将披散的头发，一齐由左肩上垂到面前来，探出半边身子对杨倚云就是一笑，右手一把捏住一绺散发，左手举起睡衣的大袖送到嘴边，将牙齿咬住一点儿袖角。

月英看到这种样子，不由得耳根上发出一阵热气。那王清泉一举右手，喊了一声："克弟！"摄影机就停止了。月英起初不知为什么他叫克弟，后来两边的摄影机停止了，这才知道是发停止的命令。正要问话，只见王清泉对杨倚云、柳暗香说出两个字，乃是特写。他们于是站在那里，静等王清泉的后命。镁光灯和摄影机却都抢着移向前来，将他们两人围住。王清泉也跟着摄影机，站到前面来，因对柳暗香道："密斯柳，你让倚云调笑，不要放出怒色。倚云就可以趁这个机会，尽管放浪起来。"因把动作的大概略略说了一遍。

这时，那镁光灯的光线罩住他俩身上，光耀夺目，真个是须眉毕显，纤毫不隐。柳暗香还是那样笑着，杨倚云却走上前一步，对柳暗香微笑，跟着微微一鞠躬。柳暗香笑着，把眼珠向他浑身上下打量一番。他却伸出手来，给柳暗香理那肩膀上披的头发，一面又另伸一只手扯住柳暗香的衣袖。二人所站的地方，就越近了，几乎要挤到一处。月英看了电影不少，却没有想到扮演起来，要这样旁若无人的。看他们二人表演，不但不知道有许多参观人，连两架摄影机正对着面孔摄影也不知道，觉得这事有些难办。不过自己一团高兴投到电影界来，又受人家一番盛情抬举，无论如何总是力避艰险，向前做去。自己这样想着，就镇定了许多。一直把杨倚云、柳暗香这一幕摄影看完，不觉长了许多见识。

杨倚云演完了，就到月英面前来说道："密斯李，你看怎么样，我表演得没有什么毛病吗？"月英坐的皮椅上，正空着有一小尺地方，他也毫不客气，一挨身就在那里坐将下来。月英一见这里的人，都是不分男女，随便坐下，随便说笑的，就也不能闪让，因答道："我觉得特写这件事，倒有点儿难，镜头灯光都逼在身边，一点儿帮助没有，硬要在脸上身上表演出来，若是勉强一点儿，摄出来就会不成个东西了。"杨倚云笑道："密斯李究竟不错，能知道有这一份困难，自然就会表演出来了。"

王清泉走过来，用手拍了一拍他的肩膀，笑道："倚云，你索性还受一点儿累，陪着密斯李拍几尺片子试试。"杨倚云笑着站立起来，握着王清泉的手掌，摇了几摇，笑道："王先生很提拔我，让我和密斯李合演，我还有个不努力的吗？"王清泉这一只右手被他握着，左手还是拍着他的肩膀，连说不错不错。于是让杨倚云休息了一刻，另外换了一个摄影场。

正面布的是花园一角的小景。一个月亮门下，陈列着一条石凳，石凳四周放了许多盆景，都是开的整株的花。这在剧本里已经是中部的情节了，今天就是先摄这一段。王清泉告诉了月英，叫她在月亮门里往外走，却是欢迎人的样子。月英走到景后，候令上镜头，只见摄影机后，来看的人格外多了，不知道怎么回事，不像平常登台跳舞自在，心里尽管扑通扑通，跳将起来。王清泉手上拿着话筒，便说道："密斯李，请由月亮门里出来。"

月英极力将神志镇定着，先在景后静默了两分钟，然后走出月亮门，那前面许多参观人的眼睛，正和那摄影机的镜头一般集合着视线，一直射到本人身上。那都罢了，唯有那导演的王清泉睁着两眼看人，先是由头看到脚，转身又是由脚看到头，看得人不知道如何是好。她出了月亮门，依了王清泉的话，作为遥遥瞭望之势，靠住了石凳，手上攀着花，昂头向前看去。王清泉喊着道："先向极远的地方看，你要觉得有一个极欢迎的人来了！"复又道，"看近些，他快要到你面前，笑，笑着迎上前去！"月英先听着王清泉的指挥，还知道依情节做去。现在突然地要凭空向远看，回头又向近看，而且无缘无故还要笑，一个人心里慌的时候，决计快乐不出来，这一笑从何而起。被王清泉一喊，不由得向他呆望了一望。王清泉道："向前看，快些笑，笑着像欢迎一个情人的样子。"月英究竟能表演舞蹈的人，立刻掉转身，强制地笑将出来。

王清泉道："是情人上去，握住她的手。"杨倚云早从布景的外面，三脚两步走入镜头，一和月英靠近，就握着了她的手，嘴里还说了不少的亲爱的话。王清泉道："密斯李靠住了你的情人吧，可以和他说些亲爱的话。"月英虽然知道在摄影场里，并不是做了哑子表演，但是事先并没有预备，而且和一个男子无端说出亲爱的话，这实在有些说不出口，又愣住了。王清泉也知道她初上镜头，这事很不容易办，就停止摄影。

月英涨红了脸，问道："王先生，你看我表演得怎么样，很不好吧？"王清泉还没有开口，杨倚云先抢着说道："不要紧的，初上镜头有密斯李这个样子，就很难得了。你若经过四五天的训练，一定就表演自由了。今天本来是试一试，就是摄得好，这一卷片子，也不一定要。片子拍得好，糟蹋一卷片子，原是不在乎的。"王清泉也觉得月英是个银幕人才，今天本来是先给一段比较难些的让她动手，现在总不算十分坏。听了杨倚云的话，也就点点头。月英见他们这样安慰她，心里才宽解下来。休息了一会儿，月英换了原来装束，就由杨倚云送她回家。

到了次日工作的时间，月英还没有出门，杨倚云又来接她。月英虽然初次加入影界，有这样一个切实的指导者，也就很容易上轨道。过了两天，是星期的日子。杨倚云驾了一辆汽车来访她。李旭东有事，先出去了。月英一个人在家里正闷得慌，不知怎样好。杨倚云一见，就说天气很好，要她到半淞园去走走。月英倒也同意，便坐着杨倚云的汽车，一路前去。到了那里，在水池边柳树荫下，拣了一块石头要坐下。杨倚云掏出手绢，蒙在石上，给月英垫坐。一弯腰，杨倚云袋里，掉下一卷相片。月英捡起来一看，第一张就是初上镜头和他合演时，二人握手情话的情形。翻过反面，却是杨倚云亲笔写的"情人"两个字。杨倚云一见实在不好意思，少不得掩饰几句。要知道他怎样掩饰，下期交代。

第五回

乐舞未央玉山颓矣
情怀莫逆兄妹为之

却说月英翻过相片来，看到上面写有情人两个字，倒不知他用意所在。正要问话，杨倚云先就分辩道："我对于自己所拍的片子，凡是得意的地方，我总放大地印下几张来作为自己的参考品。这张片子，我以为很像美国片子《情人》里的一幕，所以我注上情人两个字。"月英瞟了他一眼，说道："是吗?"说着，就在蒙住石头的手绢上坐下，摸了石头边的小石子向水里扔去，石头扔到其平如镜的水里，起了一个小圆纹。这一道浪纹，其先不过碗口大，慢慢地扩大起来，由碗口大至于桌面大，由桌面大至于门框大，一直扩大到和池面相等。月英看得很有趣味，等这个浪纹平了，接上又投下一块石头去，看了只是发微笑。

杨倚云见她对于情人两个字，丝毫不曾留意，又不顾忌讳了，便一挨身也坐在那石头上，便问道："密斯李你什么事看着这水出神，我看你含着这微微的笑容，这一定想到了一个有趣的问题，这件事也能告诉我吗?"月英道："没有什么有趣的事，我就是看到这水的浪纹慢慢加大，很有意思。"杨倚云道："无论什么事，都像这水浪，总由一个小圈儿，后来慢慢地扩大起来变成无穷大。人的爱情、人的友谊，也是这样。"月英笑道："是这样吗? 我倒不明白。"说着这话时，把她另一只手拿了的几张相片一齐交给杨倚云，说道，"我们在园里走走吧。"她站起来，在石头上向地下一跳。杨倚云看见，赶上前一步，就要来搀她，笑道："不要跌倒了，我陪你出来，我在李先生面前，是要负相当责任的。"

月英身子一闪，正倒在杨倚云怀里，杨倚云在她身后就用两手抄住她两只胳膊，说道："站好了，摔在石头上，可要摔破头呢。"月英笑着把头摆了一摆，短发蓬松纷披到额角上，一扭身子离开了杨倚云。竖起一只手，去理额上的散发，却望着他笑道："这可不是表演呢。"杨倚云见她憨态可掬，心里越是喜欢，笑道："这一段表演就好。我明天告诉王先生，叫他在《两小无猜》这片子里，也摄了进去吧。"于是挽着月英一只胳膊，顺手又在西装裤子袋里抽出一个蜡纸小口袋，笑道："这是你送我的糖，我还留着没有吃，我们两个人来同吃吧。"月英听说，真个伸了两个指头到蜡纸袋里去，夹了一块糖放到嘴里，又向他道："你怎样不吃？"于是又拿了一块给杨倚云。他笑着伸出巴掌托着，向口里一送，这实在有味。

两个人并肩合步地走着，不觉花园里绕了一个弯了。杨倚云的话语又多，南天北地，说完了还有。月英总是走了路听着，走过一个圈子，再走一个圈子，两个人谁也不觉得疲倦。正在这时，只见三四个时装少年，由草亭子里出来，目灼灼向两人看着。杨倚云和月英丢了一个眼色，牵着她就赶快走了几步。月英不解他的用意，只好跟着走。杨倚云道："我们走吧，不要在这里供给人家材料了，那几个人都是办小报的，专门和我们开玩笑的。"月英道："他们为什么要和我们开玩笑？"

杨倚云道："那有两个原因。一个原因，是要敲我们的竹杠，因为写这种小报是没有生意的，也没有人津贴他，他就专在唱戏的和堂子身上打主意。自从有了许多电影公司，他们又多了一桩买卖，都要每家公司在他们那报上登一份广告，每月出个二三十块。这种小报，哪有什么正经人去看，而且销数也是很少的。做一种生意经，要公司去登广告，公司里是不会肯的，所以他就专门把公司里的私人行动去登报，弄得公司里不登广告，拿大薪水的演员也不能不去敷衍他。又一个原因，就是现在拍电影，是一种时髦事业，电影公司里的新闻和电影明星的行动，人家都愿意知道。小报上无非是评花捧角，加些电影演员的材料上去，就格外有人看，所以我们遇到小报馆的人，躲得远远的才好。"

月英笑道："我们不怕他们，他们遇到了我，也不认识我是谁。"杨倚云道："那不一定，他们的本事好极了。公司里的事，常常我们一点儿不知道，他们已经就在报上登出来了。你的片子还没出版，人家不认得你的面孔；出版之后，那就到处都有人注意你的。"月英笑道："未必有那个日子，就是有那个日子，我也不怕的。"杨倚云低头将嘴一努，说道："他们又跟上来了，我们走吧。"说毕，拉了月英就走。

两人坐上汽车，杨倚云就叫汽车夫开到一枝香。月英知道他是要请吃饭，特意装成不知道，也不作声，一直到了一枝香门口，她才说道："你先叫汽车送我回去吧。"杨倚云道："到了这里了，哪还有回去的道理。今天到半淞园去，玩得一点儿也不痛快，我们到这里来吃一点儿东西吧。"月英笑着下了车，杨倚云是过来一把挽住，就一路进去，两人拣了一个雅静些的小房间坐了。将菜牌子一看，大致可以，菜倒是不要换。杨倚云就和西崽要两杯葡萄酒，月英连连摇手笑道："我不要，我不要，我喝酒就上脸的。"杨倚云道："葡萄酒像甜水一样，那要什么紧。"月英道："我实在不能喝，喝了弄得满脸通通红的。"杨倚云道："既是不能喝，少喝一点儿吧。我倒想了一个法子，把酒兑在汽水里喝，就不要紧了。"月英因他一再地说，也不好拒绝，只得答应了。

一会儿西崽将酒菜送上，给月英倒了一大玻璃杯汽水，然后斟了一小杯葡萄酒，拿来就向汽水里一倾。月英正要说慢点儿，刚是说出一个慢字，那酒已完全倾到汽水杯子里去了。她站起来将脚轻轻一顿地，皱了眉道："嗐，怎样都掺进去了。"杨倚云道："不要紧，酒多一点儿，少喝一些也是一样的。"月英端起玻璃杯抿了一口。觉得甜津津的，却不怎样难喝，于是就坐下来，带吃带喝。吃的时候，杨倚云有说有笑，不住地端杯喝酒。月英忘其所以地也时时喝起来，及至咸菜吃完，一大杯汽水也喝个干净，兑在水里那一小杯葡萄酒，自然也是喝下肚去。这个时候，倒觉得耳朵根下有些热烘烘的，似乎有酒气上来了，西崽将水果送上来。杨倚云拣了一个香蕉，翻剥着皮如莲瓣似的垂将下来，用三个指头拿了下端，伸着送到月英面前，笑道："吃一点儿吧，解解酒味。"月英且不用手去接，伸了脖子，将嘴就上，就在杨倚云手上咬着吃了。

月英吃完一个，伸手就去拿碟子里的苹果。杨倚云道："不忙，让我来吧。"于是拿了一个肉红色的苹果，在身上掏出小刀，转着削皮，削得干干净净的，然后在碟子里切成四块，用刀尖戳着，送了两块到月英碟子里。留下两块，却自己吃了。杨倚云一面吃着，一面又取了一个梨来削。削完了，月英却望着他笑道："梨是不好分开吃的呀！"杨倚云笑道："你也迷信分梨分离这句话吗？好吧，这梨就一个人吃吧。"他嘴里这样说着，心里就痛快到二十四分。不料无意之中，她居然吐出不愿分离的意思来，这就好极了。因笑道："密斯李，你这就要回去吗？我想请你到卡尔登去看看跳舞，你的意思怎样？"

月英是最爱跳舞的人，要她到著名的跳舞场去参观，她哪有不愿意之理。不过今天出来一天了，并没有通知父亲，这个时候不回去，还要去看跳舞，恐怕父亲不高兴。踌躇了一会子，便道："今天不早了，不去吧！"杨倚云笑道："你以为很晚吗？跳舞厅里不到九点钟以后，还热闹不起来呢？"月英道："不是，我怕回去晚了。"杨倚云道："不要紧，我们公司里就有好多人在那里，就是章锦霞、柳暗香两位女士，差不多是每晚必到的，回头总可以碰到一位，要回去的时候，请她送你回去就是了。"月英心里，本来就愁着回去父亲要说话。就是杨倚云能送，也嫌不妥当，现在杨倚云说有女明星可以送，有个女伴伴着，大概父亲不能多说什么，便道："去是可以的，但是十二点钟以前，我非回去不可。到了那个时候，您定要送我的。"杨倚云道："一定一定，绝不误事。现在时间还早，我们可以到大世界去玩玩，到九点钟我们再到卡尔登去。"月英到了此时反正是玩，就由着杨倚云的意思，先到大世界。

杨倚云因为她在北京多年，喜欢北方的游艺，就带了她上大鼓场去听大鼓书。不过月英喝了那一大杯葡萄酒，心里缓缓地有些鼓荡起来，头上也微微地有点儿发晕，明知是酒醉了，但是极愿意去看跳舞，还是勉强支持着，不肯透露出来。游艺场的时间，极是容易过去，一转眼工夫，就到了九点钟了。杨倚云因为随时要走的，没有敢让汽车开走，因之又和月英出了大世界，同坐汽车到卡尔登，告诉汽车夫十一点多钟来接，于是扶着月英走进舞厅。先在一盆大栀子花下面，拣了一个小圆桌边坐下，跳舞场里的人都有些狂热的，吃冰是比平常人格外吃得早，所以这里早预备了冰淇淋、冰咖啡之类。杨倚云看月英脸上红红的，笑道："这酒气是正上来了，喝点儿凉的吧。"月英用手摸了一摸自己的脸，笑道："可不是，我要一客冰淇淋。"杨倚云道："我总和你一样，也是冰淇淋吧。"

这个时候，有一个卖糖果的小孩，挂着木托盘，到这儿来兜卖糖果，一见杨倚云，便笑着喊了一声杨先生。杨倚云道："章小姐来了没有？"那小孩道："这两天章小姐都来得晚，恐怕要到十一点以后才得来呢。"杨倚云一面和他说话，一面就伸手到那托盘里去挑糖果，挑了几样放在桌上。小孩说是一块六角钱。杨倚云摸出两块银币，向托盆里一扔，说道："拿去吧。"那小孩道了一声谢谢，转身去了。

月英笑道："你们倒很熟，但是吃一回糖果要这些个钱，岂不太贵吗？"杨倚云笑道："我是难得吃的。章小姐每天请客，就花得很可观，一个月和这小孩做上百块钱的来往哩。"月英道："她用钱是很耗费呀，薪水怎样够呢？"杨倚云微笑道："靠薪水来维持生活，那是不够的，她们自然还有别的法子，将来你就明白了。"

正说到这里，乐场上已奏起音乐，一对对红男绿女互相拥抱着在舞厅中间跳舞。月英还是初次观光，看了他们那样憨嬉无碍的样子，未免也看得出神。冰淇淋早送过来了，她一只手靠住桌子，看那来来往往的舞女，只管出神，冰淇淋也忘却了去吃。杨倚云微笑道："密斯李，你觉得怎样？有意思吗？"月英微笑，点了点头。杨倚云道："密斯李，会不会这种交际舞？"月英摇摇头道："我不会。"杨倚云道："学会了，倒也很有趣的。密斯李若是愿意学，我倒可以教你。"月英笑道："不学也罢，学了也没有用处，这样跳舞有些难为情。"杨倚云道："有什么难为情，你看柳小姐不很高兴地在那里跳舞吗？"

月英看时，只见柳暗香穿了一件淡青色织花纺绸的舞衣，袒胸露臂的，和一个穿西装的少年纠缠在一处，正跳得起劲儿。她一回头，看见杨李二位，用眼光瞟了过来，抿着嘴，微微一点头，这边二人也对她笑笑。在这一刹那间，她移着舞步，又挤过一堆那一边去了。月英只是傻看，却不说话，原来她喝了那杯葡萄酒，早是醉得可以了。只因为心里贪着玩，不肯说回去。偏是喝醉了的人，宜动不宜静的，她由一枝香到大世界，大世界又到卡尔登，来来去去，颠动得心里非常难过。虽然在这里坐着，可是胃里有一阵鼓动，只是要向上翻出来，脑袋昏沉沉的，只觉抬不起来，实在是支持不住了，便对杨倚云道："时候不早了，请你送我回去吧。"

杨倚云拿出衣袋里的表一看，笑道："你急什么呢？还只有十点多钟，我们还坐一个钟头吧。"月英道："不是我不坐，我实在坐不住了。你不送我，我也要回去的。"杨倚云道："我们不是约了汽车夫，叫他十一点多钟来吗？现在要走，车子还没有来，那怎么办呢？"月英道："不必汽车，就是坐人力车回去吧。"杨倚云见她局促不安的样子，实在是身上不舒服，便道："既然如此，我打一个电话到行里去催一催看，只要车子在家，那只要一会儿就会来的。"说毕，就去打电话。

月英把手臂伏在桌上，额头就枕着手臂。杨倚云一会儿从外面回来，见她这个样子，索性不惊动她，让她休息片刻。约莫过了半点钟，估计叫的汽车来了，就把月英搀着，一路走出来。月英酒兴实在是上来了，走到街外被晚风一吹，更觉得酒兴勃发，竟有些站立不住。幸而叫的那辆车子，就停在卡尔登大门口。杨倚云将她扶上车去，她一坐下就歪着身子，躺在椅角上，睡眼蒙眬地望着杨倚云微笑道："我真醉了。"杨倚云道："不要紧，马上就到家了，到家睡一大觉，明天就没有事了。"说时，汽车一路颠簸着，不觉已到了李旭东家。杨倚云敲开了大门，便又扶着月英下车。月英扶着大门进去。一走进屋子，就看见李旭东背了两手，板着脸走过来，因问道："今天怎么玩到这时候才回来？"月英道："公司里的人请我吃大菜，又要我去看跳舞，我推辞不了，托了病才请杨先生用汽车送回来的。"李旭东是疼爱这位女公子的，先是怕她在外面胡闹，现在见她说得有理，也就不追究了。

到了次日，月英到公司里去，柳暗香便握着她的手道："小妹妹，昨晚上我正要请你吃糖，一转眼你就走了。"月英道："我心里忽然有点儿不舒服，坐不住了，杨大哥就叫了汽车，把我送回去了。"柳暗香笑道："杨大哥对你真是实心实意，可以说比小妹妹自己的阿哥还要好些。你叫他一声大哥，那才是对呢！"原来这杨倚云排行第一，他家里人叫他大哥，慢慢地外面人也绰号他叫杨大哥。久而久之，这杨大哥竟出了名了。月英因为这样，在公司里同事面前，也叫他一句杨大哥，有时候把这杨字删去，就直接地叫大哥。同时公司里的人，因为月英年纪最小，几个女演员都叫她李家阿妹。女演员一叫出来，男演员也跟着叫去，杨倚云当然也可以叫她李家阿妹了。不过男子口里叫人家阿妹，未免有些肉麻，所以他也不过在大家说笑的时节，偶然说一两句李家阿妹而已。

这时柳暗香和月英两人正谈到哥哥妹妹的问题，恰好杨倚云从外面走进休息室来，柳暗香连连笑道："杨大哥，杨大哥，昨晚上不理我们就走呀。"杨倚云道："不是我不理你，因为李家阿妹头晕，等着我送她回去。"柳暗香笑道："阿妹就是阿妹，不应加上李家两个字。"杨倚云笑道："不要那两个字，就不要那两个字，我这大把年纪，充她的阿哥还充不过去吗？"柳暗香将月英轻轻推了一下，笑道："听见没有，他要充你的大阿哥呢！"月英笑道："杨大哥本来比我们大，他要充老大哥是应该的，那有什么法子呢。"柳暗香向杨倚云瞟了一眼，笑道："真有面子啊！"杨倚云听着，心里也是一阵痛快，就笑道："老大哥虽然有面子，也不是好当的。譬如晚上她不舒服，不能请柳阿姐送回去，可要杨大哥送回去呢，做老哥的对于小阿妹是要尽保护之责的。"

柳暗香觉得他说保护这两个字，大有意味，又抿嘴微笑，对他瞟了一眼。月英虽然聪明伶俐，对于这种轻描淡写偏偏带有痕迹的话，却是不懂。从此以后，月英倒以为同事们说得很对，见了杨倚云不叫杨先生了，有时候叫他作杨大哥，有时候就叫他阿哥。杨倚云本来极喜欢她，她叫阿哥当然不便叫她密斯李，或叫她李小姐，也带着玩好的意味，叫她一声小妹妹。每日到了摄影场里，哥哥妹妹叫得好不热闹。

时光容易，不觉已是三个多月。月英摄的片子，已有两套成功。银汉公司的女演员，十之六七出身不大高明，唯有月英是个文学家的女儿，受过正式的中等以上的教育，自然是个出类拔萃的人。因此公司里登广告的时候，把月英的身价鼓吹得十分清高。上海各报和各电影公司，向来是有一层物质上的关系。公司里每月登上千块钱的广告，另外有一个附带条件，公司里新出一张片子，他们发出的宣传消息，必得和他照样画一葫芦给他登上。此外有些小报，知道月英在公司里有一个小阿妹的徽号，觉得这个名称有些趣味，都把小阿妹三个字当着一种开心文字，天天在报上登来登去。小报馆里的人调皮的居多。对于一个郑而重之人，还要在笔下轻薄一阵，遇小阿妹这样好玩的人儿，岂能轻易放过。因此设法向公司里去探听小阿妹的消息，来当一种新鲜话儿登出，就是找不出来，无中生有也要造一段话来登在报上。到了这个时候，杨倚云和月英的关系就自然而然地传到社会上去。

月英未上银幕以前，一班教育界的人已经觉得她是舞界之花，而今上了银幕，大家就为了她出身不错，跟着先入为主的思想，不把她当一个平常的角儿看待。对于她主演的片子，都以先睹为快。平常女明星有什么交际上的活动，社会上都认为不是光明的，至于月英和杨倚云的友谊，社会上就说她是天真烂漫的女儿，是一片忠实的友爱。因之无论月英的私事也罢，月英工作的消息也罢，社会上都给予她一种好的批评，等到月英主演的第一张片子《两小无猜》出了版，叫座的能力远驾一班片子之上。公司里本来就因人而制片，见她有这种结果，也不过是求仁得仁。唯有月英自己，真不料自己在银幕上成功是这样容易，却是十分高兴。有些人和她要相片子，要她到什么游艺会，她也就公然地许可。本来上海各公司，当主角的演员照例算是明星。月英有了这种成绩，社会上又很捧她，更要算是明星了。接上第二部片子出版，公司里毫不犹豫就给她加上一个头衔，东方玛丽璧克福、喜情女明星李月英女士。这一下子真把她抬得和那老演员章锦霞柳暗香之流齐驱并驾。杨倚云用尽了一番的心血，帮助月英在银幕上的工作，而今她有了这一样的成绩，月英是很感谢他。李旭东先生也是很感谢他，所以李先生为表示一番谢意起见，特意由家里备了几样菜蔬，专门请杨倚云一人，在家里吃饭。这一餐饭，倒很有可注意的价值。要知怎样可注意，且听下回分解。

第六回

月上花梢来听试曲
尘飞陌上笑咏同车

却说李旭东为感谢杨倚云指导月英起见，特意在家里自备了一桌饭，请他来吃，也并没有下什么请帖，只是由月英见着杨倚云口约而已。杨倚云是歇不了三天，不到李家来的，不约他，他还要来，而今又是月英面请，当然非来不可。当日杨倚云和月英在公司里工作已毕，就共坐了一辆汽车到李家来。到了门口，汽车自开回去了。杨倚云一见李旭东，就笑着说道："怎样还要老伯来请我，真是不敢当。"李旭东道："难道年长的就不该请年轻的吗？那么，倚云你为什么老请月英哩。"杨倚云道："我们是同辈，年长年轻没有关系，老伯可是长辈。"李旭东道："你不要看我是长辈。好玩起来，也和你们年轻的人差不多呢！回头吃了饭，我们一块儿听戏去。离得北京久了，倒想听听真正的北京调，现在由北京来了一批新角，应该去看看。"

月英听说，对着杨倚云一跳脚道："我说怎么样，汽车留着在这里，也许吃过饭有什么玩意儿，你就硬要把汽车打发走了。"杨倚云道："我们坐黄包车就是了，何必一定要坐汽车呢？"月英道："坐汽车不坐汽车，倒没有什么关系，不过我是主张留着汽车的。你一定不依，要把汽车打发走，我不能不算是一段小小失败了。"她说时，正站在一盆花架边，她于是背转身对着一盆新开的栀子花，不住地用手去扯那绿叶。扯了一片，用手一撕，扔在地下，就把脚来踏。杨倚云见她有十二分不高兴的样子，便笑道："这很不值什么呀！我们吃过饭打电话去叫一辆来就是了。"月英依旧是背着脸，说

45

道："来得及吗？"杨倚云道："如其不然，我马上打电话叫去，也未尝不可。"

他们在说话时，李旭东在一边看着，觉得他们娇嗔可喜，另外有一种小儿女的情致，自己本来就觉得杨倚云尚属诚实一流。在上海滩上，这样的年轻人却是不可多得。况且拍电影的人，十有九个是滑头码子，杨倚云独能不落俗套，更是难得，所以心里对于他倒还引为可靠的晚辈来看待。而且杨倚云对于月英那一番体贴之意，更胜于骨肉，很是高兴，便笑道："倚云，你不要信她，时候还早着哩。把汽车叫了来，在门口等我们吃饭，那个钱花得太冤了。"月英道："既然如此，我们就快吃饭吧。饭吃得早，可以从从容容去看戏。"杨倚云笑道："你怎样不说听戏哩？北京人是不说看戏的呀。你这个老北京，倒闹成外行了。"月英道："在上海这样久，慢慢地也跟着上海人说上海口音了。"杨倚云笑道："我以为北京话好听，非常伶俐清脆。"说着偏过头望着李旭东笑道，"老伯以为如何？"李旭东笑道："对的。"月英摇了摇头道："哼，难怪你要我说北京话，原来你是为着好听呢。我不是留声机器，我能说话让你好听吗？我偏不说，偏不说。"她这样一来，大家都笑了。

这时，酒菜已经摆好在桌上。李旭东让月英和杨倚云坐了上下位，自己却在杨倚云对面坐了，自觉是个知趣的人，这样就不碍他们的友爱了。杨倚云面前，摆着一把酒壶，拿了起来，就要向月英杯子里斟酒。月英一伸手将杯子按住，笑道："不，不，不要。"杨倚云笑道："怎么样？我们还要分个谁是主人谁是客吗？"月英笑道："我才不管呢！因为这两天我正要到永安公司去灌话匣子，怕喝酒伤了嗓子。"杨倚云道："真的吗？我仿佛听见说，永安公司要请你把那《童女牧牛》的曲子灌片子。我起初以为是小报上的谣言，不料倒真有其事。"李旭东道："我原也不会料到有这件事。老实说一句，这无非是因为月英升了明星，让人家抬起来了，于是她平常唱的歌也会值钱起来。到了话片子开起来的时候，就有人说道：请电影明星李月英女士唱《童女牧牛》。那么，自然就会有人听，有人听，公司里灌的片子也有人买了。譬如柳暗香，她唱的广东小调，真是广东妇孺皆知的东西，偏是她唱了可以卖一块钱的门票，这不是笑谈吗？"

杨倚云道："真有其事，小阿妹倒要发笔小财啊。"月英笑道："我收到了钱的时候，我一定请你吃饭。"杨倚云将手上的酒杯向上一举，笑道："这不是在请我吗？饭我是不要吃，不过你唱的《童女牧牛》我还没有听见过，我倒是愿意先听为快呢！"月英笑道："先听为快这个名词，我倒是第一次听到，等哪天我在家里练习的时候，你来听吧。"杨倚云道："是哪一天练习呢？"说着话，就望着李旭东。月英怕她父亲说出来，不住地对她父亲映眼睛。李旭东笑道："不告诉你也好，你将来先在留声机器听吧，那一定比当面听着还更有味。"倚云笑道："就是不告诉我，我也会探听得出来的。到了小阿妹练习的时候，我就会偷着来听的。"月英笑道："老远地跑来，听着人家唱一段曲子，那也太没有意思了。"杨倚云道："我坐汽车来。"

李旭东正拿了手上的筷子要去夹菜，听到这样说，于是将筷子在桌上画着字，说道："你这一笔费用，每月牺牲得不少吧？"杨倚云皱了眉，又吸着一口气，说道："正是这样，每月的汽车费花得太可观。我很想买一部汽车，一口气又拿不出这些钱。"月英道："我也是这样想，什么时候卖香槟票，我要买一张香槟票试试。若是中了彩，就可以买一部德国车了。"李旭东道："我们有职业的人，为什么要想发那种浑财？我也是少不了要坐汽车的，我们想法子去买一部大家来共坐吧。"

月英放下筷子，一拍手笑道："我有一个办法了，我们来开一个股份公司，我和杨大哥都在公司里借两个月薪水，什么钱也不用，先买下一部汽车。若是钱不够的话，爸爸，你也凑上一点儿，坐起车来，也摊你一份。"李旭东道："你每个人借两个月薪水，也不过是千把块钱，哪里能买好汽车。"月英道："我灌了话片子，还有一笔款子啊！"杨倚云笑道："我也有一笔外花。现在乾坤公司、一元公司，都约我拍一套片子，我因为怕忙，没有答应。若是为买汽车起见，我也只好接受他们的聘书了。钱是我和小阿妹出，坐汽车可是加入老伯一个，老伯看好不好？"李旭东笑道："有这样便宜的事，我岂有不赞成之理，何必问好不好。"杨倚云笑道："小阿妹出钱，还不和老伯自己出了钱一样吗？占一点儿小阿妹的便宜，那也不算什么啊！"月英道："我买了车子，每天到公司去，我是要坐车子的。爸爸每天出门的时候和我到公司里去的时候，恰好是冲突，这个我不来。"说着，摆了身子一鼓嘴。

李旭东笑道："不要着急，我这一份干股，是不享优先权的。你们坐了不要车子的时候，我才顺便借着用一用。若是你们整日整夜地要坐，我这一份干股，就不发生效力，你们看这种办法如何？"月英道："我们的钱怕不够呢，你多少得凑一点儿数目。"李旭东笑道："这话太岂有此理，既要我出钱，又不许我坐车，我为的是什么？刚才倚云一说，倒很欢喜，以为可占便宜。这样说来，倒是你们要占我的便宜。"这一说，大家都笑了。

三个人吃一餐饭，就谈了一餐饭时间的汽车问题，谈到后来，月英跳着脚道："没有什么可疑的了，我们就是这样办吧，明天就和杨家阿哥去看汽车样子。"李旭东道："这一层倒不要忙，你还是先把歌唱好吧。把灌话片子的钱拿到了手，你才算有坐汽车的把握呢。"就在这时，门口的汽车呜呜地按着喇叭乱叫。月英将两手两个食指同时塞住了耳朵眼，皱了眉顿脚道："吵死了，吵死了。"杨倚云道："汽车夫催我们上戏园子去呢，我去骂他两句吧。"李旭东道："骂他做什么，他多等一个钟头，我们多出一个钟头的钱。他催我们出去，这是好意，为什么还要去骂他呢？"杨倚云笑道："其实我们也该出去了，这一餐饭吃得时候很久，再要不去，好戏都要唱过去了。"

一句话提醒了月英，走到屋子里去，拿了粉扑，对着镜子，忙着一阵乱扑，脱下了家常穿的衣服，换了一件新的长衫，一面扣着，一面由屋子里走出来，笑道："走哇！再要迟了，花钱只好听一点儿戏尾子，真是不值呢。"一阵乱催，把李旭东和杨倚云茶也来不及喝，就加上衣服。月英在衣架上取了两顶帽子，一只手拿了一顶，将李旭东的帽子举起，自己微微一跳，把帽子向他头上一合。接上将杨倚云的帽子向他怀里一扔，笑着说道："走吧，走吧，不要耽误了。"说毕，拖了李旭东就跑，杨倚云也笑了跟在后面。

三人到了戏院子里，正好赶着好戏上场，看得十分有趣。戏又长，到一点钟才散戏。这一辆汽车，先送李氏父女二人回家，然后再送杨倚云回家，这一晚的汽车费就花了十几块。杨倚云受了这一点儿刺激，觉得这汽车有早买之必要。第二日在公司里见了月英，就极力地鼓动她合股买车。月英道："你不要急，车是买得成的，明天我就到永安公司灌片子去了。"杨倚云道："一切都预备好了吗?"月英道："这也无所谓预备，明天我带着音乐队一路去就是了。"杨倚云听了她这话，心里就算有成局，只是含着微笑。

到了这天晚晌，他晚饭也来不及吃，就独自一个人到李旭东家里来。那正是六七点钟的光景，在那电灯稀少的马路上，一轮新月飞上天空，照着马路上的绿树，一闪白光，风一吹，树梢上的银光飘摇不定。杨倚云走到李旭东弄堂门口，因为月色很好，徘徊了几步，就在这个时候有一阵弦簧紧奏的西乐声，送入耳鼓，听那声音，正是从李家发出来的。这次来得凑巧，恰好是月英唱曲的时候。走上前，将门推了一推，倒是虚掩的，于是挨身而进，站在天井里，静静地向下听。月英的调门唱得非常的高，字音又很准，因此一字一字都听得清清楚楚。里面的音乐完了，杨倚云情不自禁地鼓了一阵掌。

屋子里四个奏西乐的正挤在一处，月英和她父亲都坐在沙发上含着微笑。杨倚云一进门就笑道："你不告诉我唱的时候，我也知道了，唱得真好啊!"月英笑道："我告诉你个好消息。明天我就要去灌片子了，我的股份大概不成问题，你的股份哩?"杨倚云道："只要你办得了，我也一定赶办，绝对不成问题。不过刚才我听你所唱的，只有一小段，你不能不把这曲子重新唱一遍。"月英道："我原没有唱完，不过你加上不能不三个字，倒有些强迫的意思。我偏不唱，看你对我又怎样办。"杨倚云道："啊，我这话是说得冒失了，不过我的意思是说在交情一方面，我既特意来听你的唱，你不好意思不唱呢。有老伯在这里做证，看看我的颜色，是不是强迫的样子呢？"李旭东听了，只是微笑。杨倚云笑道："这实在是我的话说错了，我现在自己来罚自己，明天准请你吃饭，你看这一餐饭能不能盖过我说错的那句话。本来呢，一句话说错了比什么事还要重大，无论怎样，是赎不回来的。不过……"

月英笑道："你不要解释了，越解释越错，我还是唱我的，你只在一边听，不要多我的事就行了。"李旭东见她如此说，又指挥乐队奏将起来。月英同时站起来，挥动两只雪白的手臂，带做姿势带唱。她曲词里面，每段都是一半写景一半言情。她唱道：

> 天上的月，镜样圆。楼下之花，锦样鲜。月圆花好，是个有情天。小情人，今夜是有情天。我为你吃不饱，我为你坐不安。我也为你深更半夜眠不能眠，哎呀我的哥，不是我把你怜，只是你和我有缘。哎呀我的哥，你和我有缘。

月英唱到"哎呀我的哥"一句，眼睛对杨倚云瞟了一眼。唱到"不是我把你怜"，手微微地一摆。接上将巴掌向身前一照，又对自己脸子一照。唱到"你和我有缘"，于是再瞟杨倚云一眼，又点点头道："你和我有缘。"杨倚云耳闻目睹，不由心里一动，连那几个奏西乐的，在这时候都望望杨倚云，又望望月英。

月英把歌唱完，向后一退，向椅子上一靠坐下，两脚不住地打着拍子，笑向杨倚云道："唱得好不好？"杨倚云拍着手道："好好好，再来一段就更妙。"月英一撇嘴道："你倒说得好，天下哪有那样容易的事呢？"李旭东道："倚云，你不要忙。等明天大话片子出来了，你买上一张片子，放在家里，你爱在什么时候听，就在什么时候听。爱听多少次，你就听多少次，那不好吗？何必现在这样恭维人呢！"杨倚云笑道："话匣子唱的，哪有人唱的好！我宁可……"月英笑道："你越是抬举我，我越不受抬举。"说毕，一转身就向后面屋子跑走了。

杨倚云跟着在她后面走，一直跟上楼，到了月英父女读书的房间里，因为来迟一步，竟找不着月英。于是向靠背沙发上一坐，笑道："无论如何，你也躲不出这两间房，我坐在这里守着，看你出来不出来。"一语未了，突然有两只手从背后伸出来，将杨倚云的两只眼睛扣住。杨倚云反过两只手，将她的两只手也一把握着，向下一拉，回转头笑道："你和我闹，我可把你捉住了。"于是站起，将月英拖到面前来。月英笑着靠住他，向沙发上一坐，笑道："你这个人太不客气了，在楼下有那些人。你一定要我唱了又唱，人家知道我们是什么关系，我不难为情吗？"杨倚云道："这有什么难为情，无非算你肯答应我的要求罢了。这一阵子，小报上天天登的是我们的消息，我们的关系，你怕还没有人知道吗？"

月英将头在杨倚云胸胁下不住摩擦，口里哼道："我不来，他们和我捣乱，我不来。"杨倚云笑道："你来不来关我什么事，这是小报馆登的话，你还是和小报馆去办交涉吧。"月英将脚一顿道："我明天就去，怕什么？"杨倚云道："我也不明白，他们的耳目为什么那样灵通，我们合公司买汽车的话，千万不可让他们知道。若是登出来了，我们的汽车还没有买妥，那就更难为情了。"月英道："既然如此，你明天就可以到洋行里去看汽车，后天我们就坐起车来。无论如何，不让小报馆里先知道。"杨倚云笑道："只要我们坐车，就是让小报馆里先登出来，那也不要紧。"月英道："不，我主张马上就买，明天下午，你到我家里来拿款。"

杨倚云对于月英说的话是百依百顺。月英既然主张要赶快坐车，杨倚云办得更是敏捷。次日总算起了一个早。十一点钟的时候就起来，赶紧到洋行里去，看好一辆汽车，价目讲定三千二百块钱。他们久在上海滩上混，条条路都是通的，居然和洋行里说妥了，先开车子回去，次日来付款。杨倚云是个会开车的人，马上一直开到李旭东家来。这个时候，月英预备吃完饭，好到公司里去灌话片子，正和李旭东要商量，叫哪一家的汽车。杨倚云笑着进来说道："我办差事，总算是会办的，车子已经买了来，若要上公司去，我就送去。"月英道："车子就买好了吗？车夫呢？"杨倚云竖了一个大拇指，反指着自己的胸口，笑道："这样一个小汽车夫，能够伺候小姐吗？"月英笑道："你的汽车开得是好，不过你是兼差，我怕你干不长久呢。"杨倚云道："我路上倒是有一个人，我今天没有去找他，你若是愿意，我明天可以叫他来看看。"月英敲着挡风的玻璃板，说道："开吧，开吧，到了约会的钟点了，和外国人做事，不要不遵守时间啊。"

杨倚云今天开了自己买的车子，也是一件喜事，精神非常地兴旺，用一种灵活的手腕把汽车开得快而且稳。不多大的工夫，到了永安公司。杨倚云陪着李氏父女进去灌话片。所有音乐队，他们早来了。公司里的人正也忙着别的事，因此他们一来，就请灌片。片子灌完，前后还不到十分钟。公司里的外国人，支票也未曾签，就将十元一张的钞票，叠着齐齐的，送了李旭东两厚沓。李旭东教了半辈子的书，从来不曾见赚钱有如此容易的。现在突然接到二千多块钱，也不曾费丝毫的力量，觉得这钱只要有法子去找，将钱到手却不费吹灰之力。于是喜气洋洋地和杨倚云、月英坐了汽车回家。到了家里，正有人要找他到学校里去，于是将钱锁在箱子里，也不管月英和杨倚云如何去消遣，匆匆地到学校里去了。

当李旭东将钱收起来的时候，月英一伸手从中抽了一小叠，也没有数多少，就向袋里一塞，这时对杨倚云笑道："阿哥，你总是请我，我没有请过你，今天你不要客气，我要大大地请你一下，你愿意到什么地方去玩呢？"杨倚云道："今天，我们自己有了车子，还不是爱上哪儿就到哪儿。我想我们开了车子，到乡下去一趟吧。回来之后，我们再找个地方吃饭，你看好不好？"月英也是喜欢过了分了，一点儿主张没有，杨倚云说是下乡，就是下乡好。当时和杨倚

52

云出门，也不向后坐，就坐在杨倚云开车的地方。杨倚云开了车，风驰电掣直向乡间而去。

这马路修得光滑平坦，两边的柳树枝叶相连，齐齐地排着，直成了一条绿巷。这条绿巷由崇楼杰阁的当中，慢慢伸到旷野的地方。这里四围是麦田，麦都长得三四尺高，风一吹来，起着一层层的黄色波浪。车子所过的地方，有几条小河，在麦田里纵横穿插。乡下许多新树，左一堆绿，右一丛青，散在各处。青绿之间，有时还带着一两间竹篱茅舍的人家。杨倚云看了景致，心里一畅快，车子开得也快极了。车子下面随卷着一道浮尘，如浓烟一般，向空中直冒，因笑着对月英说道："我觉得在乡下住，比上海滩上有意思多了，我们将来在乡下买地造房子，住在乡下吧。"月英抿嘴笑道："我们合股买汽车，还合股盖房子吗？"杨倚云笑道："其实要合什么股，将来我的不就是你的，你的不就是我的吗？"月英偏了头，望着风景，说道："我们又没有债务关系，这话怎说呢？"杨倚云将一只手扶了车机，一只手从月英背后，偷了伸着过来要将她脖子一抱，正要她回头过来，月英忽然大叫一声，杨倚云缩手不迭。其故为何？下回分解。

第七回

满榻芬芳小楼且住
一天风露午夜何之

却说月英大叫一声，杨倚云忙把手缩了回去。偷眼看她时，是害怕的样子，倒不是害羞的神气，因笑问道："你怎么了？"月英道："我想起来了，这麦田里是阎瑞生害莲英的地方，我怕有鬼。"杨倚云这才明白，笑道："不要胡说，乡下到处是麦田，难道到处都是害莲英的地方不成？"于是依旧伸着手过去，拍着她的脊梁，笑道："不要害怕，不要害怕。"他们开着车，兜了一个大圈子回租界去，上馆子吃晚饭。吃晚饭之后，又上跳舞场去跳舞，整整地乐了一天一晚。

杨倚云用钱本来就很奢侈，现在李氏父女突然发了一个小财，用钱更不在乎，以为钱是这样容易来。只要月英灌十分钟的话片，就可以大用一个月了。杨倚云差不多是无日无夜陪着李氏父女的，随着他们花钱，未免有些饥荒。本来自己用钱，一向是寅支卯粮，而今连卯粮都支完了，天天还是零零碎碎去凑钱，却大把地花去，因此物质是很愉快，精神上是特别的痛苦。

有一天，驾着那辆汽车，停在先施公司门口，自己到里面去买东西。一进门，就看见一个时髦的女郎，穿了一件绣花缎子的长衣，齐了双膝，膝下露着肉红色的丝袜，骨肉停匀，下面穿的那双高跟皮鞋，一走一顿，上身随着扭动起来，头上蓬了一头烫发，两耳边垂着两个螺旋形的鬓发，在鬓发下坠出两只钻石耳环子来，摇摆着银光一闪一闪。杨倚云看了，觉得她身腰楚楚，大有外国闺秀的意味，自己随在她身后，那一阵阵的脂粉香尽管向人身围绕着，拂之不去。因为这样不由得心里想着，她后影子如此好看，究竟不知道她的面孔如何，非看一看不可。心里盘算着，两只脚不由得加快起来，已经走旁边过去，抄到她的前面。恰好到了这里就是上那太平梯的所在了，杨倚云抢过去几步，上了梯子。一回头，恰好和那女郎打一个照面，见她的鹅蛋脸儿，配着轻轻的一双眉毛、一对水也似活的眼睛，两腮上并没有擦多少粉，只眼眶下轻轻地把胭脂晕了两个小红印儿。

杨倚云这样仔细地看她，她不但不躲避，倒反而由上至下，看了过去。杨倚云猜她是阔人家里的大小姐，还不敢鲁莽，只是放慢了脚步，把那梯子一步一步地走着，那梯子到半中间便是转过来斜上去的，在这个地方一个在前，一个在后，又正好侧面就看着。那女郎见杨倚云老是看她，就不禁嫣然一笑，露出两唇之间一排雪白的牙齿。杨倚云料得无事，便在回梯之处候着她。她走上前一步，笑道："你老看着我，认得我吗？"杨倚云也笑道："似乎在哪里会过，但是想不起来了。"那女郎抿嘴一笑道："你不认得我，我倒认得你，你不是那杨倚云杨先生吗？"杨倚云笑道："是的，我们这一副面孔，总在银幕上和人见面，人家自然认得。"

那女郎一面和杨倚云说话，一面走到卖绸缎的玻璃柜子边去，那些伙计看见她前来，早有几个笑着迎上前笑道："六小姐，好久不见了，今天要买点儿什么？新到的巴黎缎，各种花样都有，价钱也公道。买两件料子，好吗？"杨倚云听了，这才知道她是六小姐，因为她并没有表示拒绝，觉得盛意可感，便也不走开，只在身后，笑嘻嘻地站着。那女郎对伙计道："我自己不做衣服，你拿点儿袍料给我看看吧。"伙计有认得杨倚云的，对他望了一望，笑道："这是杨先生吧？"杨倚云笑着点了点头。伙计见着，以为杨倚云是和那女郎一块儿来的，便也拿料子给他看。那女郎看了两样，便回转头来，笑着问杨倚云道："你看这样子怎么样？还好吗？"杨倚云也随声答应好。于是她就叫伙计剪了两件料子，打开钱袋给了五十块钱，另外又买了一点儿零碎东西，笑着和杨倚云点头道："我们走吧。"

杨倚云一时为感情所冲动，自己也忘了是来买什么东西的。她说走，也就跟了她走。走到梯子边，她回转头来一笑，说道："我们从今天起就认识了，不能不留一点儿纪念品，我买的这两件料子，送给你吧。"说时把包好了的一捆衣料，轻轻悄悄地，向杨倚云手里一塞。杨倚云笑道："这可不敢当，怎么初次会面，就收六小姐这样的重礼。"那女郎听他称呼为六小姐，笑道："这样客气做什么，东西就请收下吧，我买了袍料做袍子自己穿不成。"杨倚云见她如此说，只好把东西收了。

　　一路下得楼来，杨倚云见她自己并没有预备什么车子，便笑着说道："我这里有车子，送六小姐回去，好吗？"那女郎笑道："可以的，我也请你到我家里坐坐。"杨倚云便问道："车子开到哪里？"那女郎道："小花园吧。"这小花园正是堂子会集之所，杨倚云这才明白她是一个妓女。但是她一来长得好看，二来又盛情可感，绝不能因为人家是个妓女，就不来睬她，于是和她一路坐上车去，告诉车夫开到小花园。杨倚云在车上和她并坐，笑着拉了她的手道："你真不像是堂子里的人啦，我以为你真是人家的大小姐呢！你芳名叫什么？"那女郎道："你就叫我老六好了。"杨倚云道："不，我总叫你的名字，因这样称呼，才见得亲热呢！"那女郎道："我叫春萍。你以后叫我春萍也好，叫我老六也好，我总把你当是亲热的称呼就是了。"杨倚云笑道："好吧，以后四个字一塌括子叫，叫你春萍老六就是。"

　　两人说笑着，车子已停住了。春萍便和杨倚云一路走进弄堂口，第三座门便是她家里。春萍先在前面走，上了楼，她一直把杨倚云引到亭子间里，笑道："地方不大好，勉强坐坐吧。"杨倚云进来，见铜床上垂着天青的珍珠罗帐子，里面铺上绿色的锦被，配着紫色绣花缎子软枕，那床上两个鲜花球浓香袭人，真有一种富于挑拨性的样子。春萍笑道："我们这里地方是窄得很。"杨倚云笑道："我以为到了仙洞里了。"说到这里时，春萍两个房间里的人，含着嘻嘻的笑容，送茶送烟，忙个不了，走来走去都不由得向杨倚云瞟上两眼。

杨倚云笑道："你们看我做什么？认得我吗？"房里人阿金笑道："怎么不认得呀！我和我们六小姐常常去看你的电影。看你本人，比电影上的人还要漂亮些。"杨倚云笑道："那也未见得，你当面给我高帽子戴吧。"阿金正拧了一把毛巾，站在他面前，把手巾展开来，只顾和他说话，不觉得自己先擦起手来。春萍道："阿金，你出了神了，怎样拧了毛巾把子自己先擦起来了。"阿金低头一看，不觉红了脸，笑道："我是只管说话，就不会客气了。"她借着换手巾，就一偏头走了。春萍看了阿金的后影子，对杨倚云抿嘴微笑。杨倚云道："她是以为我到这里来，也是演电影，所以尽管看我。"春萍指着他笑道："以后你一个人，少出门一点儿吧。女人家看见，弄得人家丧魂失魄，那是何苦呢？"杨倚云伸了一个懒腰，向床上一歪，笑道："这种地方，又有一个美人儿陪着，我也丧魂失魄呢！"

两个人你恭维我一句，我恭维你一句，真个是惺惺惜惺惺，越谈越有趣。由下午一直谈到晚上，杨倚云也不曾说出一个走字。春萍道："你不要客气，我请你一块儿去吃晚饭，你去不去？"杨倚云道："我请你，我请你。"春萍笑道："这种小事，我们就不应该客气。你请我也好，我请你也好，算什么呢！"杨倚云连连点头道："你这话有理，以后我们彼此不客气就是了。"于是春萍又坐了杨倚云的汽车，一路出去吃晚饭，一直留恋到两点钟，才各自分手回家。

杨倚云这一来，觉得春萍老六的确是多情。人家说青楼中的女子谈不到爱情，由此看来却有些不然。不过自己盘算着，这两个月来陪着月英玩，已经有些亏空，最近又七拼八凑买了一辆汽车，差不多山穷水尽了，哪里还有钱到堂子里去花，但是老六待我这样好，我要不去做一点儿面子，良心上又说不过去。因此两下为难，倒尽管踌躇起来。这天晚上，自己打搅得到了天亮才睡。一觉醒来，已是下午三点钟。今天公司里正赶着拍一部片子的内景，这应该去了，因此爬起来洗把脸，只喝了一杯牛乳，就坐了汽车，赶到公司里去。一走进摄影场后面的休息室，只见月英鼓了两片小圆腮儿，杨倚云遥遥对她一笑，走上前去。她却一翻身，脸掉了过去。杨倚云用一个手指头，点了指着她道："你不要开口，我就知道我是什么事得罪你了。"

月英尽管由他说，却是不作声。杨倚云道："你不是因为我昨天开了汽车走开，你找不着我的人影吗？人家昨天下午一场病，几乎病得过去了。我不怪你没有去看我，你倒怪我没有开车来陪你吗？"月英听说，一转身过来说道："我怎么会知道你病了。"杨倚云道："你不知我病了，我也不怪你，不过你不能糊里糊涂就生我的气。"月英道："你为什么也不打一个电话给我呢？"杨倚云笑道："你这是孩子话了，我要是能够起来打电话，为什么还不来找你？我要能打电话，我就坐车子来看你了，你说是不是？"月英让他一说破，就没有什么话可说了，禁不住微笑起来。杨倚云道："我说出理由来了，你就无话可说了，以后不要这样糊里糊涂地生气才好。"月英道："我才愿意生气呢！今天晚上能不能请你到我舍下去吃饭？"杨倚云道："请我吃饭，这是好事呀！还有个能不能的吗。"月英因昨天晚上要到几个地方去，没有坐到汽车，肚里是满肚皮不愿意。现在杨倚云慢慢说好了，月英就不生气，二人言归于好。

但是从这天起，杨倚云就不像从前一样，是每天到晚都在李家。他有时来，月英问起来，倚云总是说有事。月英的名声现在是一天高似一天，人也一天忙似一天，不能像从前那样清闲。看看时光，又到了五月中旬。这一天因为银汉公司带了许多人到苏州去摄外景，自早上七点钟赶了早车走，到晚上九点钟的时候，又坐了特别快车回来了。这一天大家在大毒的太阳底下忙了一天，实在也就够累的了，因之到了上海，一帮头等明星，就忙着到饭厅里去开房间洗澡。原来上海的阔人，他们是不到澡堂子里去洗澡的。要洗澡，都是到饭店里去开房间。一来是房间宽大舒服，比澡堂子好；二来可以徘徊一天一晚的时间；三来是吃喝玩笑，还有种种的便利。

杨倚云在火车上便私私地问月英道："到了上海，一块儿开房间，我们去洗澡去。"月英红了脸，微笑道："我是在家里洗澡惯了

58

的，不上旅馆。你要洗澡，你一个人去吧。"杨倚云见她没有答应，也就不再向下说。那同坐火车的柳暗香见他两人唧唧哝哝地说话，看在心里，尽管微笑。等着杨倚云坐了过来，因笑着说道："今天拍片子，拍得真是累杀。到了上海，第一是去沐浴，第二弄部汽车坐了去兜圈子，夜里去吃几客冰淇淋。"杨倚云道："你想得周到，那是很惬意的。"柳暗香道："你别说人惬意，你自己呢!"杨倚云道："我自己吗？现在还没有一定。"柳暗香道："邀了小阿妹，我们三个人一道去，你看好不好!"杨倚云道："她说她不愿意在外面洗澡。"柳暗香道："家里洗澡，哪有外面好呢？盆子又小，水又少。"

月英心里一想，我要是不去洗澡，柳阿姐一定要跟了去，那不是好事。我不可以放松，而且有了柳阿姐在一道，我越发可以跟了去。不过自己说了不去在前，这个时候要去说，倒有些不好意思，所以默然无语，意思是要杨倚云替她把话说出来。不料杨倚云平常调皮，这件事一点儿也不调皮。月英不曾说去，他也就不敢代表替她说去。就在这个时候，他们公司里的滑稽明星大块头走了过来插嘴笑道："哪个要洗澡，带上我一个，行不行?"柳暗香且不说什么，将下巴一翘，嘴一撇。大块头笑道："面孔长得不好的人，办什么都要低一个码子，连交朋友都有些不行。"月英也是气不过，便道："你交不到朋友吗？不要紧，我们两个人算是朋友就是了。"月英说了这话，以为杨倚云一定要生气的，却不料他淡然置之，只是微微一笑。月英看见这种情形，心里有如火烧，但是这种苦处说不出来，也只好勉强忍着。

及至到了上海，杨倚云却算没有跟着柳暗香走，陪了月英一块儿回来。坐了一会儿，月英见他还是坐着没有走开，便问道："你不是要去洗澡吗？怎么还坐在这里?"杨倚云道："我不能走，我走了怕你要疑心哩。"月英笑道："胡说，我疑什么心？你要走就走吧，不要在这里假惺惺了。"杨倚云笑道："有了这一道御旨，我就可以畅所欲为了。"杨倚云戴了帽子正要走，月英一伸手扯住他的衣服，说道："可是一层，要回来吃夜饭。你若是不回来吃饭，我是不答应你的。"杨倚云道："一定一定。有饭吃，岂有不来之理。"杨倚云坐了汽车，且不上澡堂洗澡，一直就到小花园春萍老六家里来。

春萍正在家里无聊，找不到事情来消遣，杨倚云来了，非常地高兴，说道："我听说你到苏州去了，怎么没有走？"杨倚云道："我已经去了，因为公司里怕多花钱，当天去当天就回来的。"春萍道："刚回来的吗？"杨倚云道："下了火车我就到你这里来的。"春萍道："你不要骗我，火车是什么时候到，现在是什么时候。"杨倚云笑道："你真厉害，我要撒一点儿谎都不成，我原是到公司里去了一趟，交还了化妆的东西才来的。我急于要去洗澡，想来邀你一道到大西去开一个房间。不知……"说时望着春萍的脸微笑。春萍也笑道："你不要在我面前掉枪花，什么洗澡不洗澡。"杨倚云道："你以为我是借洗澡为由头吗？不信，你闻一闻我身上这一身子汗味。"说时，就牵了自己的衣服，让春萍去闻。春萍道："我闻什么，要开房间，你去开房间就得了。"杨倚云笑道："这个我自然知道，但是你去不去呢？"春萍道："我陪你一块儿去，你还有什么不放心的吗？"杨倚云道："好极好极。我是浑身发痒，一刻儿也不能等。要走，我们马上就走。"于是催着春萍换了衣服，一块儿就到大西饭店去。

杨倚云在饭店里鬼混了一阵，记得月英还要他吃饭之约，便对春萍道："你在这里睡一觉吧，我有事要到公司里去一趟。"春萍道："饭店里我已给了钱了。我也出去，一点多钟的时候再来吧。"杨倚云道："那也好。"于是又坐汽车到月英家里来。这个时候，已经快十二点钟了。月英在家里正等了个不耐烦，一见杨倚云，埋怨道："怎么这时候才来？等得我起坐不宁。"说话时，皱了眉头，仰着斜躺在沙发椅上，身也懒得起。杨倚云笑道："我今天实在对你不住，接连误了你几回事。"说时，俯着身子，两手撑了沙发椅，慢慢地挨着坐下来。月英道："大家一路从苏州回来的，都要休息，独有你一个人忙。回来之后，就四处乱跑，我不懂是什么道理。"杨倚云道："这并不是临时发生的事，早就约了时间和人见面，我不到苏州去，还不要紧，我到苏州去，就把时候挪动了，事情更是挤在一处，所以回来之后，就非常地忙。"

月英听了他的话，又以为可信了，于是催着烧饭的阿姨将饭菜全搬了出来，与杨倚云共饭。那位李旭东先生却自有事情，还没有回来呢。吃过饭，杨倚云喝了半盏茶，却笑着对月英道："现在时候不早了，还有什么事要办的吗？"月英道："没有什么要办的事了，你还有什么事吗？"杨倚云想了一想，微笑道："现在没有什么事，我要回家去了，明天恐怕我要向公司里请大半天假，不会去了。你有什么事，要等明天晚上再见了。"

月英一面说话，一面陪了他走出大门来。在弄堂里抬头对天上一看，一轮月亮光灿灿地挂在碧空的天上，在月亮的四周只稀稀地有几点亮星，这弄堂里自然一阵凉气环绕四周。一出门，不觉上身一阵清爽，杨倚云道："外面凉爽，你进去吧。不要着了凉。"月英点点头道："不要你挂心，这月色很好，我要在马路上树荫下走走，踏一踏月色。"杨倚云将两手一伸，拦住了她的去路，笑道："我去了，你一人在马路上走，不怕吗？"月英道："怕什么？哪一个拆白党要跟着我，小姐就赏他几下耳光。"杨倚云道："不是说你怕拆白党，若是马路上的小流氓看见你手上的戒指，他要来抢你的，你怎么办？"月英道："我也不走远，就站在弄堂门口，这弄堂门口，有个印度阿三在那里守着的。小流氓纵然大胆，他也未必敢动手，况且过去一点儿路就有一个巡捕的岗位，那怕什么？"杨倚云笑道："你真是要去，就去吧。"月英心里原来没有什么用意，因为杨倚云再三地不要她出去，她心里更疑惑了，就非跟出来不可。走到弄堂门口，这共用的汽车正头朝东尾朝西，汽车夫已经在车上等着。月英一想，不对，这不是杨倚云回家之路啊！

汽车夫一见杨倚云出来，便问道："杨先生，汽油不够了，这就到大……"一个大字没有出口，见他身后还跟着一个月英，便把话忍回去了。月英知道这大字以下凑上一两个字便是地名，故意装着没有听见。杨倚云道："既然没有汽油，为什么不早说？"月英不管他说话，忽然打了一个寒噤，说道："哎呀！好凉，我进去了。"转身便向弄堂里一跑，跑到一个人家后门洞里，略微等了一等，然后轻轻地放着脚步走了出来。只听见杨倚云说道："那就不必去了，明天十二点钟，你开车接我去好了。"接上，就听见杨倚云叫黄包车的声音，自己闪在暗地里向外一看，汽车开走了。杨倚云坐了一辆黄包车向南而去。这个时候，马路的树叶上洒满了露水，月亮照了，亮晶晶地发光。马路上行人稀少，只有一阵阵的晚风来吹动衣袂。月英大感疑惑之下，这般夜深，他向哪里去哩？这一急，就要跟下去看个究竟。要知她查出究竟没有，下回交代。

第八回

倩影双栖黄金铸爱
柔肠寸断白柬书愁

却说月英见杨倚云走了，自己便要跟着下去看看究竟，但是刚要叫车子的当儿，她父亲李旭东恰从外面回来。一看见月英站在外面，便走上前握了她的手道："孩子，这样夜深，你怎么一个人在外面？"月英不便说实话，只道是出来踏一踏月色，就随着她父亲进去了，自己肚子里怀着一肚子的疑云，一晚也不曾睡得安稳。

那杨倚云的行动恰是站在她的反面，当晚上坐了黄包车，一直上大西饭店去会春萍老六。到了次日一点钟，二人又是在一处吃早饭，这所用的钱固然全是春萍所花的。吃完了饭之后，春萍又逼着杨倚云一路到凯罗公司去，又给他做了一套西服。杨倚云明知道白相是要花钱的，所以自己虽有许多朋友是嫖界的老手，但是总不敢学样。现在白相起来，不但不花钱，而且还可以收许多钱回来，真是出乎人意料以外。她们堂子里的人牺牲色相，为的是嫌钱，现在春萍却把她的钱流水似的向外花。这一种爱情，当然没有丝毫假意，自己和人家交了朋友，又花了人家的钱，心里实觉过不去，也不知道要怎样办才好。

到了本日晚上，索性不到李家去了，直接就来看春萍。等房间里的人不在这里，春萍当着杨倚云的面，却拿出两叠钞票放在桌上，看那样子大概有百元，因瞟着他一眼，笑道："他们来了，你就只当是你拿出来的。"杨倚云笑着刚说了一句不好意思，房间里的阿金就送了水果进来了，春萍望着她，嘴向桌子上的钞票一努，阿金会意，便笑着望了杨倚云道："我们要谢谢杨大少。"杨倚云红了脸，只是微微一笑，却没有说出什么来。等到人走了，杨倚云握住春萍的手道："你这样做法，我心里过不去，应当有的开销以后请你先告诉我，我自然会预备。"春萍道："几个钱算什么？还值得这样提起？只要你对我良心好一点儿，不要专念着小阿妹就行了。"

杨倚云听了这话，恨不得把自己的心都掏出来给她看，将春萍的手握得紧紧的，将头一直就到她的肩下，很诚恳地道："老六，你还有什么信任我不过吗？"春萍笑道："男子的心，那是难说的，时时刻刻都可以变，况且我是堂子里的人，人家是小姐，我怎样可以和别人家比。只要你把爱小阿妹的心分一点儿给我就行了。"杨倚云道："你不要信外面的谣言，我和她不过因为在公司里同事，是个朋友罢了。其实一点儿关系没有，外面报纸上登着我们怎样怎样，全是胡说。"春萍道："既然登得完全不对，你们为什么不要报馆登转来呢？"杨倚云道："他们登一次两次，我们可以叫他更正，现在他是天天给你登上，你有什么法子，难道天天去更正吗？好在这种事，到了后来，终究会水落石出的。所以有些报馆里知道，不过是这么一回事，也就不大登了。"春萍道："好吧，我也往后看，看你的话是真是假。我有这一句话，将来就可以看出你的心事怎样了。"杨倚云道："这话说得最是中肯，你往后看看我的行动就是了。"

春萍道："不要说闲话，我问你，吃了饭没有？"杨倚云道："没有吃饭。"春萍道："我猜你就没有吃饭，一块儿吃饭吧。"杨倚云道："你不要出主意，让我带你出去，好好地吃一回俄国冷饭。"春萍道："不要出去吃，我自己给你烧了一点儿小菜，就在我这里吃。你看好不好？"杨倚云道："是你做的，我非吃不可。得了没有，我这时就要吃。"春萍笑道："做可不是我做的，不过我告诉阿金，叫她怎样弄。"杨倚云道："原用不着你自己去做，譬如我们拍电影一样，有好导演的，片子就会拍得好。没有好导演的，就是弄了许多明星去做演员，那也是枉然的。阿金本来是个做菜的明星，有了你这做菜的大导演家出来一导演，那自然会好吃了。"

阿金正在房门外，听了这话，一掀帘子笑了进来道："杨大少真是会说话。这样一说，六小姐好，我也跟着好。这要是六小姐自己做，倒反显得差一点儿了。"杨倚云笑道："那也是好的。好比导演家，自己有时也拍片子的。"春萍抿嘴笑道："你这一张嘴，实在是甜，我真没有你的法子。阿金，你把菜端来，我们就吃吧。"阿金含着笑，于是将橱子打开，在橱子里取出一双牙筷、一把银匙来，先放在桌上。杨倚云笑道："这是怎样的吃法，两个人共用一把匙子，那还可说。两个人用一双筷子，那怎样行呢？"春萍笑道："这是我自己平常用的，你用吧，我为你来，我已经买了一双新筷子、一个新汤匙、一只新饭碗。"阿金笑着对杨倚云道："这是面子啊！我们六小姐最要干净，平常不用人家的碗，她的碗筷也是不给人用的。"春萍笑道："去吧，不要在这里多话了。"阿金笑着，另取筷子、汤匙放在桌上，然后把菜碗饭碗陆陆续续地也摆在桌上。

杨倚云一看，是一碟鸡肫、一碟糖醋红萝卜、一碗炒豆苗、一碗红烧鲤鱼、一大碗白菜汤。春萍先将筷子拨了一拨红萝卜，夹取一块萝卜，给杨倚云看道："这个东西，不是上海的东西，是从天津带来的。"杨倚云道："这个白菜，大概也是北方来的。听见人说，北京的白菜最好吃。"春萍道："你应该吃过啊！你的那个小妹妹不是北京来的吗？"杨倚云道："不许再提这些话，你要再提，我就不依你。"春萍道："你怎不依我呢？"杨倚云道："现在不能说。"于是二人一笑而罢。

当时对坐着吃饭，是很适意的，吃到半中间的时候，忽听到有人娇滴滴地叫道："六阿姐。"春萍一听那声音，就知道是结拜的妹妹飞艳老七，便答应道："你上来吧，我给你介绍一个朋友。"飞艳正是站在梯子的半中间，当时一双高底鞋，扑通扑通，踏得梯子响。响声一毕，帘子一掀，一个人向里一跳，杨倚云看时，一个丽人站在门帘子边，身上穿了一件整白花织花缎子绛色旗袍，脸上擦了薄薄的脂粉，一头黑发却用一串珠辫来束着。这旗袍是挖领的，略略露出里面粉绸衬衫，光滑滑不戴珠项圈，戴了一串丝条，系着一把金锁，垂在胸前。

杨倚云在这里看她时，她也偷眼来看杨倚云。春萍就笑问道："你认得吗？"飞艳道："面孔蛮熟，想不起来在哪里会过了。"春萍道："你仔细想想，总会想起来的。"飞艳笑道："是了，我记起来了。"因问杨倚云道："你贵姓是杨吧？"杨倚云笑着点了点头。飞艳道："我的记性真是不好，前三天我还看见你演的电影，怎么今天就想不起你的面孔来了。"春萍道："老七也是一个电影迷，好片子没有不看的。"杨倚云笑道："看好片子的人，看我主演的电影，那是很不入目的。"飞艳笑道："哎哟，客气。"杨倚云道："不是客气，是我主演的片子，不敢说好，究竟也不至于坏到哪里去。但是上海滩上的电影公司，无论什么都是很幼稚的，要和人家外国影片比，当然有天渊之隔。看惯了外国影片，再来看中国影片，就会觉得处处是毛病。"飞艳道："这话蛮对，但是慢慢儿总会好的。我想中国的电影明星都有你这样子，又肯下功夫，也就很好。"杨倚云笑道："这是给我高帽子戴啊，我倒很感激。"二人越谈越入港，索性坐了一处长谈下去了。

　　春萍因为和飞艳私人感情很好，自己的情人和飞艳也可以算是一种朋友，所以并不嫉妒，倒愿意他们谈得有趣。她因有事走开了，飞艳瞟了杨倚云一眼，却微微笑道："你和我们六阿姐蛮要好哇！"杨倚云笑道："我们也是新朋友，还谈不到要好。"飞艳将嘴一撇道："不要拿瞎话来骗我。"杨倚云笑道："新朋友旧朋友这有什么关系，用不着骗你。"飞艳道："新朋友交情就这样好，少见啦。"杨倚云笑道："这话不对。譬如我们两个人是初次见面，而且见面还没多大一会儿，何以说话说得这样热闹呢？只要彼此说得来，新朋友也是和旧朋友一样的。"飞艳道："真的吗？"杨倚云道："真的。譬如老六请我吃饭，我到了，你要请我吃饭，我也会到的。"飞艳道："好，我今天晚上，请你在老半斋吃点儿东西，你去不去？"杨倚云当她进门之时，就觉得艳丽之中另带一种烂漫的色彩，很愿意和她接近接近。如今她要请吃饭，这朋友又是交成功的了，自然是欢喜，连道："去！去！去！"飞艳听说，眼睛望了杨倚云，微微一笑道："你去是去，可不要对老六说。"说毕脸上一红。杨倚云笑道："当然，我何至于那样憨。"

说到这里，门外脚步响，二人便停止了不说。春萍进来了，见飞艳坐在下手门边的小椅上，笑道："老七为什么坐得这远，你怕阿杨吃了你下去吗？"飞艳笑道："吃是不怕吃下去，我怕他看了我的样子，又去导演片子，我倒给他做了一种材料。"春萍笑道："这样说你是自己以为很标致呀！"飞艳站起身道："你两家头谈心去吧，我不要在这里打岔了。"说毕，笑着走了。春萍对杨倚云道："老七很热闹，蛮好白相。"杨倚云笑说："我喜欢温柔些的人，这种人是不大对劲儿的。"春萍笑道："真的不大对劲儿吗？刚才你们为什么谈得那样好呢？"杨倚云道："我又不是一个木头，人家和我谈话，我怎好不理人家呢？你讨厌我和她说话，以后我不见她就是了。"春萍道："胡说，我也犯不着吃那种飞醋。连你和人说话我都不愿意，那我只有昼夜跟着你了。"杨倚云笑道："我也猜你不至如此，不过我真要和你的姊妹们要好，恐怕你……"春萍把脖子一歪道："绝不，绝不，那要什么紧？你愿和哪个要好，你就和谁要好得了。"杨倚云笑道："好，这话说了放在这里，我们往后看吧。"当日两人说了一阵，各自散开。

到了晚上八点钟，杨倚云就到老半斋赴飞艳的约会。飞艳早定了一间屋子，在那里品茗恭候。杨倚云一掀帘子进来，飞艳早是眼珠一转，向他嫣然一笑。杨倚云笑道："你看怎么样，我总算没有失信吧？"飞艳笑道："我自然知道你不会失信，若是知道你失信，我还会在这里等着吗？"当时两人并肩坐下，就吃喝起来。飞艳举了筷子吃东西，金光灿灿的，由无名指上发出一道光来。杨倚云回头看时，乃是一只钻戒，因笑道："你一个人出来，还戴这些东西，你就不怕危险吗？"飞艳道："这是极小的钻石，总共不过值四百多块钱，我想没有什么人会注意它。"杨倚云笑道："没有人注意它吗？我就注意它。"飞艳放下筷子，左手在右手上一扒，就把钻戒拉下了来，交到杨倚云手上，笑道："你就拿去，也只有这大的事值得注意吗？"

杨倚云将钻戒套在手上看了一看，笑道："倒是很合适。"飞艳道："你很喜欢这只钻戒吗？"杨倚云道："宝物是人人都爱的，这何消问？"飞艳道："既然你很爱它，我就送给你吧。"

杨倚云真不料她的手腕比春萍更是慷慨。一见之下，马上就送四五百块钱的贵重物品，心里哪里禁得住一阵狂热的欢喜，因道："我一点儿什么东西也没有送给你，怎样你就送我一只钻戒？"飞艳道："你说这话，有多么小气。难道非你送我的东西，我就不能先送东西给你吗？"杨倚云笑道："这算是我失言，你不要见怪。本来交朋友，只要是知心，有东西我送你可以，你送我也可以，那不算什么。"飞艳道："这话倒还像话，以后我们常常聚会，不要把我看作不如老六就行了。"杨倚云道："我要求你一件事，行不行？"说毕，对飞艳眯了眼睛傻看。

飞艳笑道："拣好的说。"杨倚云道："大马路新开了一家照相馆，我们去同拍一张电光小照，可以不可以？"飞艳道："那有什么不可以，和电影明星在一处拍照，那是人家想不到的事情啊！"杨倚云道："我们既然是朋友，这种机会很多，无论你愿意和哪一位拍电影的拍照，我都可以介绍。"飞艳抿了嘴笑道："你这人倒是很大方。"杨倚云道："既是要好，就要大方，若是处处拘束，那有什么意思呢？"飞艳听他这话，更觉合意。吃过饭，两个人很高兴地到照相馆去，拍了一张并坐微笑的小照。照相之后，飞艳说天色还早，要出去玩玩，二人又到跳舞场去混了一阵。到了一点多钟，杨倚云将汽车送飞艳回家去。

自这天来，他不是和春萍在一处玩，就是和飞艳在一处，晚上或者回家，或者不回家。就是回家，也是两三点钟的时候。至于对月英，除了在公司里拍照可以会面外，两三天也难得到她家里去一回。月英问起来，杨倚云就推说要组织一个公司，公司规模伟大，总要驾乎银汉公司之上。因为这样，事先总要尽量地筹备妥帖，资本也格外要集合得雄厚一点儿。有这点儿缘故，所以日夜地忙。月英因他早有自树一帜的心思，他说是为了组织公司而忙，却也相当相信。不过杨倚云尽管是忙下去，永远见不着他闲一天半天，而且他的服饰也是一天一天讲究起来。今天换一套西装，明天换一套长衣，今天戴钻石戒指，明天戴一只瑞士金表，也不知道他哪里的许多钱，尽管让他挥霍。

有一天，在一幕电影拍完以后，杨倚云拿了一支烟卷，躺在休息室的沙发上休息。月英卸了妆，也走来了。杨倚云一歪，将沙发椅子让出一块地方来，那意思就是表示请月英坐下。月英走上前，侧着身子坐下。杨倚云握了她的手，对她微笑，她只是低着头默然不语。杨倚云道："我这一向忙得不亦乐乎，总没有陪你玩过，我知道你对我不能完全谅解，但是我把这一阵子忙过去了，把我办的事办了出来，你就可以相信了。"月英道："我也无所谓相信，也无所谓不相信，反正各凭各良心就是了。"杨倚云道："你对于我一番诚挚的意思，我是很明白，所有我的苦衷，实在不能三言两语就可以说完。让我今天到你家里，把这话慢慢地谈一谈。"月英道："你现在是贵人不踏贱地了，我怎敢请你去呢？"杨倚云道："你真和我恼了，拒绝我去吗？"月英道："我怎么会和你恼，只要你不和我恼就行了。"只说到这里，半天不言语，却掉下两行泪来，有两点泪正滴在杨倚云的手上。

杨倚云在西服袋里抽出手绢，在她脸上轻轻按着，给她揩干脸上的泪珠，因道："你心里不平，我也是知道的，你对我生气，那是应当的，我一点儿也不怪你。不过我们的感情，不但公司里的人知道，小报上常常登着，连社会上也知道。这个时候，忽然把我们感情有缺憾的话说了出来，岂不是我生平的笑话，就是对于我们职业上，恐怕多少还有发生一点儿障碍，所以我纵然有点儿对不住你的地方，我总希望你忍耐着，不要表示出来，免得让人看出痕迹。"

上面一段话，正是月英蕴藏在心坎里要表示出来的言语。心里一动，正要哭出来。及至听到他说，免得让人看出痕迹，就接过杨倚云的手绢，自己来将眼泪擦干，勉强笑道："你的嘴实在会说，我竟没法子驳你了。"杨倚云道："你先回去吧，一会子我就来吃晚饭，

69

若是要添菜，就替我预备一两样清爽些的就是了。"月英道："你若是失信呢？"杨倚云道："绝不能够失信，请你约定一个极确的时间，我就准来。"月英道："我在家里，有什么时间性，等着你不出去就是了。"杨倚云道："你还出去吗？"月英道："我出去，我怎么不出去，你不来，我就出去，你觉得我这种行为不对吧？"杨倚云笑道："得了，不要说这样的俏皮话了，我是失口说错了这一句话，你恕过了我吧。"说时，口里衔着烟卷，眼睛斜望着月英微笑。月英一伸手，轻轻地在杨倚云的胳膊上拧了一把，笑着将头一缩。杨倚云道："你也用一点儿力，拧着我一点儿也不痛。"

月英经他这样一说，就忍不住伏在沙发上大笑起来，经这一笑之后，二人总算言归于好。月英就很高兴地回家去了，给杨倚云预备晚餐。又因李旭东先生有事，不曾回家，月英更不受什么牵制。将饭预备好了，就在家里实心实意地往下等。不料由七点钟等至晚上十点，始终不曾见杨倚云来。这个时候还不来吃饭，无论如何是不会再来的了。月英在这一个星期中，已经发现了杨倚云许多弱点，只因为想起以前他的好处，总不忍拒绝他。今天晚上是当面约定了的，千真万确，一定可以来吃晚饭的，不料在这一刻之间，他一背转身去又变了心，连累自己饿得满腔烦躁。当时也不曾吃饭，就伏在床上恸哭了一阵。

不多一会儿工夫，李旭东回来了。因问她为什么生气，月英一个字不肯说，反是哭得更厉害。李先生问了老妈子，才知道是小姐预备了饭请客，客人没有到，因此气得哭。笑道："你这孩子真傻，七点钟的时候，我在一枝香吃饭，我就碰见他由那里出来，他早吃饱了，你还老等他做什么？"月英听说，便问他是不是一人。李旭东道："我只看见他一个人，但是在馆子里吃饭，总不会是一个人的。"

月英听了这话，只是发呆。老妈子再三再四地请她吃饭，才用热茶泡了半碗饭吃了。吃过饭之后，一个人坐在屋子，两手抱住了右腿的膝盖，只管望了电灯出神。直听到楼下的时钟当地响了一下，于是就打开抽屉，取出一叠信纸放在桌上，预备写一封长长的信给杨倚云。心里一面想如何措辞，一面就揭开墨盒，抽出了笔。在这个当儿，就觉胸有万言奔于笔底。蘸了两下墨，赶快就写，一口气写了两素笺这才停笔校看一下。看完之后，觉得言语太重些，恐怕予读者以难堪，就把写好的信撕了，重新写一张。这回写，是加以考虑了的，所以语气和缓得多。不过写完之后再念一遍，又觉得过于和缓，这倒好像自己乞怜于他了，把这张也搓成一团扔在字纸篓里。待到第三次来写，心越乱了，不是笔误，就是落字。写完一张再校，总是要不得。一束白云笺快写过一半了，还未将信写成一个字，那心里的难受正如火烧一般。索性不写信，只蘸了笔，在纸上写了那个愁字。写完又写一个，猛抬头倒吃了一惊。要知何事吃惊，请看下回。

第九回

惆怅秋风寓言却扇
凄凉落月影事成图

却说月英在写字，排曳胸中的愁闷，偶然一抬头，忽见窗户的玻璃上已经露出鱼肚色来，原来天已大亮了。她倒吃了一惊，怎样糊里糊涂地就混去了一夜。人一受惊，仿佛就也有些疲倦，也来不及脱衣服，和衣就倒在床上睡了。一觉醒来，已是下午三点多钟。早就应该到公司里去拍片子，现在已经失了时候了，索性打了一个电话到公司里去请假。一天请了假，两天还是依然不高兴，就是这样一连有三天之久没有到公司里去。

公司里拍的这一套片子，正是月英的主角，月英不到场，要牵连好些人不能工作，因此公司里就公推王清泉来看病。月英正捧了一盒子糖果，无精打采地在一张沙发椅子上斜着坐下了，她见了王清泉进来，才缓缓起身，微笑道："王先生，你是来催我上公司的吗？"王清泉道："不是，我听说李小姐人不大舒服，看病来了。李小姐是哪里不舒服？"月英偏着头，微微叹了一口气道："心里很难过。"王清泉笑道："我看你也是心里不大舒服，在脸上是看不出什么重病来的，李小姐能不能力疾从公。"月英道："若是公司里一定要我去，我自然是去的，不过我心里烦闷得很，恐怕演不好。"王清泉一想她的话倒是对的，便答应她再休息三天。

不过王清泉这样来，就把她害心病的话传了出来。所谓心病，大家也就料到不外是和杨倚云翻了脸。杨倚云还是逐日到公司里去的，大家就看他的态度怎样，不料他却只当不知道，一句也没有提到。恰好有几幕内景，是柳暗香和杨倚云合作，在休息的时候，柳暗香和他坐在一处，便问他道："小阿妹这两天怎么没来？"杨倚云道："你难道不知道？她害病了。"柳暗香道："我听是听到说，不知道她害的是什么病。"杨倚云道："我不知道。"柳暗香道："别人可以不知道，何以你也不知道？"

杨倚云微笑道："你以为我们还是从前那样交情很厚吗？现在情形大大不同了。"柳暗香道："好好的朋友，为什么冷淡起来哩？"杨倚云道："这个我也不明白，你的朋友也不少，你想想，有没有感情很好，后来慢慢冷淡的朋友哩。你自己明白，我这件事你也就可以明白。"柳暗香道："她待你很好啊！你不应该这样对待她。"杨倚云道："我也没有什么对她不住的地方。冷淡下来，就冷淡下来，也不由我负什么责任。"柳暗香微笑道："男子汉的心肠真是硬，说丢下就丢下。"杨倚云道："各人有各人的心事，你哪里知道？"柳暗香点了点头道："说到小阿妹呢，人是天真烂漫的，不过有点儿小囡脾气。但是你做阿哥的人，应该包含一点儿才对，为什么和她这样计较呢？"杨倚云皱眉道："我的柳小姐，你不明白我们的事，你就不要向下说吧。"柳暗香笑道："哎哟哟，你看，那样好的阿哥阿妹，现在一翻脸，连提都不愿人提了。那么，我就不提了，我们同到咖啡屋里喝点儿东西去，去不去呢？"

他们这班明星，工作之余，你请我，我请你，也是常事，当时杨倚云也不曾加以考虑，马上就答应了柳暗香可以去。柳暗香道："我今天是没有车子，要坐你的车子同去，可以不可以？"杨倚云道："你太多礼了，既然我们同去，当然坐在一车上，那还要问些什么？"柳暗香微笑道："我问的是别有问题的，因为你这部车子是合股公司的，得了你这个股东同意，还有别的股东不同意呢。"杨倚云道："没有关系，车子固然是公有的，难道请一个客人同坐一次，都要征求同意吗？那未免太麻烦了。"柳暗香笑道："我的意思不是这么样说……唉，不说了，我们坐车走吧。"于是她坐了杨倚云的车子，同上咖啡馆去。

在车子上，柳暗香道："慢，倚云，你的目的是要喝咖啡呢，还是要到咖啡馆坐坐而已呢？"杨倚云道："目的当然是要喝咖啡。"柳暗香道："既然如此，你就到我家去吧。我正买了一瓶子咖啡，还没有开封，你若是去了，我可以把咖啡做给你喝，又热又香，比咖啡馆里的要格外有味。"杨倚云道："好极了，我正也要到你家里去看看。"说到这里，立刻招呼汽车夫勒转车机，开向柳暗香家而来。

到了柳家，柳暗香请他在小会客室里坐了，自己忙着将火酒炉子点着，将新置的咖啡壶在炉子上煮将起来，这炉子就放在茶几上，她和杨倚云坐在一张软椅上，一面招呼炉火，一刻儿工夫，咕嘟咕嘟响起来，壶嘴里冒出那一阵阵的白色热气。杨倚云道："咖啡已经煮好了，应该预备我喝了。"柳暗香捏着拳头在他脊梁上轻轻捶了一下，笑道："你还是不在行，喝咖啡罢了，唯有煮咖啡的一般香气，最是好闻，何不多闻一下子。"杨倚云道："既然如此，你也不必预备糖了，我们就坐在这里闻一阵子就算了。"柳暗香道："可不就是这样，若是注意在喝，何不上咖啡馆子里去呢。"杨倚云笑道："咖啡馆哪里有这样好啊！"说时，目斜视着柳暗香，她微微一笑道："这种好听的话，不要对我说，对小阿妹去说吧。"杨倚云道："这是你自己见外，其实我们的交情都差不多，这样一句平常的话，好像并不重要。"柳暗香听了，却非常地欢喜。当时斟了两杯热咖啡，亲自加上糖块，小茶匙也放在里面，然后一双手捧了承杯子的碟子，笑嘻嘻地送到杨倚云面前。

杨倚云接了，一面喝咖啡，一面和她说笑，感情益发浓厚了，说来说去，少不得又谈到电影上去。柳暗香道："公司里现在要我拍一部少奶奶的片子，你看怎么样？我以为美国已有两部这个片子了，我们若拍不好，和人家一比，又是要挨骂的。不过我倒是想试一试，连扇子都预备好了。"她说到这里，就跑进屋子里去，取出孔雀尾拼成的一把扇子来。她打开扇子，遮住了脸，却把眼睛在翎毛缝里看人，笑问道："好不好？"杨倚云接过扇子来一看，笑道："很好，很精致。"柳暗香笑道："你要是喜欢，这把扇子就送给你吧。"杨倚云道："你不要用吗?"柳暗香道："原来我是演少奶奶这一角，现改了，我演母亲，这把扇子我就用不着了。"杨倚云笑道："你用不着，我更用不着了，我若拿着孔雀尾扇子，那成个什么样子呢？"柳暗香听说，咬了嘴唇，微笑着想了一想道："你愿意我送你一把扇子吗？"杨倚云笑道："你送我东西，我哪里还有不愿意之理？"

柳暗香听说，马上转身进屋去，不多大一会儿工夫，手上握着一柄象牙骨小小的扇子出来，因笑嘻嘻地交到杨倚云手里，笑道："这个送给你，可是有一层，人家问起来，你不要说是我送的。"杨倚云笑道："朋友送朋友的东西，大大方方的事情瞒人做什么。"柳暗香道："那你就不必管，我送你东西，要求你这一点儿小事，你总可答应的。"杨倚云道："你果然要我保守秘密，我一定替你保守秘密。不过你要我保密的用意，我倒实在不懂呢？"柳暗香道："有什么不懂，你装傻罢了，你真是要宣传，我也不怕，交情是交情，谣言是谣言。"杨倚云站将起来，用手拍了拍她的肩膀道："说了半天，倒是你这句话中肯。我现在要走，晚上在卡尔登跳舞厅里会。"柳暗香因他拍了肩膀，顺手捞住他的手提着，一路送了他出大门，一直看见他上了汽车方才回去。

杨倚云心想：她向来和我表示殷勤，我就懒得理她，现在听得人说我和月英有些纠葛，所以乘机而入，但是我纵然和月英翻了脸，也不至于靠到你这边来啊。你送我一把扇子，还要我保守秘密，真是像煞有介事。杨倚云对她的态度是这样，所以到了晚上卡尔登饭店，杨倚云并没有去，只把柳暗香等了一个够。次日柳暗香和他见面，他倒先道了歉，也就算了。

这天月英也来了，和杨倚云不同幕，也没有和他说什么，演完了就走。杨倚云当了大众的面，觉得反有点儿不好意思，便对月英道："车子在门口呢，我送你回去吧。"月英本想说他几句，女孩儿家心里是软的，当着大家的面有些抹不下面子来，只将鼻子哼了一声。杨倚云看她两眉双锁，一双亮晶晶的眼睛，而今只是看着地下，那喜气团团的脸上一点儿笑容没有，这就怪可怜的，心里老大不忍。陪着她上了汽车，和她一块儿坐着回家。这时，已是八月天气，马路两边的树叶略略有些焦黄的了，西风吹在上面，有些瑟瑟作响。月英只穿了一件印度绸旗衫，风吹得飘飘然。

杨倚云抚摸着她的手道："你不冷吗？"月英摇摇头道："不冷。但是这样天气冷，你还为什么拿着一把扇子？"杨倚云顺手就把扇子交给她，笑道："这扇子很好哇。"月英接过打开一看，见是牙骨泥金页的，便掩住嘴唇，偏着头想，因道："这把扇子我在哪里见过啊？"杨倚云笑道："你自然见过，可是这个人不会做人情，秋风早起了，要扇子有什么用？"

月英叹了一口气道："秋风一起，扇子本来就该丢了，秋风啊秋风，你总要算是扇子的劲敌了。"杨倚云笑道："西风虽然是扇子的劲敌，但是那不过眼前的事，到了明年，天气热了，还是得用扇子的。世界上永久有西风，永久有扇子。"月英道："虽然西风和扇子永久是有用的，但是扇子用久了，就会坏。西风呢，它是永久不会变的。"杨倚云知道她这话明指着自己变心，因笑道："你不要误会，送这把扇子的人，和我并没有什么交情。"月英道："我一点儿也不误会，我想起来了，这是柳家姐姐送你的，对不对？她也真是痴心妄想。她也不想杨家大少现在是什么人，多少人要巴结杨大少还巴结不上，哪里会有工夫来理会你这样一个倒霉的同事呢？"

杨倚云听了她这样的话，心里很不高兴。不过她指的是柳暗香，老柳并不是自己要拥护的人，很犯不着为了她来和月英翻脸。当时听着这些话，也不过含着微笑，却不肯多说话。月英见他不作声，一时又不知道要找几句什么话来说好，心里也不住地在划算之中，只这一划算之间，双方都静默起来。你望了我一眼，我也望了你一眼，各不言语。屋子里立刻静沉沉的，几乎掉一管针到地下都可以听见响声。月英深深地叹了一口气道："唉，既有今日，何必当初呢！"杨倚云笑道："你这话说得好，很像《红楼梦》上林妹妹的口吻。"月英道："我不是说你，你不要多心，我不过有点儿感触，偶然叹一口气罢了。我现在的环境里，我只有悲哀，我希望公司里趁着这个机会，让我拍一部悲惨的片子。我想……"杨倚云拿了帽子戴着，马上就走，笑道："我不要在这里吧，我在这里，惹着你心里老是不痛快。"他的话还没有说完，人已经离开屋子了。

月英看见杨倚云这样落落难合的样子，和从前简直是两个人。不料男子汉的心肠却是这样容易变换。从前以为他是真能疼我，所以阿哥长阿哥短，叫得非常亲热。两个人交情的浓厚也没有法子形容，简直就是非办到结婚不可。他是一再和我表示，愿做终生的良伴。我总以为年轻，不肯就答应。前三个月，我们还合演了一张片子，叫着《甜蜜的回忆》。就是说一个爱吃糖的女子，为一个有钱的男子所恋，慢慢就谈到婚姻问题上，终究是结婚了。结婚之后男子天天上俱乐部，就把少妇抛开。我当时还对他说，上半部的女主角太像我了，我不愿意演。他就说，你以为兆头不好吗？正是因为你和片子里的主角很像，所以才要你来演。拍片子是拍片子，我们的事是我们的事，那何必混扯到一处去。当时我也不留心，就这样去了。据现在看起来，我还只上当一半，幸而没有和他结婚，若是结婚之后，他把我抛弃了，我怎么样子办呢？可是话又说回来了，他虽没有和我结婚，然而我们这一层关系，社会上谁又不知道。这个时候，我们忽然翻起脸来，社会上又少不得当一种影界趣闻去传说。我总算是人家抛弃过的一个女子……她想到这里，真不由得肝肠寸断。心想杨倚云和自己本来年龄差得很大，无爱情之可言。因为他对于自己一往情深，态度非常地诚恳，所以慢慢地为他所动，就允许了他的婚约，不料他为了旁人的引诱，无缘无故，就和我变脸。我和他一年的盘桓，人家只有几天，就夺了过去了。可见男子的心肠十分地容易变。但不知夺我爱的女子是个怎样漂亮的人，我倒很愿意知道。

月英越想越难过，这一天便情思昏昏的，只是想睡觉。到了晚上，心里非常地难受，便出去看电影。偏偏这天的片子，情节又是说一个女子为男子所抛弃的。无论什么艺术，若是和赏鉴的人性质相合，就加倍地有意味，能引起人的共鸣。月英本来心里难受，看了这种片子，也不知什么缘故，眼泪水只管向下落。电影散场之后，回了家去，还是睡不着、坐不稳，便开了亭子间的楼窗，向外看看月色。这亭子间外面，正是一条又长又静的大马路，马路两边牵连不断的绿树，恰是一望无际。那缺着一小边的新月，已沉到远处一个礼拜堂的钟楼犄角上。这时，天上一点儿云彩也无，在这电光稀少的地方，风露天空里的月色自然带着清凉的意味。西风过来，吹得那一带秋叶发出一阵一阵沙沙瑟瑟的声音，满怀幽怨的人对着，更有一种不言可喻的伤感。

在这时，忽然一个感念，想到和杨倚云合演《甜蜜的回忆》的时候，其中有这样一幕，说是那个女子是在半轮新月之下，允了一个少年男子的婚约，后来这女子为男子抛弃了。还在半轮新月之下，回想从前的事。前次的新月，是一双人影，在一刻千金的春园中；后来的新月，是个孤独的少女，在满天风露的楼窗下。仿佛那卷影片，竟是和现在的我写照。细想起来，凡事多少有些预兆。当年演这个片子的时候，自己曾想到这事不大妙，不演的好，那时杨倚云一定说没有关系。唉，如今看起来，真是注定了的。

想到这里，只望了那半轮沉沉欲下的新月出神。转身又一想，杨倚云他们要新组一个公司，第一个大片子，预定了就是《二乔》。他的意思就让我演小乔，小乔是个幼年寡妇。他若自己演周瑜，那不更是不吉祥吗？不过演电影演戏，无非是悲欢离合，不是做好结果就是做坏结果，哪里忌讳许多。这样说来，又不见得有什么关系了。她一个人先是站在楼上的里面望月亮，慢慢地站过来靠住了窗槛，两手抱了胸，伏在窗槛上，也不知道有什么奇异的感触，好像要这样看着月亮，心里才会痛快。可是看着月亮，也说不出什么意味，对了天空，只是这样望，直望得身上冰冷，像洗了一个冷水澡一般，万万坐不住了，这才回正面房。一倒上床，脚擦着脚，脱了鞋，腿一缩，就随手牵了被头，向身一盖，糊里糊涂地便睡着了。她人是疲倦了极点，一觉睡去竟不知道醒过来。李旭东候到一点多钟还不见她起来，便上楼来叫醒她。走到床面前，不觉哎呀了一声。欲知为何，下回交代。

第十回

银汉同离双星割席
玉楼重闭少女归心

却说李旭东见到了中午月英还不曾起床，便到楼上来看她，只见她两目深陷，脸子瘦了许多，不由得哎呀一声。月英被他这一声惊醒，就坐了起来。李旭东道："这一些时候，我看见你总是这样心神不安，好像有一身的病。这电影可以不必演了，既挣不到钱又受累。你照一照镜子看，今天你越发瘦得不像个样子了。"月英觉得从前和杨倚云有那一番感情，如今说是冷淡了，很难为情，这实话是不能说的，随便就答应不过是受了凉，并没有什么病。李旭东虽然知道她和杨倚云的感情淡了许多，但是这也是少年人惯性如此，不足为怪，当时也没有问到此层。只是叫她不要到公司里去，请一天假而已。月英实在也是懒上公司，当真地写信去请了假，信到了公司里。大家都知道不完全是病，和杨倚云大有关系。有人就劝他不要让小阿妹太失望，应当去看她一看。

杨倚云也觉自己有些对不住人的地方，似乎要去安慰她一番才好。工作完了，打算就走。刚要出门，春萍打了电话来了，说是在玉天春吃东西，请他赶快去。说完，又叮嘱了一句快点儿。杨倚云知道等人的事最是烦腻不过的，况且又是女子等男子，因此且不问别的事，一直就坐了汽车来会春萍。谁知一问玉天春茶房，她并没有来，不过打了一个电话来，定好了房间。杨倚云怕人家等，结果反要来等人，一直等到一个钟头，春萍才姗姗而来。杨倚云一见，伸了一个懒腰，便笑着站起来道："你这人真是岂有此理，自己没有到，老早地就催人家来。"春萍笑着用手向他点了几点道："你这人

79

应该要怎样罚你才对?"杨倚云道:"好好的为什么要罚我?"

春萍道:"你同飞艳的事,你以为我不知道吗,她请你吃了,请你玩了,又送了你的东西。"杨倚云先听她说,知道了这件事,料到鱼与熊掌不可得兼。据现在春萍所谈,那就知道得很少,这倒无关紧要,就笑道:"我原不认得她,也是你介绍的,她也就只送了我一点儿东西,还有别的什么没有?"春萍道:"慢慢来呀,日子久了,自然就会有问题了。"杨倚云笑道:"绝不,绝不,我不是那样口是心非的人,你放心吧。"春萍将嘴一撇道:"我有什么不放心。"她嘴里虽是这样说,心上可真是怕把他失了。当时请杨倚云吃了饭,走上前,将他的西服牵着看了一看,问道:"这套衣服是多少钱做的?"杨倚云道:"很便宜,只花了四十块钱。"春萍道:"一个电影大明星,穿这样蹩脚的衣服,多难为情,你同我一道去,我替你做两件衣服,你看好不好?"杨倚云听她这话,知道她是要送礼,心想你哪是送我的礼,你是要和飞艳赌赛。管她呢,我是乐得受用,便笑道:"我还没有送你什么东西,你老送我的礼……"春萍不等他说完,就道:"你这个人真是小气不过,这还值得说吗?"杨倚云听说,也就一笑,当时便跟随她到公司里去做了两套西服,共是一百二十多块,都由春萍代定。杨倚云觉得人家盛情可感,不能花了人家许多钱,还是抛了人家走开,因此陪着春萍在一处,又周旋了好几个钟头。

次日在大东旅馆出来,却恰好和飞艳碰着了。飞艳一看手上的手表,还只有十点三刻,因笑道:"阿杨,怎么这样早你就在旅馆里。"她原是一句很平常的话,杨倚云倒是满怀的鬼胎,一时脸上先不安定起来,微微一笑道:"我、我找一个北方来的知己。你也不晚啦。"飞艳笑道:"我是来找你的。"杨倚云道:"你怎样知道我在这里?"飞艳越听他的话音越有些可疑,就抿嘴一笑,然后说道:"我吗? 我有耳报神。"杨倚云道:"你不要听外面的闲话,晚上会吧。"说毕,抢步就走了。飞艳倒是真到这里来探听一个人,碰见了杨倚云,她倒把正事离开来调查他的事。后来碰见春萍,心里就恍然了。

她想到杨倚云"晚上会"的那句话，到了下午，她就几次打电话到银汉公司里去，请杨倚云晚上吃饭。他有人陪着，自然是来的了。

从此以后，春萍和飞艳两个人就轮流地纠缠杨倚云。他神魂颠倒，更是没有工夫去见月英。他们三人合股的汽车，也常常分用不过来。杨倚云为减少麻烦起见，索性将李氏父女的股份也认过来了，从此汽车为他一人所独有。来去更是自由，大家各做各事，也就整个星期不会面。

这一天他因为由月英家里经过，顺道到她家里来看看，恰好月英父女二人都在家，却不约而同地笑着叫了一声稀客。杨倚云笑道："也不算稀客，不过一个礼拜没有来罢了。"说着话，一挨身靠着月英所坐的那张软椅坐下，李旭东怕他二人还有什么私人交涉，衔了一根烟卷就搭讪走了。月英这一两个月以来，面孔长得越是圆圆的了。两片玉腮上，一层薄薄的血晕，犹如抹了一层胭脂一般。她的头发始终剪的是双钩式，黑黑的，长长的，一直披到下巴颏边来。不过她到了相当的年岁了，人格外地显得丰润起来。在往日，杨倚云少不得赞她一声筋肉美，可是现在看到，倒以为她是发了胖，反嫌拙笨，却不甚加以注意，只是默然地侧面坐着，有一句没一句地和她说话。

月英看他不像往日那样意致缠绵，又认为他是堕欢重拾，或者有些不好意思，便笑道："你是难得来的人了，你来了，我应该好好地招待你一下子，请你稍微坐一坐，我亲自做一杯咖啡你喝，好不好？"杨倚云道："何必自己去忙呢，我们坐着谈一会子就是了。"月英道："是吧，大概我不如柳姐姐做的好咖啡吧，怎么你还巴巴地到她家里去，让她做咖啡你喝呢。"杨倚云道："你、你不要误会，我不要你做咖啡，是好意，省得你受累……"月英将头一摆道："不要说这样的话。这样的话，说给那下流的女子去听吧。"杨倚云冷笑着一抬肩膀，鼻子哼了一声，口里虽然没有说什么，可是他心里已经大大地不以她的话为然了。

正在这个时候，楼下呜喇呜喇，一阵汽车的喇叭声，只管叫了出来异常刺耳。月英实在忍不住了，就打开楼窗对着楼下喊道："阿根，你难道是小孩子吗？怎么老弄那个喇叭，弄得非常的刺耳。"那车夫笑道："李小姐，你现在管我不着了，我是杨先生的车夫，不是你的车夫哩。"说时，手里按着喇叭呜喇呜喇，又响上了一阵。他先时按喇叭，月英还认为他是无意，现在这样一来，分明是有意和人为难了。当时气得脸色发黄，一句话也说不出来。回过头来见杨倚云坐在那里，还是笑嘻嘻的，就对他道："这阿根说话，太岂有此理，你非把他辞掉不可。"杨倚云道："他按几下是喇叭，这也是很小的事，何至于就歇他的工。"月英道："按喇叭原是不要紧，可是他说的话实在不中听。"因就绷着脸，把刚才阿根说的话对杨倚云说了一遍。他笑道："这种人，本来就没有知识，和他计较些什么。"月英道："当真吗？难道我的面子还不如一个汽车夫？"杨倚云笑道："这实在是一件不值得注意的事，何必为这一点儿小问题和我一个汽车夫过不去。"

月英见他这样保护一个汽车夫，心里非常不平，恰在这个当儿，楼下面那汽车喇叭声又呜喇呜喇响将起来。杨倚云道："这个阿根实在是个淘气的东西，他还在那里闹。"月英道："你看看，他这样闹，简直是和我为难。你若不辞掉他，以后你若到我舍下来，就不必坐汽车，免得我没有面子见他。"杨倚云道："你这话逼我太甚，为了你我还不能坐汽车吗？漫说我们不过是平等的朋友，就是你做了大总统，你也不能不许我坐汽车来见你。"月英道："你不要断章取义，把话来压我，我原来的意思不是这样说。"杨倚云道："你不是说，以后不要我坐汽车来吗？那要什么紧，以后我不到府上来拜访就是了。"说时，戴了帽子马上就要走。月英道："我们这样寒素的人家，哪里敢望大驾光临，以后不来，我们也不敢去奉请啦。"杨倚云听她说了这句话，冷笑了一声，将手一横，在空中做一个横割的样子，笑道："好，我们划地绝交。"说毕，气冲冲地竟自下楼去了。这一下子，把月英的心都气碎了，真不知道杨倚云心肠有这样硬，为了这一点儿小事，两个人就划地绝交。马上就向床上一倒，哭得死去活来，哭得久了，人昏昏沉沉的，就这样睡着，不过心里还是明白的。

当杨倚云走的时候，李旭东在楼上亭子间里，就把他两人争吵的话听了一个清楚。这时见月英哭得这样，心里也是愤愤不平，说道："你也不必哭，这总算让你我长了一番见识。你也不必再去拍电影了。钱没有赚到，惹了不少的苦。再要去，烦恼更大了。唉，人心难摸啊！到了现在，我才知道少年人是靠不住的了。"说着这话，背了两手在屋子里踱来踱去。这一篇话说得兜动月英一腔心事，伏在床上，更是哭得厉害。她本来就有点儿病，这样一来，愁病交集，更是憔悴不堪了。月英本来是个无愁女儿，都只为要演电影，认识了杨倚云，惹下了这一场烦恼。若是根本上就不拍电影，哪里会认识杨倚云。因这样一想，她灰心已极。到了次日，就写了一封信到银汉公司的经理处，说是自己身体不好，时常害病，不能继续工作，只得辞去职务，在家中休养。将来病体好了，再来合作不迟。公司里的人早就知道她和杨倚云感情弄得很坏，已经没有精神做事，勉强也是无益，就让她辞职。

那杨倚云这一向子被两个妓女绊住，一天到晚讲究游玩，已不像从前那样热心艺术，加上公司里给他的薪水不过一百二十块钱，抵不了春萍飞艳送他一件小小的东西。他对于银汉公司的职务更是随便，决定了把自己要开的公司努力开起来。那边银汉公司对他就很不满意，加上这回李月英受了他的骗，大家也有些不平。杨倚云一想，莫让公司里辞我，面子难看，在月英脱离银汉公司的时候，他也就写信辞职。杨倚云和月英，在银汉公司总算是两颗灿烂的明星，忽然之间，两人同时脱离。社会上不明真相，却猜一个正反，说是他两人要离开上海，到北京去结婚。有些造得更厉害的，更把他们的行为造得进了一步，说他们为了事实的逼迫，不得不提前结婚，虽然他有了神圣的职业却也顾不得许多了。

这话传到月英耳朵里去了，更蒙着一种重大的侮辱，心里非常地难过。正好是上两个星期，又在话片公司新灌了两段歌曲，得了三千块钱，和父亲一商量，好好找一所屋子，读一点儿书，不要杂居在闹市了。李旭东也同意，就在徐家汇路极端找了一所小楼，楼外临着一条树树相接的绿街，进来是铁栅门的短墙，也有个上三丈见方的敞地，栽着花草，一片石路通到走廊上。这在上海，已经是中等阶级住户，不易找得的所在了。楼下三间房，李旭东作为会客看书吃饭之所；楼上三间，李旭东占了一间，余二间就让给小姐了。月英把一间来做了书房，一间做了寝室，书房是临街的一间，好在这里是大街的支路，街上车辆很少，并没有什么声音来吵闹。月英买了新旧许多小说，堆在屋子里消遣。父亲是个音乐家，家里有的是乐器，看小说看烦了，就拿着乐器来解闷，窗户的墙上爬满了线黑黑的爬山虎，把墙挡得一点儿都看不出来了。绿藤之中，挖着两个窟窿，那就是窗户了。窗户玻璃里，垂着两边分垂下来的白色窗纱。人要在墙外走，看见绿的白的相衬，知道这里面大有人在了。有时候，一种悠扬的歌声从里传出来，尤其令人得着无限的美感。

月英住在这楼上，戏也不听了，电影也不看了，跳舞场也不去了。除了吃饭，并不下楼。有时候，李旭东的客要见月英时，月英也推托着不肯相见，把一个活泼泼的小妹妹，成了一个深居绣楼的千金小姐，每天只有那几份日报是她和社会接近所在罢了。上海社会上，一个时代有一个时代的狂热。这个时候，上海正在闹电影明星狂。像李月英这样鼎鼎大名的人儿，自然是全社会所注意的，现在忽然隐姓埋名不知所在，谁也当作一件新奇事儿来揣度。大小报上，不时有一种离奇的新闻登出来，和事实相去很远。李旭东看了很是生气，月英理也不理，只是一笑置之。每日无事，自按着琴，就在楼窗下慢声低唱，越闷得慌也越唱得悠扬婉转。在楼下经过的人听到楼上这一种歌声，也都不免为之悠然神往。

这一天是夕阳将下的时候，月英见那淡黄的日光照在对面布满了长藤的墙上，藤上的叶大不是从前那样一片绿油油了，其间也有一两片焦黄的，远远地看去，就含有一种很浓厚的秋意。俯首一看楼下，草也枯萎了许多，几棵草本的花也落去不少的叶子，看到这里，觉得今天有一种说不出来的观念。于是卷起窗纱，开了窗子，唱了一个秋风歌。她唱到得意忘情之际，忽听得楼下马路上，有一阵汽车呜喇呜喇呜喇之声，她忽然有一个感觉，楼上听到楼下的声音，楼下岂听不到楼上的声音吗？马上将窗子一关，依然放下窗纱来。她关窗子的时候，眼睛望着远处，却不料紧靠楼底下的一条路上正停着一辆汽车，汽车的主人翁不是别个，就是杨倚云。他还带着一位得意的女友春萍秘书，这天因为下午没事，自己开了汽车和春萍出来兜圈子，走到这里附近，汽车偏偏出了毛病，因慢慢开着汽车，沿路找修理汽车的地方，恰好月英这楼隔壁就是一家汽车行。杨倚云将车开到楼下墙的旁边，春萍坐在车上没有下来，他却叫了车行里的人来修车，自己在一旁监督着。正在这个时候，楼上的歌声慢慢唱了起来。起先几句，没有听得清楚，只经两三分钟的时间，那声调很是耳熟，就一个字一个字都听懂了。那歌音是：

> 月晕知道风要生，云开知道天要晴。天地间的事儿都料得定，只有一寸人心无凭准。说它比天地还深，比风儿月儿还不定。他说暗又明，说死又生。哎呀这可爱又可怕的一颗心。
>
> 从今不要谈什么恩，从今不要谈什么情。那恩情都能变作怨和恨，只有自己相信。自己是……

杨倚云不必再向下听，知道唱歌的人正是月英，这歌的词儿本来就十分哀怨，她又唱得极其凄切。靠了汽车，人都听呆了。春萍伸了一只手，摇着他的手臂笑道："阿杨，你听听，这歌唱得多么好听啦，这是什么歌？"杨倚云无精打采地笑了一笑，车子修好，给了行里的钱，坐上车去，刚要开车，抬头一看，窗子里伸出两只红袖，露出雪白的手，将窗户啪的一声关了。杨倚云心里十分难过，真不可以用言语来形容，开了车便跑，春萍却说歌好听，埋怨他没有听一听呢。

一路福星

第一章

好 消 息

　　重庆市，一幢临街的市房，拥有四层楼。这楼是纯粹重庆式的建筑，砖砌的方柱子，起宝塔式的，搭着木架。木架四围是竹片编的夹壁、木条钉的双层假墙。在这竹片与木条的外面，将黄泥石灰青灰加层地糊裱起来，在外表上看着，也未尝不是立体式的钢骨水泥房子。这四层楼上，为了有下江人复员东下，空出了两间屋子。也就有了一户人家，由乡下搬进城，连大带小七八个人，全拥挤在这内外相连的两间屋子里。他们只找着一张竹架床、一张白木方桌子和几只大小方凳子，这床算是安顿了主人夫妇两个，其余的人却是在楼板上展开地铺。

　　这主人叫余自清，是位四十以上的中年汉子。他正搬了一张方凳子，靠了窗户望着，口里衔了一支烟卷，紧紧地皱了两道眉毛，只管出神对了天空里飞的细雨烟子。四川的冬季，正是和下江相反，十天总有七八天下雨。因为是雨多，大家养成了习惯，并没有谁为了雨天而耽误了他出外的活动。

　　余先生看看天上，又低头看看地下，但见街道两旁，人跟着人走，恰是不看到人，只是一把纸伞接着一把纸伞，像大正月里舞龙灯似的，夹街作平行线，拖了两条长蛇阵。街中心的人力车，也是各辆撑起它灰黑的雨篷，像许多大蜗牛在雨泥里蠕动。因为重庆的马路绝没有半里路的平坦，车子拖着上坡，缓得可怜。尤其是那马路上的浮尘，经过多日的细雨淘洗，成了遍地泥浆。车轮和人脚的践踏，全街喳喳有声。这室家未安而归心似箭的人，对了这种情景可以说是声色俱厉。

89

正是烦恼着的时候，一阵脚步声，觉得全楼都在震撼，那正是有人走上这四层楼来了。这种木架竹支的楼，高到了四层，真无异是风中一棵大树，所以有人来了，那消息是不待客人高声就可散布全楼的。这位余先生才是感觉到有客的时候，客人已是到了面前。

他是个三十岁附近的人，圆圆的脸，大大的眼睛，透出一番忠厚的样子，身上穿旧草绿色的西康呢中山服。那两只裤脚却是有了特别志号，那泥浆溅起来的斑点，由裤口上糊起，直升上了膝盖的后弯。他提着一柄纸伞来的，在楼门框边就放下了。他向前对余先生点着头道："校长没有出门?"

余自清皱了眉道："怎能够不出去? 上午跑了四小时，一切没有希望。想不到复员回家，比逃难时候的交通还要困难得多。"他说着话，由他里面屋子里搬出个方凳子来，笑道："请坐吧。这个地方，怎样叫人身子能安顿得下去，连坐的凳子都没有。太太，醒醒吧，归效光先生来了。"说着话，他向里面屋子里叫喊着。

归效光端正凳子，与余自清对面而坐，拦着道："让师母睡午觉吧，不必惊醒她了。"余自清道："她向来是不睡午觉的。住在这四层楼上，只有两间小屋子，阴雨天寸步难移。难得大小孩子都去看电影去了，她耳朵里清静了，就闷着去睡觉。我也是懒得跑了，坐在家里发呆。"说着，在衣服口袋里取出一盒纸烟，举着笑道，"终日无事，就是和它干上了。早知道交通困难到这种程度，索性在四川多住周年半载，省掉多少麻烦。唉!"

他说毕，长叹了一口气，然后对归效光递上一支纸烟，笑道："不用说，你又是跑船票去了?"归效光擦了火柴，慢慢地吸着烟。他翻着大眼睛，微昂了头想了一想，这就喷出一口烟来笑道："脑子里现在没有别的什么事，吃饭也想，睡觉也想，坐着也想，站着也想，眼望了长江一条水直通到南京，然而我们什么时候，能顺了这水面向南京走?"说着，摆了两摆头。

余自清道："今天我倒找到了一点儿线索。下个礼拜，有一条民生公司的船直航南京，是七个机关共同配用的。朋友方面，答应给我两张票。我说一大家人，两张票有什么用呢？他和我出了两个主意，第一，是家里人分批走。你想，我是把太太和孩子丢下来呢，还是我和几个孩子留下来，让太太走呢？这当然是不可能。他还有个办法，让我想法子到水手茶房手上去买黑票，这也不可能。我至少得买三张半黑票，这得花多少钱？我还听到一件惨事。我有个朋友，带了妻儿老小，拿着船票，在船开行的前两天就挤上了船。结果，还是去晚了，只在船甲板上找了一席之地。这里说的一席，并不是普通形容词，确是如此。他们仅仅是在甲板上把一副被盖展开来而已。这几天斜风细雨，你想在那甲板上是什么滋味？"

归效光笑道："不是用被单扯着布棚，就是撑着伞吧。最受罪的地方，还不是这点。每条船上，连厕所里都是人。你在船上占得一席地之后，你就只能占着一席之地，四周全是人。伸腿睡觉，那当然是不可能。就是坐得太舒服一点儿，也会碰到了别人。我上船送过一回客。舱里舱外，人挨着人，比戏馆子里卖满座还要挤。"

余自清笑道："你这说的惨，那不算惨。我有一位朋友，就是这样地挤了两天两夜。结果来了一批机关里的人，说这条船重新征用。所有在船上的人，不管有票无票，立刻上岸。人家还是说得到做得到，把上了船的人都轰上了岸了。这些人，是拿着机关分配的船票那还罢了，再向机关调换去。那费尽了心机，买黑票上船的人，到哪里去找人退钱？听说这种情形，就发生了好几次。你想，千辛万苦弄一张船票到手，可能遇到这种惨事，那怎么敢去进行？飞机票已经登记到明年二月，谁等得了？就是等得了，我不能把所有的东西都丢了，光是几个人复员回家。现在许多人改坐木船，我也想试试，可是许多朋友都说危险得很。"

归效光笑道："这条路子，何须校长说，我早已打听清楚了，这全是干投机买卖的做的事。川江的船下水容易，有个十天八天，就到了宜昌。可是要由宜昌走上水回到重庆，至少也是两三个月。所以驾木船的人，他送你一趟下宜昌，他要回来做第二次生意，就在三个月之后，他必得把这三个月的开销，都算在船钱里面。做投机生意的，看破了这点，索性就把木船收买下来。然后雇上几个船夫，将这船直送过汉口，甚至还到南京，根本不让这船作回川之想。那么，除了这买船的本钱、雇水手的工钱，都出在旅客身上之外，他还得大大地赚一笔钱，请问，这票价怎能够不贵？花几个钱，果然舒服，倒也罢了。这种复员木船，我倒也是看过的。船身很长，连头带尾，总有七八丈。本来船舱板上，有半圆的篾篷罩着，人是伸不直腰来的。现在把船身整个改造，就是船底上面铺了一层板，让人来往走路。在这舱底板上，面面相对，陈列了两行木架床。这床至多是二尺宽，上下两层，这样大概可以安插四五十位客人。然而船主还不以为足，在两列床中间的人行路上，还卖出一行客座去。这散座没有铺位，你能占多大地方，就让占多大地方。和同船的人争吵，他不管，但凭你的力量。此外是船头船尾的舱板底下全卖票，这样，连撑船的船夫在内，一只白木船可能容纳一百人以上。且不谈带上行李，重量如何，这样多的人秩序怎样维持？川江处处是滩，处处是礁，这船的安全成分，真令人不敢涉想。还有这一路的吃喝拉溺种种问题，都是不容易解决的。"

余自清道："困难还不止此，向来川江两岸完全是山，所谓老二也者，随地都可以发生。遇到了他们，恐怕是连铺盖卷儿都给你借了去。复员真是复原，把人复原到原始时代去。"

他们正说得高兴，余太太睡午觉的人，却被他们说话的声音惊醒，在里面屋子里就插言道："飞机坐不到，轮船坐不到，白木船又不敢坐，那么，怎么办，我们徒步旅行到南京去吗？"说着话，她走了出来。她也是四十将近的人了。她穿了一件半旧蓝布大褂，罩着棉袍子，上面还有两个小补丁。头发不烫，却梳得一丝不乱。脸上没有脂粉，却是白白净净的，一望而知是一位勤于治家的太太。

归效光站起来点着头道："师母，你没有出门去吗？"余太太叹了口气道："这样阴雨连绵，我上哪里去？飞机票子、船票我全找不着。我出去也没有用。天天这样老闷着，非闷出病来不可！"

归效光忽然站起来，连连地拍了几下手道："你看，我正带了一个好消息来了，和校长一说话，可把这事忘了。现在有两条公路车子，可以转路到南京去。一条是川湘公路，由重庆经过鄂西到湘西常德，由常德到长沙。一条由重庆到贵阳，由贵阳到湖南衡阳。这两条路都是直达的。而且是专门为了复员之用，票价非常地便宜，每人只要四五万元。现在后一条路，下星期开第一班车，外面还没有人知道。我们马上去登记，可以抢个先。而且我有个亲戚在车站上服务，专门管这复员长途汽车的事。他说，若是用机关团体的名义去登记，在可能情形之下，他们还可以拨一辆专车给我们。"

余自清笑道："有这样好的事，为什么你不早早地告诉我？"归效光道："我也是为了这消息太好，反是有点儿疑心。这是我那亲戚说的私话，我还不敢过分地相信。我必须和公路上正式碰了头，我才能认为是准确的。我怕消息报告早了，将来不能实现，那失望的程度就更大。"

余自清衔着烟卷微笑，最后，他将手指夹着，喷出一口烟来，笑着从容地道："失望？这几年来，对于失望的经验不是很丰富吗？我们对于失望，大概在精神上不感到什么打击。再失望一次，那也太无所谓吧？"说着，他笑着打了个哈哈。归效光道："好吧，我再到海棠溪车站上去打听一次，校长听我的回信吧。"说着，站起身来就预备要走。

余太太笑道："吓！你何必这样着急。这样斜风细雨的天，你还要过一道江。"归效光道："唯其是斜风细雨的天，才是要赶过江去，找一个别人所不找的机会。到了天气晴朗，你以为就是我们这几个人打算坐长途汽车复员吗？天下事是难说的，也许宝出冷门，我们所想不到的一条路子，偏偏有了办法。假如有辆专车的话，我们这群人并不分开来，这有多么好，那实在是太理想了。"他说到高兴之处，只管把话向下说。

突然有人在楼梯口上插言道："归先生，你这个消息太好了，完全能成为事实吗？"随着这话，走进来一位小姐。她约莫是二十上下年纪，头上梳了两条六七寸的辫子。上身穿了件紫色的旧毛绳褂子，下面套一条短的青布裙子，将皮带束在腰上。下面却是光了两条腿子，踏着满糊了泥浆的旧皮鞋。她提了柄小纸伞，忙着兀自未曾放下。

余自清笑道："黎小姐来了，好极了。我这楼上，有一天黎嘉燕小姐不来，就黯然无光。"黎嘉燕站在大家面前，对大家看看。她是张瓜子脸，两只眼睛透亮。在她高高的鼻梁和微微吊起的眼角上，表现着她有坚强的个性。她看人的时候，先忍住了口气，将薄嘴唇抿着，分明她对于任何人的观察都是注意的。余自清笑道："你以为我这是夸张之词吗？那是真话。我们实在是太闷了。你来了，大家说说笑笑，把满天愁云就洗刷过去，尤其是我的太太，她非常地欢迎你来。你还夹着一把伞呢，放下来，我们坐着谈谈。"黎小姐放着伞，还向归效光望着，问道："刚才上楼听到的话，我们可以包辆车子由公路上东下，这话是真的吗？"她眼睛望着人，手里放东西就不大注意。那伞是卜笃一声落在楼板上。

归效光立刻抢上前去，将伞捡起，并放到进来的门框边，然后将自己坐的那条凳子搬着到她面前，请她坐下，接着便向她笑道："黎小姐听到的消息只是一半，我有位亲戚，在公路上服务，他说马上川鄂湘、川黔湘两条公路有复员班车可开，我们若愿绕弯子走公路的话，或者可以弄辆机关专车。至于登记买票，那倒是不成问题的。不过我听到这消息太容易了，和我们这半个月来，越找交通工具越困难的情形相反，我倒有些疑心了。"

黎小姐是坐着的，听了这话，淡淡地一笑道："你也太爱疑心了。既是你的令亲，他一不会骗你的钱，二不会骗你的吃喝，他说可以办，你何妨试试。成功了，大家走。不成功，也不损失什么。天天不都是在外面跑交通工具吗？还不是对任何方面不疑心也没有丝毫成就？"

余太太坐在里屋子门边，倒觉得她的言语过重些，归先生会难为情的。可是他并无所谓，笑着点点头道："的确是这样，问到了白捡一个机会，问不到也不损失什么，为什么不去接洽接洽呢？"说着，向余自清点个头道，"三小时以内，我可以回校长一个信。"他交代毕径自下楼。

余自清向窗子外看看，那交织成了烟雾的雨阵，里面还夹杂了大雨点，许多一条绳子似的，在雨烟里斜穿了下来，像是斜挂了伟大的珍珠帘子。余自清道："归先生，天气恶劣得很。明天再去吧。"但他对于这句话并没有考虑，径直地走了。

余太太笑道："这位归先生真是热心。"黎嘉燕道："这也无所谓热心啦。现在想回家的人，谁不是昏头鸡似的，终日在外找回家的工具？"余自清笑道："黎小姐，我看你对于世界上的男子很少看得起的，同事两年，我觉得有这么一点儿经验，你说对不对？"黎嘉燕笑着把身子一扭，哟了一声道："那就不敢当。难道我在余校长领导之下，对校长都看不起吗？"余自清笑道："恐怕那也就是年岁与地位上的关系吧？"黎嘉燕道："这话可冤枉，我只随便举个例。由内地到了重庆，除了想回下江的办法，我简直不去看什么亲戚朋友，可是校长这里，我是每天地来，那能说我是瞧不起校长吗？"余太太笑道："黎小姐眼界是高的，不过对自清却是很恭顺。年纪再大一点儿就好了，社会上不断来着的困难，那会让她对人世的看法更会圆通些。"

黎小姐听了这话，脸色是有些变动的，可是看到余氏夫妇的脸色始终是笑嘻嘻的，自己的颜色也就和缓了下来。她低了头望了自己的皮鞋尖，将皮鞋尖在楼板上画着，缓缓地笑道："我的个性也许是坚强一些的，但我也不至于不懂世故，不过……"她忽然抬起头来，微微地一笑。她这"不过"两个字，分明是要把她个性坚强的缘故想法子加以解释似的，可是她在那一笑之后，就不把话向下交代了。

余太太笑道："这个我明白，你是说受了家庭的刺激，受了……受了许多不如意事的打击。"余自清道："这话不然，读书的人，讲个不迁怒、不贰过，不能因为受到一方面的刺激，而迁怒到整个社会上去。"他这样开始了两句话帽子，正有一篇大道理要向下说，可是楼梯上一阵喧哗，叮叮咚咚，全是脚步声。一阵风似的拥进来两个男孩、一个女孩，还有一名壮丁。他们满脸都是笑容，可是身上的衣服都已打湿，裤脚上的泥浆平了膝盖。

余太太伸着两手，横开一字，将他们拦住，因笑道："你看看你们的两只脚，那还是人的吗？快把鞋子脱了，踩得这满楼板的泥脚印，这阴雨天可是没有法子扫的。"男孩子是穿着草鞋的，自把草鞋扒下了。女孩子打着赤脚，穿双黑的旧皮鞋，烂泥都糊平了鞋口。她被母亲拦着，只好手扶了门框，将皮鞋脱下，噘了嘴道："在家里嫌人吵。把人哄出去，两脚是泥，又不许进屋子。老说下江好，现在还只到重庆，就住在这个破楼上，还不如回到内地去的好。"余太太道："你看楚兰十三岁的孩子说的话，这样老气横秋的。"她笑着，牵了蓝花布棉袍子，将赤脚点着楼板往里屋子走去。

两个男孩子，一个十二岁，一个十岁，倒不肯自在，奔到黎嘉燕面前，拖了她的手道："黎小姐买到了船票没有？"黎嘉燕笑道："哟，你们都知道要船票。寄东寄西两个弟弟，你要船票干什么？"那个十岁的男孩子寄西道："这里不好，老关在四层楼上。我们回到乡下学校里去吧，到下江老家去不好。"他这句话，却是引起了余自清惨淡地一笑。

第二章

登记群之旁

这情形是真的。所有在重庆的下江人，成天都是在家里谈着交通困难的话，也就埋怨着胜利来得太快，连回老家的船只都没有预备得好。小孩子们终日听到这些絮絮叨叨的言语，也就有了很深的印象。那位黎小姐也是不曾减去天真的人，她看到余老先生的一种惨笑，也就皱了眉道："校长，我要怨恨我们学校同事，我当然在内，连你也在内，为什么不把事情看清楚一点儿。好像日本一投降，就派了几百条船、几千架飞机，来欢迎我们回老家。大家辞职的辞职，卖东西的卖东西，大家预备回家大团圆。现在到了重庆，上不上，下不下，真是要命。不用说花钱住这样的屋子，过这样的阴雨天，简直是度日如年。"余自清笑道："已走到了这种境界了，有什么法子呢？"黎嘉燕道："这日子简直是把人生苦闷的名词全拿来形容，都有些不够。我下了决心了，坐白木船走。带几本书，预备几支铅笔，就算在白木船上只能占有一张床铺，看看两岸的风景，看看书，再写写日记，我想那生活也不会十分苦恼。"

余自清打了个哈哈道："小姐，你这个计划完全错误。且不论川江的木船上不许乘客看书，不许乘客打牌。就是允许你看书，那一条木船上，挤着百十来个人，而且又是什么阶层的人都有，那一份嘈杂也可想而知，你还打算坐船游湖呢。"黎嘉燕道："就是受罪，我也要坐木船上走。至多是船在石头上碰烂了，人落水淹死了，死也落个痛快。这样的阴雨天，在重庆街上这样地住着，真会把人闷死了。我要走！"随着这个走字，人就突然地站了起来。余自清笑道："少安毋躁。小姐，你且等候归效光一个回信。"黎嘉燕哼了一声，摇了两摇头道："我看他呀。"

说到这里，那个送小孩儿回家的壮丁拿了一份晚报，高高地举着，由外面叫了进来道："归先生说的那个消息是真的，你们看晚报吧。重庆到衡阳的直达车，已经开始登记了。"说着，将那晚报直送到余先生面前来。余自清道："你不给我拿老花眼镜来，先给我送报来，那是给我开玩笑了。"黎嘉燕向他微笑道："余有庆，你也快是二十岁的人了。多少青年从军，人家由缅甸打到了印度，你连送份晚报都不会。"

这位壮丁，圆圆的脸，黄黄的皮肤，大圆眼睛，厚嘴唇，鼻梁矮矮的，向两旁伸出两道斜纹，活画出他是位忠厚的人。他穿了一套灰色的制服，本来就不怎样整齐，这阴雨天打得遍体潮湿，衣服就像是抹布一样，越是衬托得这人不是怎样干净利落的人。他被黎小姐抢白了几句，他伸直了两只手掌在衣服上摩擦了几下，沉着脸色道："那是呀！校长说了，天下的男子全都不放在你黎小姐眼里。我们这么一个失学的小职员，那算得了什么呢？"他说是说了，可是他不敢还站在这屋子里，他走出门去，一阵楼梯声。

黎小姐接过了晚报，倒并不要去看第一版第一条的重要新闻，打赢了日本之后，没有比复员回家的消息更重要的了，所以她首先翻过第四版来看交通新闻。恰好这日晚报的编辑先生耍了点儿花腔，标了两行俏皮题目。正题特一号大字，乃是"归家难于上青天"。下面两行注题，一行是"本月轮船分派尽，航空更要等明年"。再看新闻，除了轮船飞机都买不到票子那些老话而外，更有了新的硬性规定，干脆，现在已有明令，所有东下轮船，都不得载运老百姓。而这位编辑先生还怕这样的新闻不够强调那题目的，又附带地登了几段白木船的消息，既说有几只木船在中途被抢，又说在三峡口外撞翻了几只木船。黎嘉燕将手连连地拍了几下报纸道："这完了，简直是寸步难移了。"余自清笑道："黎小姐，我劝你最好不要看报上的复员消息。看了之后，人更会着恼的。反正回不去了家，比抗战逃难时的情形总要好受一点儿。"

黎小姐将手按着晚报在膝盖上，垂了眼皮对报上不大经意地看着。这倒发现了有一行小字题目，乃是回家一线之路。新闻里面说的是，交通部公路局为协助下江人民回家起见，由重庆到衡阳有直达通车，每逢星期一、三、五对开一次。每次以专车五辆，合为一组，每辆连行李在内，可载客二十五人。票价极为低廉，仅收五万元，现已开始登记。且为计划安全起见，每组有队长一人率领机工二人，随时随地可以修理机件。车行时，五车鱼贯前进，互相呼应，宵小之徒，虽欲窥伺，亦难得逞。车至衡阳后，有火车直通汉口。汉口至下游船舶较多，自不虞阻塞也。黎小姐突然地站了起来笑道："好消息，好消息，我们立刻去登记。"余自清笑道："什么事这样兴奋，我们已列入复员轮船的名单上了吗？"她将报递过来道："你看报吧。重庆到衡阳的直达车，真有这么一回事。而且组织完善，物美价廉。我们交通当局，倒也有这么一件善举。"她口里说着，手里那张晚报却是毫不犹豫地送到余自清手上。

　　他接过了报，笑着点点头道："小姐，我依然还是需要老花眼镜，倒不论是小姐或小伙子递报给我，那都是一样的。"黎嘉燕想着自己说人的话，自己也是错误了，因红着脸笑道："我以为校长已经把眼镜拿出来了呢。"于是她借了一笑，走到里面屋子里和余太太谈话去了。

　　余自清取得眼镜在手，将这张晚报看着，倒足以消磨许多时间。在满街电灯上火的时候，归效光回来了。他在楼门口上就高声呼道："校长，这回真有了办法了，这回真有了办法了。"说着，他是笑嘻嘻地走了过来，两只手还是互相地搓揉着，而且他还是来往地在楼板上走着。余自清道："我看你这样子，有点儿喜不自胜，到底是怎么回事？"归效光笑道："真是巧了。这位负责管理通车的高专员，他说是余校长的学生，余校长要票子，他绝对负责。若是我们够得上二十五个人的话，这辆车子就暗下归我们专用。不过手续一定要办，照样得登记。我听到说登记，头又痛起来了，不用说手续是否麻烦，只要看到车站上人山人海的群众，我先就心凉了半截。他真是痛快，说是手续虽然要办，可以不必经过排班那番程序，他让我今晚上悄悄地到海棠溪去，在登记簿子上把名字填上就是。而且明日登记，大后天就开车，我们终于是可以回到南京了。"说着，他突然地站定，拍了几下手掌。

这番表演当然是把屋子里的人都惊动了，连两个小孩子都跑了出来，各执了归效光一只手来跳舞。余自清笑道："不要太高兴了，你们要知道，我们是住在人家第四层楼上。"黎嘉燕也出来了，她拿出那对男子稀有的恩惠，对归效光深深地点了个头，笑道："这件事接洽成功，我们全体同人都得向你表示感谢。那劳你的驾，还要今晚上冒夜过江，给我们去登记。"归效光道："那是当然。因为我闹不清我们同人的意思，到底有多少人愿意这样绕了公路走的，我得过江来向校长请示明白了。不然的话，我早就在海棠溪把登记的手续办完了。"黎嘉燕淡淡地笑道："归先生，你也是过分地老实。你就自行做主，把我们同人的名字登记着就是了。谁要不去，牺牲了位置也没有关系，这又不需要定钱，你顾忌些什么，来来去去，你也是太爱过江了。"

归效光办好了这样一件有功的事，黎小姐不但不给一点儿颜色，而且还说是过分地老实。换句话说，就是无用。他的脸色先是红了一阵，然后强笑着道："的确是如此，我这人是太笨了。不过也有点儿好处，把什么事交给我去做，绝不会半途而废的。黎小姐，你不妨到海棠溪去看看登记的人无千无万，你就是光办登记，恐怕也登记不上。"黎小姐只将鼻子哼了一声，并没有说什么。归效光因为自己是句假设的话，说完了也就完了，并不理会到黎小姐会介意。他和余自清校长开始去商量登记的名单，就到里面屋子去坐着。因为他们这四层楼还只有一张桌子，外面的屋子是无法办理的。

黎嘉燕坐在外面屋子里凳子上，低了头呆呆地想着，她突然地站了起来，也不通知主人，拿着门框外的纸伞就走了出来了。这时，天色已完全皆黑，细雨长阴天，大部分商家已关上了铺门，她撑着一把纸伞，顺着奔向长江的马路，径直走到轮渡码头。在冬天，川地的长江，落在两面高山的脚底下。由重庆到轮渡趸船上去，要下百十多层坡子，这坡子是斜岸所在两旁并无遮隔，那江风吹得细雨烟子偏斜着飞了来，打了人满身的水。尤其是那细雨烟子拂在脸上，凉冰冰的很是感到难受。她将伞斜撑着，带抵着迎面的风，却又不看见走路。好在这趸船头上，悬了一盏极大的汽灯，老远的白光，将下去的石坡子映出了一片轮廓。但这个码头上，并不以天气不好而寂寞，打着手电筒、撑了纸伞的人上下不断。

她在票棚子里买了票，走上趸船，船舱里还是挤满了人。有一个不同平常的事，给她的印象很深，就是有好些个人背着行李卷，或者背着大棉袍子，像是出门又不像是出门。由趸船上走到渡轮上，和那几个人坐在一处。这里面的人，有彼此认识的谈着话，正是说到海棠溪车站去登记的，预备穿了棉袍子熬夜。她心里想着，归效光说的登记不容易，大概是真的。她暗记在心里，也就随在这几个背行李卷的后面，向海棠溪车站走去。

这个车站，开晚班车的时候很少。尤其是阴雨天公路上泥滑如油，任何车辆都不能行走，车站上也就关了门熄了灯，什么都看不见，漆黑一团。今天这情形却是特殊，车站上内外都是电灯通明的。在车站大门口，就看到里面人影摇摇，哄哄的声音由里面出来。车站外围的空场子就是停车场，十轮卡、六轮卡，成列成行地在细雨阵里躺着，电灯在高柱子上照下来，但看见满地泥浆，全踩的是脚印。撑着雨伞、披着雨衣的人，还是不断地来往。车站里面，就像平常抢班车票子一样，站堂里面塞满了人。所不同的，平常是站着排班，成了一条龙，现在却是一个挨一个席地而坐。这样的行列，共有三条，每条的龙头都在一个卖票处的窗户门下。其实没有丝毫卖票的象征，不过在那票窗的墙壁上，倒是有四五尺长的纸条写着斗方大字。各写着渝筑直达车登记处、渝柳直达车登记处、渝衡直达车登记处。

她看了最后这张告条，证明由重庆到衡阳有直达车，果然是事实。数数这窗户下排列成行坐在地面上的人，已有四五十位。其中也有几个女宾，间杂地坐在人丛里。去面前不远，有位三十多岁的妇人，还是烫着头发的，当然不是佣工之流。她身披了一条毯子，下面坐着个铺盖卷。看那情形，倒是预备长期抗战的。向她看了去时，她也抬起头来回报了一眼。

黎小姐对她那姿势先已有了三分敬意。这就近前两步，向她点个头道："请问这位太太，你是登记到衡阳去的吗？"她点头道："是的，真是没有法子。"她说的是江苏口音和不怎么自然的普通话。黎嘉燕道："我也是江苏人呀，胜利了，谁不想回家？到衡阳，虽然去家还远得多，究竟走一步近一步，而且那边水路平坦，坐木船也好回家。"那位太太听说是同乡，就高兴了。她笑道："不，我已经打听清楚了，衡阳有火车到汉口。到了汉口，还怕回不了家吗？你这位小姐若要登记的话，趁着人不多赶快去排班。"黎嘉燕道："什么时候登记呢？"她道："明天早上六点半钟到七点钟。"黎嘉燕道："还有一夜呢，为什么这样早就来排班？"她道："本来可以住到旅馆里，半夜里来排班的，你看，这样的阴雨天，走来走去，也是受罪，索性就在车站上熬一夜吧。今天阴雨天，在车站里的人多。平常只有几十个人在站上熬夜，可以打开被子在地上睡觉。半夜里有人来了，我们就醒了，保险可以登记得上。"

黎嘉燕听说，向站堂中四周看看，除了每个行列都有几十个人以外，也有四周散坐着的。问道："那不也有不排班的吗？"那位太太道："他们是到綦江或者遵义去的，要等我们登记完了才轮到他们，排班也是无处排。小姐，你就排上班吧。你看，这个阵势已经不短，再添二三十人，站里排不下，就要排到站外天棚底下去。到了半夜里，斜风细雨，冷得受不了。而且每次登记，只限一百二十个人，很容易满额子。我是排一次班没有登记上，已经有了这个经验的。"黎嘉燕道："谢谢你。我们是个复员团体，已经有人来登记。我是不想求人，自己也来试试。"那位太太笑道："年纪轻的人，也太好面子了。这份罪有什么好受，这还试试吗？"

黎嘉燕笑笑，离开了她。向车站的布告牌上看看，果然其中有

102

一张布告，说明重庆到衡阳直达车的买票情形，内容和归效光所说相同。自己衣服穿得少，又没有带坐具，坐在地上排班熬到天亮，大概是支持不了。只得走出站来，在附近小旅馆里找了一间小单间休息，但心里总不愿明天空手过江回去。预先就付了店钱，和衣在床上睡着。一觉醒来，听到夜空里的鸡叫，并听到长江里轮船汽笛声，料着是天快亮了，开了房门，捞起雨伞就走。谁知这小旅馆里的客人起得更早，四处亮上灯火，店门也开了。

她出得店来寒气向身上扑着，先打了两个冷战。公路上的街灯，悬在烟雨阵中兀自有些混沌不明，在满地泥泞的道路上，有了人的脚步喳喳之声，远远看到几团纸伞的影子，向车站上走去。到了车站，那对门的豆浆油条后，已经下了店门，亮着灯火。在灯火反映到街上的时候，看到那细雨卷着烟雾团子，在屋檐过去。而车站门口也就有提篮子的小贩，身上披了油布来往。她先有了个感觉，来登记的人大概都正向这里奔跑了。她收着伞，走进站来，她发现只猜到了一半。那站堂里已是排班不下，三条排班的阵势都由后门出去，站到外面天棚下了，不但是天棚下的人站着，原来在站堂里席地而坐的人，这时也站了起来。电灯下看到排班的人一条龙似的向前看不齐，后面一个人，在前面一个人的肩膀上，歪了脖子向前看着，看的是什么呢？什么也没有，只是那卖票窗四周那堵壁子。黎小姐查看先前说话的那位江苏太太时，已站到阵头上，身上还是披了毯子，铺盖卷放在脚边，这是熬了一夜的成绩。这阵势是一个人紧挨着一个人站着，当然不能插当。

站在旁边约略地估计一下，这长蛇阵拖到天棚下，总有一百五十人，根本过了登记的额子。这时排班必须站到天棚下人阵尾巴上，还有什么意思呢？她拿着一把伞，沿着人阵，由阵头看到阵尾，心里暗暗地将人数点记着。点完了，她觉得自己的估计确是有点儿错误，这阵里的人不会超过一百三十名。若是排上班去的话，可能还得着登记。她踌躇着，慢慢走近了那人阵的尾子。因为天色已经有些混亮，距离各路车的登记时间已经接近，空气渐渐地紧张。站在人阵上的人只管向前凑，因之三条长蛇阵都在动。同时，赶来登记的人都以为来个拂晓攻击必定成功，站里站外，人也加多了大半，纷纷地人潮汹涌。

　　黎嘉燕正考虑着是不是加上阵尾，不料只这样一考虑的工夫，还不到两分钟，已经有十几个人在阵尾上增援，拖长了两丈。她就立刻下了决心，不再迟疑，就加上阵尾去。恰是奇怪，当她加到阵尾之后，有十分钟之久，并没有人再增援，她始终是最后的一个。她自己估计着问，这还有希望吗？没有希望也不要紧，自己原只是要登记上了，堵堵归效光的嘴而已。反正买车票已有了他负专责的，正这样想着，却有人在身后叫了声黎小姐。这声音很熟，正是那位接洽专车的归效光先生。

第三章

事出意外

这个遭遇是黎嘉燕小姐所没有料到的，而且和她的计划也完全相反。但是遇着了归效光，可躲开不了，只得离开了人阵，迎向前笑道："归先生，你怎么这样早就过了江?"他笑道："我昨天晚上就过江了。为了团体的事我不能不卖一点儿力气，免得误了事。"说着，他不免向黎小姐周身上下看了一看。见她上身衣服被细雨打得湿黏黏的，而下面两只黑皮鞋和粗线袜子，却是被泥浆溅得像上了一层漆，她的头发也像抹刷了一层油，水淋淋的，便笑道："今天天气凉得很，你这样起早来参观登记，完全是好奇心太重。我们还有一段遥远的道路要走，可别把身体糟坏了。"

黎小姐就怕他识破了自己也是来登记的，他现在认为是参观，这倒正中下怀，便笑道："我为人就是有点儿好强，我想你也是知道的。现在复员交通困难，大家都是为了交通工具走投无路。我们这个团体把这个为难的问题交给了你，大家在家里坐享其成，我觉得这是很不公道的事。因此我就想着，悄悄地也到海棠溪来试试这些办理交通的滋味。这不算共同甘苦，只是和你这跑路的人表示一点儿同情。"归效光听说，满脸是笑，立刻鞠着躬道："那实在不敢当，我觉得合作去做一件事，只要各人尽各人的职责，那就行。做裁缝的不应当让他去做厨子，做厨子的……"他说到这里，自己把话止住了笑道，"不谈这些闲话。你不要着了凉，我陪你去喝碗热豆浆冲冲寒气。"

黎嘉燕看看那登记群的人阵正一个个跟着，慢慢地向前挪动。而人阵外面的旅客，纷纷乱跑。车站里放出一种哄哄的声音，看这情形绝无登记成功的可能，便向归效光道："我们快过江去，给同人报个喜信吧。"归效光道："黎小姐怎么知道有喜信呢？"她笑道："察言观色，这点儿事我都看不出来吗？假如你办的事情没有把握，你还能这样笑嘻嘻地和我说话吗？"归效光笑道："果然的，一切办理顺适。这个礼拜六，我们就可以登车。今天是十二月三号，预计行程，我们可以赶到南京过阳历元旦。离别了八年的南京，终于让我们再投入它的怀抱，这事情实在是太痛快了。黎小姐听了这个消息，应该是为我浮一大白。不过你不能喝酒，我们还是去喝豆浆吧。"黎小姐自己的计划失败了，也就落得借此下台。两个人到豆浆店里吃过了早点，一路很高兴地回到重庆向余自清去报告。

这时候还只有八点钟，在重庆度阴雨天的人全没有起床。余氏夫妇还掩着卧室门。外面这间屋子，大小孩子在楼板上展开了两张地铺，大小三个孩子和那位壮丁余有庆分别地拥被而睡。黎小姐站在房门口，伸头望了一望，笑道："都还没有起来吗？我们把喜信得来了。余有庆快起来吧，我们买着了车票。"这个小伙子正仰了脸睁了眼，望着楼顶在出神。听了这话，两脚踢着棉被，人跳了起来，笑道："真的吗？赶快收拾行李。喂！小孩儿都起来吧，我们走了，回南京了。"说着在地铺上连连地跳了几下，两只手同时地拍着。黎嘉燕笑道："你不要发狂，还不是今天马上就走呢，你把校长请起来吧。"余有庆望了她道："你可不要骗我，这样早，你在哪里得来的消息？"她道："我说你不够做一个壮丁不是？不是我来，你还没有起床呢。我们昨晚晌就过了江办登记去了。天还不亮，我们就到车站上去接洽得了好消息，赶快来报告你，我们……"她一连串地说了好几个"我们"，余有庆只管把眼睛向她和归效光身上望着。

她忽然醒悟过来，把话停止了。可是话说中间忽然停止了，她也觉得说不过去，立刻把脸子绷住了，瞪了眼睛道："这孩子一点儿礼貌没有。人家小姐们来了，就在被窝里穿了条裤衩跳出来，这是什么话。"说着，把两只手叉了腰，嘴巴子鼓着。余有庆就怕人家姑娘说他不礼貌，赶快把地铺上的被子提起向身上一披，闪到楼角一边去。余自清已听到他们在外面屋子里争吵，立刻开了门出来，笑道："怎么着？真是我们的车票有希望了？"黎嘉燕道："有希望，这个礼拜六我们就可以走。"余自清笑道："那太好了。我们买了多少张票，每张票多少钱？"对于这个问话，她却是不能答复，回转头来向归效光指着道："问他吧，都是他接洽的。余先生，你没有到车站去登记以前，你绝不能想象到登记是这样困难的一件工作呀。归先生给我们弄到这样多的票子，那实在不是一件容易的事。不是我亲眼看到许多人在车站上带了铺盖熬夜，我也就不和他表功了。"余自清道："黎小姐也到车站去看了的？"她点了头道："岂但是亲眼看到，我也是半夜到车站上，在细雨里站到天亮的。"

余自清听了她这个报告非常地诧异。心里想着归效光昨晚一整夜在海棠溪，她也一整夜在海棠溪，这话怎么样再可以问下去？便笑道："只要有了车票，我们什么其次的困难都可以迎刃而解。让我来请二位吃早点，先行庆祝，一面计划我们这一个团体行程上的组织。"那些睡在地铺上的孩子听了大人这些话，料着是真可以走了，都高兴地跳了起来。他们对四川不知道没有什么厌恶，对下江更不知道有什么欢喜，只是现在又要移动一个地方，大家就觉得非常的高兴。他们笑着跳着，把大人的话锋都打断了，自然也就把黎小姐的话中疑文牵扯了过去。

自这时起大家就忙碌了，分别会通知了要结伴还乡的人，就在当日下午约集着十几个人，在这楼上席地而坐，开了一个紧急会议。结果是星期六开车，星期五就过江去。推余自清做全体返乡团的团长，归效光为总干事，黎嘉燕为会计，余太太做出纳。路线上半段是公路局规定的，由重庆到贵阳换车，循湘黔公路到衡阳。到衡阳之后属于下半段，可以坐火车到武昌，武昌渡江，到汉口坐轮船直驶南京。一路之上，除了各人的食宿自理，一切交通事宜由归效光负责。每个复员的人，各交三十万元给余太太。车船票由归效光统支统筹。归先生每办一件事，都请黎小姐落账。大家这样公推二人合作，就是对归黎二人会同在海棠溪办登记的那点儿误会。可是归先生本人就是愿意为大家服务的，他没有感到什么新奇。黎小姐是个矜才傲物的人，人家推她做事，她也以为那是当然，他们就是这样很和谐地接受了任务。

在这个会议完了以后，黎小姐是最高兴的一个人。恰好是这日的天气转了晴朗，经过大太阳的蒸晒，马路都干燥了。她觉得再过一天，就要离开这八年来的抗战司令台，不管对它印象如何，总还要做个离别前的巡礼。因之脸上带着愉快的笑容，放开了步子，在上下半城各转了个圈子。最后她想到若要把重庆的特点赏玩一番，最好是到这半岛最高的地方，同览这扬子嘉陵二江之胜。这个高的地方又要不让房屋挡住视线，觉得只有南区公园的山顶比较合适。

她择了这个地方慢慢走去，由两路口绕过去那正是南区公园的上层。眼望着公园的枇杷山正待挑选一条平坦些的路爬了上去，在她那抬头观看的时候，忽然身后有人叫了一声"密斯黎"。回头看去，是同学王小姐和她的男友李先生。王小姐身穿了紫呢大衣，胭脂粉抹得满脸艳丽。那李先生也是穿着一套花呢西服，头发梳得油光。两人手臂挽着手臂，一同走了过来。黎小姐跳着迎上前去，笑道："你们什么时候走呢？我已经买得了车票，礼拜六就离开重庆了。"她说着话，跑到王小姐面前握着手笑道，"我们在南京见呢，还是在上海见呢？"王小姐笑道："你看有了走的日子，喜欢得这个样子。你们府上人很多，不坐船走，坐车走，东西带得了吗？"黎嘉燕连连地摇了头道："我不管家里的事，我跟了学校的团体走。"王小姐笑道："老李也不是不知道你的事情的。我冒昧地问你一声，你现在决计和家庭脱离关系吗？"她昂着头对天上看了一阵，冷冷地答道："家当然是好的，但也不可一概而论，有的是天伦的乐园，有的也是礼教的监狱。你是叫我到天伦的乐园里去呢，你是叫我到礼教的监狱里去呢？"王小姐笑道："别的罢了。说你的家庭是礼教的监狱，那也不至于。我看……"黎嘉燕摇了头道："你不知道我们家的事。"王小姐笑道："我有什么不明白，还不是为了婚姻问题。其实这也没有什么困难，一百个自主家庭也没奈你何。"

黎嘉燕听了她这话，向她身上看看，又向她身后跟随的那位李先生看了一看，笑道："你觉得你是一百个能自主的？"王小姐扬着双眉笑了一笑，鼻子里哼了一声。她虽没有说话，可以想到她的意志是很坚强的。那位在王小姐身后的李先生也不免将肩膀抬了两抬。黎嘉燕觉得她的话已经战胜了王小姐，便笑道："我们不要谈这个问题，后天我就要走了，你应当请我吃一顿饭，和我饯行。"王小姐笑道："那很可以，将来我到了南京，你也要和我接风的。你现时住在什么地方？我决定了时间，就亲自来请你。"黎嘉燕道："我还是住在密斯吴那里，我觉得朋友家里比亲戚家里好得多。"王小姐道："那么，我们现在就去找个小馆子吧。"黎嘉燕对这男女二人看了一眼，笑道："那不必，我们原来的意思都不是这样，你二位还是请便吧，我也有我的事。"王小姐听到她这样说了，恐怕她还有别的意思，这就向她笑道："那也好，我不打搅你的清兴了。"黎嘉燕连连点头说着请便请便。王小姐在三分尴尬的情形中，就离开她走去。

这南区公园是半边山岗。一条马路，筑成了之字形，顺着山势弯曲地到山脚下去。黎小姐站在坡子上，正好看到他两人并着肩膀，顺了路向下走。当他们走到两个弯子下的时候，挤得更近，手臂又挽着手臂了。黎嘉燕呆呆地看了一阵，心想到王小姐说一百个自主，这位李先生对她形影相随，必然也是在一百个自主以内的。海阔天空，他们这一对儿来去自由，是多么令人羡慕。想到这里，她再抬头看看那枇杷山顶还有二三十丈高。爬到上面，正是吃力。孤单单的，站在那山顶上有什么意思？若不到山顶，扬子嘉陵二江又不是一眼所能看到，那还是放弃了这个志愿吧。

这样，踌躇了几分钟，看了南区公园，除了由此经过的行人，并没有在这里觉胜的游客。太阳在扬子江南岸的西头，已是变成鸡子黄色。隔江重重叠叠的山峰全被薄雾罩着，由青变成黑色。只有太阳附近，那横拖在天脚下的烟雾，划出了几长条金红色的云片。这是天色快晚的景况了？算算在重庆的时间，也不过是四十八小时，应该去收拾收拾行李了。这一回是坐长途汽车，并不能带过多的东西。这应当把大箱子存下，买两只手提小箱子。其次是用结实的网篮装着零碎，预备些结实的绳子捆着行李。归并行李，也许要整天的工夫，实在也没有工夫游览了。她心里想着事，两脚就自然地向那寄住的吴小姐家里走去。

重庆住家的人家除了特殊阶级，普通都是住着一间房到三间房。这位吴小姐的父亲是个中等公务员，也就在冷巷子里一所平房里分得了两间半屋子，两间是卧室，半间是堂屋，七八口人，已经拥挤得没有法子插足。黎嘉燕来了，就和吴小姐住在堂屋后面板壁隔段里。这是条黑巷子，就只能只搭一张小铺。上床还得侧了身子，不然就在铺头上爬过去。她这样住着，自是十分地不安。但到了晚上，反正上床睡觉，倒也没有什么痛苦。只是白天却相当地苦恼，这堂屋是三家共用的。人来人往，坐着不能看书。那两间卧室，是长辈两口子带两个大孩子，晚辈两口子带两个小孩子，也不能久在人家屋子里坐，所以她只有终日在外面瞎跑。这时，她也顾虑着，到了吴家去，又是在堂屋里坐着发呆，这太没有意思。到了那里，先看看自己的行李，估量着差些什么，晚上拿着钱出来再办。

她是这样地设想，踌躇着到了吴家。她到了天井里，就让她喜出望外。原来归效光正单独地坐在一把破旧木椅子上，面前放了一只加大的柳条包、两捆粗麻绳、一只手提黄漆牛皮箱子，另外还有个旧帆布的行李袋。归先生看到，早是起身相迎，笑道："我算着你也该回来了。"黎嘉燕摇摇头道："你猜得并不准，平常我总要到晚晌八九点钟才到这里来。今天我是想早点儿来，打算收拾收拾行李。"说时，她走到了堂屋里，看看地面上放的东西，笑道，"你是比我筹备得还早，收拾行李的东西已经预备得齐全了。"归效光笑道："我的行李简单，不忙收拾。这些东西，和黎小姐办的。你看还欠缺什么，我再去替你办。"黎嘉燕笑道："我并没有拜托你替我办啦。"

归效光好像是早料到有这句话，脸色自然，一点儿也不红，他点了头道："黎小姐是什么都可以自决的人，这些小事当然不需要别人代办，恐怕也办得不合意。不过我既然被公推为干事，一切同伴的事情我都得尽力。若是办得不好的话，尽量可以改正。"黎小姐看看他，抿嘴笑了，点头道："出门也无非用的是这些东西，倒没有什么不合意的。这些东西你办了几份？"归效光道："我就只办了这么一份。"黎嘉燕笑道："这就不对了。你说的是和同伴服务，现在单单地为我办这一份，那还是为我代办的了。"归效光这倒没有了话说，只是微笑。黎嘉燕笑道："那我谢谢你了，你一共花了多少钱。"归效光道："没有花多少钱，你就不用问了。"黎小姐笑道："你这又不对了，你当干事的人，和同事采办东西都得你垫钱，你家里带了多少钱来花呢？"归效光笑道："我是零零碎碎买的，花了多少钱，我真记不起来。将来我开张单子给你就是了。"黎嘉燕点点头道："这倒是个办法。那么……"她把这句话说得拖长了，将一个食指比着腮帮子，低了头沉思着。

　　归效光不知道她有什么话要交代，要追着问时，已是接连碰了几个钉子了，也就只好将两手插在裤子岔袋里，斜伸了一只脚站着，望了她微笑。黎小姐走近一步，向他低声笑道："这是我朋友家里，我不能好好地招待，我请你去吃个小馆吧。"归效光听了这话，情不自禁地心里跳动了几下。自从和黎小姐共事以来，前后总有三年多，不但是自己没有受过她的招待，就是同事方面也没有看到人受过她的招待。她今天打破了惯例，单独地请吃饭，这个宠遇实在叫人铭感五衷，因笑着点了头道："那就不敢当了，还是让我做个小东吧。"黎嘉燕脸上不表示生气，可也不发出笑容，望了他道："这话我就有点儿不解了。我请你吃饭，你说是不敢当。可是你请我吃饭，就以为我敢当吗？男女交朋友，总不要存着那个女人是特殊阶级的观念才好。"

　　归效光心里想着，真是糟糕，越怕说错了话，越是把话说错，越是怕举动上忤犯了她，就越忤犯了她。她那张瓜子脸、画眉眼睛，在喜气洋洋的时候，实在也就是一种聪明伶俐的样子，引着人家又喜又爱。反过来，若是她不高兴，那精神却又就真是冷若冰霜，让人见着她没有生气。不过她那番奋斗的精神，却又是让人可以佩服。结交这样的女友，实在叫人不好伺候，但又绝对好伺候，她并不需要你陪着看电影买东西吃馆子。他心里是这样地想着，脸上透出极不自然的微笑，呆站着却没有作声，他两手插在大衣袋里，掏摸着袋里的东西。黎嘉燕见他周身是不自然的样子，也觉得对于人家那番好意是过分地漠然，便道："我的个性是这样，其实有时也很后悔，说话是太没有含蓄了。老同事，你原谅点儿吧。"她露着两排白牙齿，咻咻地一笑。

第四章

江边夜话

在前两三分钟，归效光先生已经想过了，黎小姐的笑容是非常美丽的。现在黎小姐就给了他一个很好看的微笑，他乐得周身都有些痒丝丝的。黎嘉燕看他面部那轻松的表现，心里想着，这家伙真是个老实人。向他看着，点了两点头道："好吧，我把东西收起来，就同你走。"她说着，将归效光送来的东西都收到堂屋隔段里去，然后站在他面前，牵牵毛绳外衣的衣襟，又抚摸了几下头发，笑道："我们走吧。不用踌躇，我们谁会东都可以。"归效光不敢说什么，只有含着笑，随在后面走。出了大门，这是条很长的冷巷子，在淡黄的电灯光下，只有两个人走着。归效光仿佛这里面有些什么不便，他随在她后面，总相隔着有五六尺远，而且还是不作声。

她走了一截路回头向他笑道："归先生，你办事方面，我认为你很勤快。但交际手腕，你可不能和办事的这份毅力配合。"归效光道："是的，这是我最大的缺点，以后望黎小姐多多地指导我。"她回头看了一下，笑道："我指导你？那更糟，我就是不会交际。无论应付什么问题，我都是硬碰硬的。你那个随和的劲儿，倒是值得我学习。"归效光道："不敢，不敢。"黎嘉燕道："这就不对了，朋友要相处以诚。我既然说的是真话，你就不用做那虚伪的谦逊。我说过你的短处，也说过你的长处，这是很诚意的。你为什么……不对，我又给你钉子碰了。我这个性格怎么好？"她笑得连闪下了几下肩膀。归效光道："黎小姐你说得完全对。"她道："我说我性格不好，你以为我的也都是对的。"他笑着啊了一声道："不是这样，不是这样。"她笑道："我倒不是过究这句话。你遇事太随和，倒叫我不好

113

办。你可不可以后有什么事和我商量，先提出主张来。"归效光道："好的，我听从你的办法。"黎小姐笑道："若是你碰了我的钉子呢？"他道："那总是我的主张不健全，我自然是取消了。"她笑道："没办法，你实在是太随和了。"她在前面走着，乃是不住地咯咯地笑。在这样的情绪之下，彼此却现着是很和谐。同进饭馆子，吃饭以后黎小姐除自动地向归效光说，愿扰他一顿而外，并且约着他次日到吴家收拾行李。这在归效光都是喜出望外的事，自然是遵命办理。

在第二日的下午，所有上车的旅客都要到海棠溪去投宿旅馆，免得临时上车有些来不及。黎小姐的行李是收拾好了，可是七时以前，她不能渡江，因为有四川女友要和她饯行。这是她不能谢绝的，正不知以后什么时候可以会到面，大家要欢叙欢叙。她将这事告诉了归效光，商量可不可以明日绝早渡江？归效光提出的答案很是完善。请她把行李交出来，可代为运过江去，把旅馆房间订好。朋友的宴会尽管去赶，吃完了饭，从容地坐夜航轮过江。到了海棠溪，可向社会服务处一问就知道是订的哪家旅馆，一切不用烦神。黎小姐对于他这些话是信任的，都依照办了。

在这天晚上八点钟，她吃过了朋友的饯行酒，直赴储奇门码头。行路和过渡的时间消耗，到了海棠溪已经是十点钟了。她忽然有了个感觉，在这个时候，到社会服务处去探问男子代订的旅馆，这是个很大的嫌疑，而且归效光在社会服务处留的话，一定也是真名真姓。这样赤裸裸地表示，万一有个熟人遇到，那是个很不体面的事情。她由渡口的河滩上慢慢向码头上走着，心里也就慢慢地在计划着这件事。她到了车站边，见围着车站的餐馆和旅店，各处悬着菜油灯，那浑黄色的光正照耀着来往的食客，人影摇摇的，夹杂着哄哄的声音。社会服务处也就在这车站斜对门，那里的大门是半掩着。那是有电灯的所在，灯光由门缝里射出来，也是不断地看到人在那灯光中吐纳。这样深夜，她没有料到海棠溪有这样的热闹，也就想到去社会服务处探听消息，是众目昭彰的事情，越发增加了她的戒心。她想着海棠溪车站，就是四五家比较像样的旅馆，这不必费那种事到社会服务处去打听，径直就向各旅馆去张望一下就是了。

她觉得这个想法是对的，先找个小旅馆去看看。刚进门，就见栏柜上竖立着一块黑牌，白粉大书客满两个字。再换一家大旅馆看看，更是显着拥挤，在旅馆店堂里，箱子铺盖卷、网篮藤包就堆得像山似的，由平地堆齐了楼板下的横梁。柜台里坐着几位店员，正忙碌着在记账。她靠近了柜台，正想问一句话。有位年老的店员先向她赔笑脸，点了头道："小姐，对不起，老早就没有了房间了。前三天有人在这里订房间，到现在还没有腾出一张床铺呢。"她想着，前三天订的房间，到今天晚上还没有腾出来。归效光今天下午来找的旅馆，绝不是这里。只好再出去找，接连找了四家，处处客满，她不便问人有没有姓归的代订的房间，只有挨家在旅客的姓名表上逐一地查去。结果是没有姓归的，也没有姓黎的，甚至所有结伴还乡的人，都不曾在那表上留下名字。她有点儿疑惑，莫不是开车的日子改了，大家都没有过江来？

她踌躇在公路上走着，不免东张西望。身后有人叫了声黎小姐，回头看时正是余自清先生。他带着两个孩子，缓缓地在路上走着，她觉得有了一线光明，笑着向前道："你们都过江来了，住在哪里？"余自清说："我们这还乡的第一步路程，就感到了莫大的困难。全海棠溪的旅馆，连鸡鸣早看天的那种小客店全都住满了人。我们既过了江，不能在车站上露宿。只好走出去半公里，在烟雨段那条公路街上，找着一家茶馆，在他们的楼上占了一个通楼，同行的人全在那楼面上搭铺。那楼上原有两间房，也让先到的占了。我们这算很平等，不问男女老少，一律在通楼的楼面上展开行李安歇。"黎嘉燕道："那倒无所谓，校长能吃苦，我们就不能吗？不过和我订旅馆的这位归干事疏忽一点儿。我若不是在这里遇到校长，我怎么会找到半公里路外去？"余自清道："效光不是在社会服务处留下了地点吗？你根本不用找，就在海棠溪招待所开好了房间，你没有问出来？"她默然了一下，笑道："我还没有去问，也许是我的疏忽。"余自清向马路对面一指道："那大门上有玻璃窗，透露出灯光来的，就是招待所。你去看看，我带着小孩子，隔江看看重庆灯火。在重庆多年，烦腻着爬坡，烦腻着过阴雨天，烦腻着夏天百度以上的热，烦腻着鸽子笼的夹壁屋子，烦腻的事多了。可是说到要走，这一生恐怕是不会再来的了，对于这托迹八年的地方，倒有些恋恋不舍，你请便吧。"说着，他点个头走了。

黎小姐看那样子，他倒是有意避开。但也顾不着这些，立刻走向招待所去。一进门，就见归效光捧了一本杂志，坐在栏柜外的长凳上。看到黎小姐，立刻站起来笑道："事情都办完了吗？这里的房间已经匀出来了，行李都已布置妥帖，车票在我身上。"说着，在衣袋里掏出一张小小的车票，半鞠着躬送到黎小姐手上。黎小姐接着车票看了一看，笑道："什么都预备好，这就差着上车吗？"归效光道："当然还有些过磅的手续。不过没有什么麻烦，你都交给我了。我现在引黎小姐去看房间。"说着，他在前引路将她引进了一间很干净的屋子。

这里不但是桌椅齐全，而且正面一张床铺也铺叠得很好。旅馆里的铺盖铺垫在底下，黎小姐的铺盖却展开来放在上面。正中桌子上，有个扁圆形的泡菜罐子，里面还插一束梅花同水仙。黎嘉燕笑道："这茶房有个意思，还给我来一瓶花呢。"归效光笑道："就是这泡菜罐子不大相称。"她笑道："在这旅馆里只一夜的事情，我这已十分满意了。我没有想到有这么一个好旅馆安身。所以我到了海棠溪，各家旅馆都去过了，就是没有到招待所来。普通小旅馆都找不着房间，你怎么会在这里给我找到房间的呢？"归效光笑道："一间屋子，总好想法子，而且我前两天就把房间订好了。"黎小姐道："但是你事先并没有告诉我。"他道："我对这问题，也考虑过的。万一说了在先，到临时没有了屋子，那我是怎样地交卷。"黎嘉燕笑道："看你这人好像是很粗鲁的，你倒是粗中有细。"说到这里，茶房正送了茶壶茶杯进来，她就接过茶壶斟茶，一面向茶房道："这花不错，你们为什么不找个花瓶子插着？"茶房道："这花是归先生由重庆带来的，不是我们预备的。"她听说，望着归效光微笑了一笑。

茶房走开了，她就将刚斟的一杯茶送到他手上，笑道："效光，你为我的事太辛苦了，喝杯茶吧。"归效光接着茶杯，对她就是一鞠躬。她笑道："这样客气?"归效光举了那个杯子，笑着问道："密斯黎。"他用很重的语调这样地叫了一句。黎嘉燕被他特地地叫了一句，好像是有什么要告诉一样，这就仰了脸子向他望看，等他的下文。可是在黎小姐这样对他看着的时候，把他心里所要问的话，吓得收了回去了。只是端了杯子，将杯子沿碰了嘴唇，向她嘻嘻地笑着。黎嘉燕道："你有什么事要和我说的吗?"他笑道："没有什么。"可是他说完了这句话，觉得不对。既是没有什么为何特地地叫一声密斯黎? 立刻也就笑道："明天你早点儿起来吧。车子说是八点钟开，我们七点钟以前，必须到车站上去，因为行李过磅，还很需要些时间。"黎嘉燕笑道："就是这句话，我早已知道了。"归效光碰了这个钉子，自己也觉得无聊，端着杯子仰起脖子来，把那杯茶喝完。这就把杯子放在桌上，深深地点了头，笑道："密斯黎，你休息着吧。明天还要早起呢，我告辞了。"说着起身就向外走。

他走出了招待所，心里颇感到有一种愉快，但同时也有点儿懊丧。经过两天最大的努力，总算和黎小姐有些交谊了，又孟浪着给予了她一个坏印象。从今以后，还是谨慎一点儿的好。这位小姐本来心高气傲，是位不容易接近的人物，为什么自己还要认定了这块青石板去碰撞? 这是命里注定的吧? 尽管她这个人是十分不容易轻犯的，可是自己见了她，就觉得是那么可爱。天下可爱的女子太多了，为什么就这样地迁就着她? 这样地想着，他站在公路上有点儿出神。心里想着，明日就上路了，同行的人很多，老是这样地去碰黎小姐的钉子，也是徒然地去遭人家的耻笑。算了算了，他心里这样地想着，口里就情不自禁地说了出来"算了算了"。身后这就有人问道："什么事算了?"说话的正是那位黎小姐。

她一面穿着毛绳外褂，一面向外走，看到了归效光就点了两点头。他道："黎小姐，你怎么不安歇? 快十一点钟了。"她道："我

117

想到明天就离开重庆了，也不知道什么时候可以再来。我到江岸上去，对隔江的重庆也看看吧，刚才余校长已经有这个举动了，所以我说个也字。"归效光道："的确的，谁都有这点儿观念。像我们二十多岁的人，在四川就住了八年，不但是占了我们年岁的三分之一，而且也正是我们成人以后踏入社会的第一阶段，这在我们一生，印象是很深的，关系也是很深的。现在要离开四川，真叫人有些恋恋。"黎嘉燕道："既然如此，我们的观感一样，你也应该去看看重庆的夜色。"归效光道："我可以奉陪。"黎嘉燕道："我们顺着这条水泥路面，直到江滩上为止，你嫌不嫌远？"她说时，已向前走着。归效光也只道得奉陪两个字，默然地跟着，相隔她还是四五尺路。

　　这时，夜航渡轮已经停止，并没有了来往的行人。冬夜的雾重，天上没有了星点。不过这是干雾，像烟云似的飞腾在天空，并不像白云似的罩落在地面。所以隔江的灯火，还有反光隐隐地射过江来。江岸码头上的这条水泥路面，由山麓上斜斜地伸到江滩上去，还可以看到脚下那宽阔的一条长线。偶然有两三个人，打着纸灯笼由面前过来，也只有到面前才看到人影，稍远便只看到那个白纸灯笼移动在夜空里。这一双男女默然地走着，连续地在路面上发出脚步咤咤之声。四川的冬夜虽然不冷，但江面上的风拂到人脸上，究有些清凉袭人。

　　黎嘉燕走着路问道："效光，你没有穿大衣，不觉凉吗？"他道："还好。我身上这套中山服，是西康呢，相当地厚。"说毕，两人又默然地走着。黎嘉燕突然地站住了脚，问道："我刚才听到你连叫算了，似乎是有什么东西失落了。"他走到了她面前，也停住了脚，答道："没有失落什么，我心里正默记着一笔账，似乎是错了，再三再四地估计着，都不能找出头绪，所以我说算了。"黎嘉燕倒也不去追究他这句话，又默然地向前走着。这样两个人的距离就缩短到两尺路了。

　　她望了隔江的重庆，并不看到房屋和山峰，只是沉沉的烟雾里，一层层的亮星向高空堆叠着，东边的江北县，那变为亮星的灯光，又在暗空里拉了几条长线，拖长着几里路。她站住了脚，向四周张望着，因道："我最爱在远处看重庆的夜景，隔了江看更妙。"归效光道："我也有这个感想。可是到了白天，重庆的外景就不耐看了，尤其在两条江面上。看着岸上那些灰木架子的楼房，东倒西歪，七上八下，这个半岛的外围简直是破蜂巢。"黎嘉燕道："不过初来的时候，看到陕西街那条银行区，居然有钢骨水泥的七层大厦，我也很是惊奇。"归效光道："八年的抗战实在繁荣了重庆不少。"

黎嘉燕忽然哧地笑了一声。归效光对于她这一声笑却是有点儿莫名其妙，可也不敢问，又默然了。她道："效光，你猜我笑什么？"他道："猜不到。"她道："我想，我们明天就踏上了长途，我们这就要开始变更环境，情绪是紧张的。为什么我们心情这样轻松，慢慢儿地走着路，我们只说些不相干的话。"归效光道："确是如此。不过一切上车的事我都预备好了，在未登车以前没有什么要做的了。"黎嘉燕道："你觉得我这人脾气怎么样？"他没有想到她突然变了话锋，问到这样的话，因道："你的脾气不怎么样呀。"她道："不是个性太坚强一点儿吗？"他道："也不，我觉得并不。"她又哧的一声笑了。归效光到了这时觉得胆子壮些了，便问道："密斯黎，你笑我这话太含糊吗？"她笑道："我笑的不是别的，我笑你在不字上加了个也字，好像我除了个性不坚强之外，还有别人批评我哪一种不好的地方，你也否定了。后来，你又说了一句并不，这并不，似乎是你起初也同意普通人的看法，以为我是个性坚强，经过了你相当的考察，你也觉得人家说得不对，是不是这意思？"归效光哧哧地小笑了一声。黎嘉燕笑道："这一点，我倒是赞许你的。交朋友在乎互相攻错。我若有不对你肯说我，那才是好朋友。不过为顾全我一点儿面子，不要当着人的面说我不对就是了。"归效光听了这话鼓了两下掌，笑道："密斯黎，我说得对了吧？你这个人并不是那样个性坚强的。"

黎嘉燕笑道："这里只有我们两个人，我不妨再给你一个钉子碰，你这话又错了。你要知道，个性坚强和刚愎自用那是两件事，个性坚强那是不畏困难，刚愎自用那是有错不认错。我肯认错，那是我不刚愎，并非是我个性不坚强。所以你说我个性不坚强，那是不对的。"归效光笑道："对的对的，我说错了，可是我说错了，当时你为什么不指破，要过了几分钟，把话转过弯以后你才肯说？"黎小姐笑道："我怕你不满意，不能你老一开口我就给你钉子碰。"归效光笑道："这样说来，你的个性还是不怎么坚强呀。"黎小姐笑道："难道你愿意老碰钉子。好吧，以后我老给你钉子碰，你可别怪我呀。"归效光道："那我是很愿意的。"他这声音是非常地细，细得只有他自己听到，然而黎小姐可又笑了。

第五章

登车的作风

归效光先生实在是没有料到黎嘉燕小姐会对他有这种好态度的。夜雾中的江风，在江滩上慢慢地、轻轻地吹来，觉得身上颇有一种清爽的滋味。他还很有意多站一会儿，可是急切中又想不到要说什么是好，只有默默地站在江风里面。黎嘉燕笑道："回去吧，明天我们还要一早上车呢。以后绵长的道路，说话的机会很多。"这句话，正触着归先生的痒处，笑道："这样就好，你有什么事要我做的，只管对我说。我已经下了决心，为大众服务，而且要把事情做得很好。"黎嘉燕笑着说了两个字："不过——"这两个字的字音，她拖得很长，却是没有得个结论。归先生跟在后面，随了她走着，虽然知道她在这句话里有叫人考虑的意思；可是她不肯径直地说了出来，显然她还有点儿顾忌，那也只好不问了。

跟到旅馆门口，黎小姐却首先站住了脚，在路灯光下对他看了一看，微笑道："你可以到你那旅馆去休息了，你给我找了这样好的一家旅馆，我谢谢了。"归效光道："一个人的事，那总好办。像我们这个大团体要我找旅馆，那我就感到困难。"黎嘉燕说了三个字："明天见。"也就向旅馆大门里走去。可是她刚进旅馆大门，却又回身走了出来，远远地向归效光招了两招手。他以为她又叫到旅馆里去闲谈，很高兴地跑上前去。黎嘉燕对他看了一看，笑道："你明天到了车站，若是我没有去，请你来接我一趟，我就怕睡着了，醒不过来。"归效光道："这个我自然知道，你放心睡吧，假如你醒不了，我会来找你的。明天见。"说毕，正待转身走去。黎嘉燕道："我还有下一句话。"他又只好站住了。两个人相对站着，黎嘉燕将脚尖轻轻踢着旅馆门口的台阶石，低头沉思了两三分钟，然后向他笑道："我知道，你对我出门的一切问题很关心，我是很感谢的。在长途上，当然还有许多事情要你帮助，不过你当了人的面，不要太客气了。这个团体许多人，还有我的老师，你若把我当一位特殊人物看待，这个不大好。"她说到不大好三个字，又微微一笑。归效光连连地点着头道："是的，是的，以后我明白就是了。"黎小姐重复了他一句话笑道："你明白？不说了，明天见吧。"她这次交代完毕，可就真的进旅馆去了。

归效光回到了余校长住的旅馆里，所有上路的同人都已展开了铺盖，在楼板上安歇。他也不去打搅别人，自打开着铺盖睡了。海棠溪这地方，也是一半乡下，夜半鸡啼的声音非常地清楚。他听到了两遍鸡鸣，立刻翻身起来。他原以为他起来最早，睁开眼看时，全楼的人都已起身，有的在穿衣服，有的已在打水洗脸了。余自清先生正口衔了半支烟卷，坐在铺盖卷上休息，就向他笑道："我本当叫你，但是你睡觉的时候鼾声甚大，我想你是太辛苦了，让你多休息一下吧。"归效光道："我是辛苦了吗？我一点儿也不觉得。"那位壮丁余有庆正端着一盆水上楼，望了他道："归先生，你睡吧，我给你留着热水呢。昨晚上我十点多上街买东西，还看到你向江边去，那个时候你还到江边上去做什么？"归效光道："你看错了人吧？"余有庆道："看错了人？你还有个同伴。"余自清瞪了眼喝道："你哪里这样多的废话？现在是说废话的时候吗？"余有庆向归效光伸了一伸舌头，没作声。归效光想着，她说的话不错，当了人不要太客气了，这是真的，大家不已经是很注意我的行动了吗？他一犹疑着没有作声，这件事情也就过去。他为了把这事让大家淡忘过去，也就忙着收拾行李，楼上楼下跑个不歇。到了天色微亮，他立刻就叫了脚夫来，把行李搬着向车站送了去。

他到了车站上看时，人声哄哄，车站和车厂子里全拥挤着是人影子。有些人是列在长蛇堆里，向登记处进行登记。有的坐在行李卷上，等候着过磅，有的打听着车辆来往地乱跑，这让他想起了一件过去的事：每当城里有了空袭的预告，车站上的人也是争先恐后，像这样的纷乱，但各人的面色却是紧张的；现在看看各人的脸上，都带上了全部的笑容，情形真是大不相同了。他督率着力夫把行李搬运得齐了，不免背了两手在身后，对所有在站上的人都仔细地端详一下。

正在这样地出神，腿上却让东西轻轻地连碰了两下，回头看时，黎小姐手里提了一只小提箱，笑嘻嘻地站在身后。这时，同行的人正都不在身边。她低声道："你到处看人，是在找我吗？"归效光恍然大悟，皱了双眉，将脚连连地跌了几下道："他们派了我这么一件苦差事，让我看守行李，我一脚移动不得。"黎小姐把手里提的那小箱子，又向他腿上连连地撞上了两次，把眼睛斜着望了他一下，又微微地一笑。这两下撞，又是两次微笑，在归先生心里却添了一桩暗喜，不住地向她点着下巴。黎嘉燕笑道："这看守行李的事就交给我吧，你应当去料理别的事情了。"他道："这个事情并不繁重，可是让你走不得路，有点儿苦恼。"她笑道："你去吧。难道这点儿事我们都不能合作吗？"黎小姐说了个"我们"，又说个"合作"，归先生听到，心里着实动荡了一下。

他笑嘻嘻地望了她，正想说句感谢的话，可是不得其词，还在踌躇着。车站上走过来一位站员，在人丛中大声叫着："凡是坐渝衡通车的，都来过磅呀！"这一声喊着，立刻在车站的人丛中起了一阵波浪，好几十个人拥上了过磅的地方。在这里，归效光先生发现了坐通车东下的同志的确是不少。他对于那整堆的行李，正也感到发愁，觉得一件件地拿去过磅不是一件易事。可是同行的人，给他解决了这个困难，原来都把行李交给归先生看守的人，这时一拥而上，各人提着自己的行李就向磅秤边跑。有些大件行李，大人和小孩子两人抬着走，立刻这堆行李旁边和那磅秤旁边，都是人包围着。归先生不能向前，只是瞪了眼向那群人望着，然后又回过头来对黎小姐望着微笑。黎小姐笑道："人家不用你管，你就落得不管。回头我们共同地把行李抬着过去吧。"归效光将两只手插在西服裤岔袋里，呆望着人群，并不作声。黎小姐笑道："这样抢，有什么意思？有了车票，我们还怕挤不上车吗？"归效光笑着点了几点头，也就站着没动。大家一阵纷乱，足闹了半小时。于是前前后后，大家又搬动着行李向停着的列车奔了去。

这些抢运行李的人群中，有太太，有老太太，也有半大的小孩子。倒是几位先生们只在后面跟着。这时，让这个团体的领袖余自清先生不能不予以驾驭了。这就站在列车后面，抬起手来，向大家挥着道："各位，不要忙，第一，我们的车子有号头；第二，各人在车上的座位也有号头，希望大家按着秩序上车，各人票子上有号头，大家看着自己的票子入座吧。"他说是这样说了，向车子上拥挤的人还是照样地挤。挤上了车子的人，只是站在车子后身，向车底下看看。原来这几辆走长途的客车却是个名，只是将那十轮卡上面加了个长方的木罩子，像个火柴盒子，没有窗户，只是几个方眼，也没有门，只是车厢后身挂着两块活板当了门，而且也没有梯子，车身有大半个人高，大家全是拉着绳子爬了上车去。所以上了车子的人都不肯下来。

归效光和黎小姐搬着行李过来，伸头向车厢里看时，车厢里并没有座位，铺盖卷、箱子、网篮，满塞在车厢子里面，高高低低，像个垃圾堆，人也就上上下下，都坐在那垃圾堆上。这里不但是再无法放下行李，就是爬个活动的人进去，也感到没有地位安插。余先生三个孩子站在他夫妻后面催着："我们上车吧，我们上车吧。"余先生摇了两摇头，微微地叹着气。归效光道："校长，这不是办法，你得施行你队长的职权。"余自清苦笑道："大部分都是眷属，你叫我怎样地施行职权？不过我有点儿把握，我们还有一部分人和行李没上车，这车子总开不了。"

归效光说着话，正四面张望着，见这里一列了五辆同样的卡车，最前面两辆还是空着。这时，有两个站员三个站夫出动，挨着车子贴了字条。字条是依着车子的秩序贴的，第一辆空车子，就贴的是"渝衡通车第一号"的字条。归效光记得自己的车票，写着是第一辆

124

第八号座位，立刻掏出车票来看着，果然如此。他就悄悄地道："黎小姐、校长，都跟我来吧。"到了那车子边，已有两位站员跳上了车，把守了车厢后门，叫道："到衡阳的客人，各人拿好了自己的车票，对着号头上车，先上行李，后上人。不守秩序的人，那我们就取消他的乘车权。"这两个人一面叫着，一面将手在半空里指挥着。

归效光和余氏全家，正是由一号开始的票子，这就不必迟疑，径直奔到那车子边来。好在人手多，大家公推归效光先上车子，然后将行李送上去让他接着。他到了车厢里以后，有了新发现，原来车厢里面，共摆了四桶酒精，而车厢板上又放了几卷电线。这酒精桶全是装五十加仑的大铁桶，除了丁字形放着三桶而外，有一桶还搁着在车厢后角。车厢不过是这样大，至少是占去十分之一的地位了。便向站员道："这是谁的酒精，放在这里?"站员微笑道："没有酒精，这车子自己会爬着走吗? 每辆车子都要带四桶酒精的，那什么稀奇?"他听了这话，人家的理由充足，哪还有什么话说?

他把余家和黎小姐的行李接了上车，其余上了别个车子的人也都再奔到车子边来。立刻情形变得紧张，有两条壮汉要向车子上跳。站员喊着要票，他们才说是送客的。站员笑道："你也不看看车厢里的容量，连人带行李，恐怕就有人要挤上车顶去，送客的大可不必尝这滋味。"这两人倒也不勉强，就由平地托上两位乘客来。一位是旧同事王七佳，他是前任校长手下的庶务，余校长接事以后他已离职，现在听得有专车可搭，便催同他的夫人加入。他五十多岁的人，满脸的胡桩子，隐隐地藏在皮肤里面。高鼻梁上，架着白铜丝边的眼镜。身上穿套窄小的青呢中山服，表现着他那份精细的意味。

另一位乘客是同事丁先生的丈母娘陈老太太，她是六十出外的人，然而身体长得肥胖异常，矮矮的个子，穿件古铜色棉袍，头上又戴一顶古铜色的毛绳帽子，正可以说和那满车上原放着的酒精桶子，颜色状态都差不多。她说着一口扬子江上游浓浊的土音。上车之后，她立刻站在车厢口上，向车子下招着手，大叫把箱子搬上来。车下有三个送客的人和她的女儿丁太太，共同举上一只木板箱子来。

这位老太太像做拔河之戏一样，拉了箱子头一只铁环，仰了身子向后拖了那木箱子上来。看那木箱子时，有三尺半长，两尺半宽，两尺高，体积赛过酒精桶。她正正端端，将箱子放在车厢中间。接着送上来一只铺盖卷，除了有酒精桶长不算，而又有两个酒精桶粗。

归效光道："哎呀！老太太，你怎么带着这样大的行李。我们这是坐长途汽车，可和坐船不同啊！"她道："若是坐船我要带十倍这样多的东西。"她口里说着，陆续由车下接上东西来。她除了还有两口小箱子而外，有三只热水瓶、三个小旅行袋、两个包袱、两个饼干桶，这些大大小小的东西都搬上车厢里来，那所占的面积是可想而知的。同时，那位王七佳老同事，把他的三件行李搬上车来之后，他并不顾车站上先上行李后上旅客的规定，把他太太也拉上车来。他将他的行李放在车厢的最前面，太太坐在行李卷上，他自己坐在箱子上，架了腿，就拿着纸烟来吸。归效光望了他，他也不理。倒是他太太低声道："车上有这样多酒精，你还是少吸烟吧。"他道："不要紧，铁桶子全封了口的。"说着，他还是继续地吸着。

他这么样安然自得，可把在车下没有上来的人刺激得大为不安。大家提着行李，就向车子上乱窜。站员站在车厢门口，含着笑再三地说："这是复员回家，不是逃警报，不要抢。"可是他虽这样说了，丝毫无济于事。大家只管"前扑后继"。这里所说的扑，乃是实在的。那前面提了行李向车厢口子上爬着的人，被后面的人一撞，就扑在车厢板上了。站员也知道余自清是这队复员人马的领袖，便笑道："既然你们同伴不守秩序，我们只有两个办法：一个是取消他的坐车权利；一个是交给你们自己办理。余先生，你看应当怎么办？"他还站在车前空地上呢，笑道："复员回家的人，取消他的坐车权，那是太残忍了。你交给我吧，让我来劝导他们。"

说着，他于是爬上车来，对车上车下的同伴，用手指点了一番，笑道："我们同行的人，连我在内，共是七名壮丁，其余十八个人全是妇孺。无论在什么交通工具上，当然是由妇孺占先。各位不必抢，反正总有各位的座位。第一，还是让行李先摆下。我来设计一下，把行李大件放在车厢中间，将车厢一分为两，然后把小件行李放在两边。这样，然后一边可以坐着十几位。坐不下的，坐在中间行李堆上。就是分两边坐，也挨着车票的号头来，左边是一，右边是二。我声明在先，我是第一号，我放弃，我和二十五号的票子对掉。现在，上了车的同伴请都下车，让我和归先生把车厢收拾好。"

大家听了他这番入情入理的话，又看了看这位老先生的颜色，也只好悄悄地溜下车来。余先生又叫了两位壮丁上车，足足忙了一小时，才照了余先生的计划把车厢弄好，然后大家对号入座。余先生这个团体，共是二十五个人，勉强是可以坐下的。

等着这里安排就绪，有三个男子共提了三件行李，一拥而上。看到左边车厢壁上还有一截空隙，不容分说，放下行李，就挤着坐了下去。他们正挨着陈老太太坐下。她生平只觉得可以挤人，却不愿受人家的挤。一截空隙挤来三个人，当然将她挤着。她道："这座位有人，你们为什么向下挤着？"其中一个人就横了眼道："我有票，我为什么不能坐？"陈老太太道："这车子是我们包的。"那人道："是你们包的？废话！是你包的，车站上还卖票给我们？"说着，他在衣袋里掏出一张票来，高高地举着，口里念道："渝衡通车，第一辆车第二十六号。"老太太道："你是二十六号。我们二十五号的人还没有坐下，你二十六号的人怎么可以坐下？"他道："你们为什么不坐？这车上根本没有座位，哪里是二十五号？哪里是二十六号？"他这么一说，和他同来的两个人也都红着脸叫了起来。余自清摇摇手笑道："不要紧，你们有票，你们就坐下吧。这是车站上的错误，我们并不和三位计较。"那人道："和我们计较得着吗？"

余自清看这三个人绝非知识分子，情理的话绝不好和他们说，而且他们在一度争吵之后得着了胜利，更是得意，各个把身子扭了两扭，更是坐得贴实些。这车子上本来就透着拥挤，现在又加入了三位新客，越是显着拥挤。余自清只得将所有的小孩子都放到行李堆尖上坐着，还剩下三位壮丁和余先生自己，都挤得站在车厢门口。那两个站员根本是站在车厢外的横木挡上。见着所有的人都塞下了，

127

他们跳下了车，喊着我们要关车门了，各位不要再下车了。

归效光一脚站在车厢板上，一脚踏在油布包的行李卷上，手扶了车篷底下的直柱。黎嘉燕是有座位的，坐在靠车厢口的角落上，座凳就是大箱子当了代用品。她看了看他，将脚踢着脚下的一只小皮箱子，对他撩着眼皮一笑。归效光向她点了两点头，低声笑道："等车开了，我自然要坐下。"这里还站着余有庆、余自清和一位同事刘君。余有庆就手扶了陈老太太那大箱子犄角站着的。他道："我们总应当匀出一个座位来给校长坐下吧。"那位王七佳先生将脚踏在对面的行李卷上，身子向后靠了车壁，立刻插言道："那是当然，由年纪轻的人让起。"黎嘉燕道："公道之至！"指着一位同事太太扶着的小女孩道："她才三岁，也占着一个座位，由她让起吧。"于是全车都笑了。

这时，车子上的旅客分着四等。头等的坐在两边行李上，有点儿像座位。二等是小孩子，在酒精桶上展开了铺盖，可以躺着。三等的是不分高低地坐在行李堆上，正好是三行。第四等就是站着的人了，而且还是站在车厢口。余自清校长虽然是满腹不愉快，可是眼望着都是自己部下的眷属，哪还有什么话说呢？就在这时，来了一大批送行的朋友，都围了车子后身站着。余自清抱着拳头，连连地拱手道："劳步劳步，我可不能下车了。"朋友们也都拱着手笑道："不必客气，恭祝一路福星！"余自清听到"一路福星"四个字，在满车厢挤得自己只有站着的份儿，他心里想着，这样的情形下会一路福星吗？他只有向送行的人报答着微笑了。

第六章

第一段路上

这时，车子外面，接连地有几个人叫着"密斯黎"。黎嘉燕座位后，车厢的木壁原是有个木板推动的窗户眼。现在因为车子角落上挂的旅行袋和大小包袱，挡住了木板的推动，只能扯开一个方孔，让人露了脸向外看着。但虽是如此，黎小姐已相当满意了。她向外看时，是几位女同学，而王小姐就是领队的一个，便点点头道："谢谢各位劳步。反正我们都会在南京或上海见面，何必老远地过江来送行？我原来就是不敢惊动人的。"王小姐笑道："你放心吧，我没有敢给你宣传，我仅仅就是把你的行踪告诉了几个好朋友。"黎嘉燕听她的话音，就知道她是暗示着并未告诉自己的家庭，自己也不愿意把这事说明显了，便道："车子上挤得很，我不能下车陪各位谈话，各位请回吧。我到了衡阳就会给各位来信，好告诉你们这条路上的情形。"她虽是这样说着，小姐们到一处，怎肯三言两语地就散了，大家还是挤着在车窗外说话。

黎嘉燕两手扒住了窗子眼，将脸子朝着外面说话。忽然叮咚一下响，回头看时，那车厢后面的两块吊板，已经合拢上了。两个穿号衣的站夫，在列车缝里叫着，到衡阳的车子开了。黎嘉燕向送行人点头笑道："这次算是真的离开重庆了，各位请回吧。"王小姐后面，站了一位更年轻的小姐，拿了一条手绢在空中招着，口里喊道："再见，再见，一路喜星。"王小姐回转头去笑道："一路福星，一路都是喜星高照，那还了得？"黎嘉燕还要答复这句话，车子已经突然地移动了，她只有说着"再见再见"。她在车窗眼里，看着海棠溪几段断续的街市，都已抛到了车后，这才掉转身子来坐着。

这时让她发现了最不舒服的是归效光。原来是有四个人站着的，现在都坐下了。余自清和余有庆背抵了背横坐在一捆大铺盖卷上，两只脚各插入对座者的腿缝里去。还有一位同事刘浩如，也是个壮年人，他和一位小旅客男孩子合作，他直坐着伸开了两腿，坐在一只箱子上，却让那小朋友坐在他怀里。只有归先生挤得靠了关拢的车厢门，这里有个直立的铺盖卷，他半站着半坐着那铺盖卷的半边，手掌拉了车厢顶上垂下来的一个绳子圈儿。因为这个铺盖卷上，还有一个面生的人和他同样地坐着。这已是够不舒服的了，居然在他们两个人当中，还有个面生的人站着。她惊讶地道："怎么着，又加上了两个人？"归效光道："车子快要开了，司机亲自送上来的。他说挤一挤吧，他有两个朋友要到一品场去，搭一截路的车子。"黎嘉燕道："你这也坐得太不舒服了。我说我脚底下这个小箱子，你可以坐着的，现在不行了。"

她说着向面前看看。她对面是一位十多岁的男孩子，坐在一只柳条包上。他的两条腿和黎小姐的两条腿犬牙相错，都踏在那小箱子上。黎小姐右手紧挤了一位同事的太太，人家怀里还抱了一个两岁的孩子。她的两条腿就塞在行李堆一只突出来的网篮下面，她紧邻又是那位王七佳先生，丝毫不能再让。黎小姐左手是车角落，正放着一只酒精桶。那是铁皮制的，当然也没有一点儿弹性。就是这酒精桶上，也不空着，上面有一只网篮、两个小旅行袋。归效光斜跨在那直立的铺盖卷上，就是让开这上面网篮的尖端的。黎嘉燕向全车厢里看了一看，又向归效光身上看看，微笑道："路还长着呢，这不是个办法，你得找个地方坐下。"归效光笑道："没关系，坐长途汽车的本领，已经有过多年的训练了。没……"他这句话没交代完，大概是车轮子在公路上跳坑，来了个很大的震动，车厢里的行李全体波动，而归先生身边，酒精桶上的那只网篮尤其跳动得厉害，不是他半边身子抵住，那网篮就落了下来了。黎嘉燕哟了一声，站起身来，将手撑着网篮。其实在她伸手之时，全车厢里行李已安定了。归效光还是继续他那句话"没关系"。

余自清横坐着，面是对了车厢侧壁。他回转头来摇了两摇，笑道："我和有庆互相成了活动椅靠，倒无所谓。可是我下面坐的这行李卷，它也要活动起来，这可有点儿伤脑筋。"座椅只管向前跑，身子可向后仰。这位余老弟背上，可是时时遭受着压力。余先生对面，就坐的是那位像酒精桶似的陈老太。她沉了脸道："校长，你有这个感觉，那就很好。你下面坐的那个行李卷，只管向我面前跑，我的腿已是让无可让了。"同时，那边也有人说话："这行李这样推着不行啦，我的左手膀都压麻了。"又有人说："这是谁的网篮，车子颠一下，篮子在我头上撞一下，真是要命，头发全撞乱了。"于是就这样开始，大家全说着受挤。那车厢中间的行李，有时向左边倾斜，左边的坐客便一致动手，将它向右边推。有时，行李向右边倾斜，右边的坐客也仿左边人照办。坐在行李堆上的人，不是向后倒就是向前溜，也得时时调整座位。于是全车的人不能有三分钟的休息。那位陈老太太又不甘缄默，她啰啰唆唆地骂道："这是什么胜利回家，简直不如抗战期间的逃难。"归效光道："大家不要埋怨，等到车子停了打中尖的时候，大家把这座位来调整，然后大家好好地坐着。现在我们就忍耐着吧。"大家听说，只是相应着叹气，并没有说话。

归先生的话倒是准确的。还没有走到一小时，车子就停了。随着，车厢后门就开了。司机伸了头向里面叫道："各位下车休息吧，我们很要在这里停一会儿哩。一品场公路让山洪冲垮了，现时正在修路。修好了路，车子才能过去。"大家就问车子到了什么地方，他答复是土桥。这土桥是南岸一个有名的镇市，车子才走十三公里而已。不过大家为了整顿车厢起见，自也乐得休息。在车厢后门没有座位的人，自是首先地跳了下车。

归效光向司机座上看时，已有个穿中山服和穿西服的人坐在那里。穿中山服的，他认得，乃是押车的交通队长。那个穿西服的，在海棠溪车站上就未曾见过面，可能和司机送上车厢里两个旅客的情形一样，并没有买票就上车的。他徘徊在路上正张望着，黎嘉燕也跳下车来站着，牵牵衣襟，又摸摸头发。归效光笑道："司机都离开了车子，在那边茶馆子里喝茶了。这一下子，不知道要等多少时候，你也去喝碗茶吧。"黎小姐道："这倒无须，你还是上车去，把行李堆收拾收拾，再腾出三个座位了。至少我坐的那地方把那个行李卷横过来，你就可以坐下了。"归效光道："那不更挤着你吗？"她笑道："这是挤大家的事，也不会挤我一个。要不然，这样长的道路，你怎样地受得了？送行的人，恭祝我们一路福星。这哪是一路福星，乃是一路苦星了。"归效光笑道："提起这话，我倒有个疑问。你那朋友，说是一路喜星。喜星高照着一位小姐，那是很有趣的。你说她这是有心如此，还是说错了呢？"黎嘉燕道："说急了，谁都说错话的时候，那有什么可疑问的呢？"她说着这话时，脸上红红的，却绷起了腮帮子一点儿不带笑容。看那样子，倒有三分生气。

归先生也立刻后悔，和她还不算友谊亲密，怎好向她开玩笑？便站着怔了一怔，不知道说什么是好。恰是余老先生站在车厢门边，向他招着手道："来来，我们把这行李收拾收拾吧。"他得了这个下台的机会，就爬上车去。所有在车上的人，都同意把位子调整好。虽是那三个横暴的搭客，坐着他们自己的行李没有作声，也没有反对。最后来的两位搭客，他们各带了一只包袱和一把雨伞，态度偏又很谦和。其中一个年大些的，他笑道："我挤着各位了，随便怎样布置都行。我们有个地方站着，就很满意。"归效光道："既然同在一辆车上，大家就挤吧。几千里路，谁能站着？"这两个人听说，都表现了笑容。就帮着归效光这一行人，将车厢中间的行李堆重新堆叠着。

其实车厢只有这样丈来长的地方，旅客还有一部分在车上坐着没下去，大件行李压在下面，四周全是小件东西牵扯着根本不能移动。也只是将浮面的行李，将它挤紧搁平，一面把绳子捆了四遭紧紧地捆着。车厢门口那个直放的铺盖卷将来放倒了，直挤到黎小姐坐的那口小箱子边去。他把手按平了，还在上面拍了两拍，向余自清道："校长，你就在这上面坐着吧。"余自清道："那倒无所谓，我那行李堆上的座位也不坏，大概那还是沙发椅子吧？"说着，打了个哈哈。归效光把车厢里粗粗地布置妥当了，他又跳下车来。

这土桥镇的旧市街，在公路外的一个小山坡上。停车子的地方是因公路新建的一段新街。夹着公路，开了些茶酒饭馆。距离车子的几丈路外，就是一片茶棚子。黎小姐正和几位女眷，围了一张方桌子坐着。归效光也曾听到人说过，女人出门是不大喝茶水的。他见那桌上虽然放了一把茶壶和几个茶杯子，却没有人斟茶喝。他搭讪着向那桌上围坐的女眷们统共地点了个头，然后走近了笑道："坐着吧，一点儿消息也没有呢。知道一品场的公路什么时候修好呢。"座上有一位吴太太，便道："不知道今天能不能赶到东溪？我那里有一家亲戚。若是在那里过夜，我们既可畅叙一番，还可以吃顿好晚饭。"归效光道："恐怕没有多大的希望，现在已经十一点钟了。冬天日子又短，要赶一百多公里，那不是一件易事。而且经过一品场，必须大大地检查一番，知道耽搁多少时候？"吴太太道："现在已不打仗了，还检查什么？"他道："好！重庆有名的两道鬼门关。北岸是成渝公路的青木关，南岸就是一品场。往日车子到了这里，旅客出境入境都要证明书。就是有证明书，检查员问你的话，检查你的行李，你也得客客气气、恭恭顺顺，不能有丝毫违抗的样子。若是检查员不高兴，你就是一位特任官，他有权不许你走。至于老百姓，那就不用提了。"吴太太道："我也听见说过有这样一个口子，原来就是一品场。我没有办出境证，那怎么办呢？"归效光已是走近了桌子，取过一只茶杯，提壶斟茶喝着，还没有答言。黎嘉燕脸朝着吴太太道："不要听那些，我们全车人都没有办出境证。现在重庆每日成千成万的人坐船东下，谁又办过出境证的？"归效光看了她的颜色，又听了她的言语，觉得这个钉子碰得不小，也就不敢再说什么了。

这车子在土桥足足地停了两小时，旅客也就胡乱买了一点儿东西吃了，当了午饭。下午一点半点，大家上了车子，方始续继开行。这时，大家都算有了座位，就是那两个最后加入的搭客也在车厢门

133

边各坐在自己的包袱上。余自清的地位已不是先前那样活动了，上面堆了个小铺盖卷，下面是个大铺盖卷。他背对了车前，脸朝了车后，两只铺盖卷正好当了靠背椅子。余有庆坐在大铺盖卷边上，这把归效光紧挤下来，还只有坐在黎嘉燕面前那个横铺盖卷上。他想着在茶馆里曾遭了她的冷眼，现在坐到她面前去，太有点儿不知进退，这只好还是站着。

黎嘉燕将脚踢了那铺盖卷道："你为什么不坐下呢？"他笑道："我怕挤着你。"她笑道："这是怪话了，这满车上的人，谁不挤着谁呢？你坐下来，就会单挤着我吗？"她说时，看到他还是站着，就用手扯了一扯他的衣襟。归效光见她倒是诚意地让座，就含笑向她点了两点头，委委屈屈地坐下。

车子继续地向前，就离开了重庆更远，那路也越显着颠簸不平。归效光在黎嘉燕身旁的小窗户方孔里向外张望着，但见车子外左右前后，全是些不大高的山丘，由近而远层层堆叠，公路就在这些山丘里弯曲着进行。车子弯曲得厉害，同时，车子也就颠簸得厉害。那车厢中间的行李，在连续地摇撼了几十次之后，完全脱离了联系，不是猛可地向左边倒，就是猛可地向右倒。两边的旅客，为了旁边这些行李堆的来袭，大家全伸出了两只手将行李堆撑着。有几个力气大的，把行李使劲向外推，推得向那边倒了去。那边的人自然叫起来了："喂！你们不能只顾自己，向我们这边推呀！"有人道："我们有手，也会推。"说着，于是向这边报复过来。坐在行李堆上的小孩子，又叫起来了："你们推来推去，我们要跌下来的。"余自清大声叫道："这是坐在正跑着的车子上呀，大家安静一点儿吧。今天晚上，我们在旅馆里开个会，把这事来根本解决，现在小半天的工夫，大家就忍耐着一点儿吧。"

他这话还没有交代完毕，陈老太太大声叫道："不得了，不得了，压死人了。"这样，余先生就不能不站起来看着。原来车厢中间的行李堆得太高，左边坐着的看不到右边的人。所以那边说压死人，这边却是莫名其妙，却只有站起来看个究竟，其实并不怎么严重，只是高处一个大行李卷,向外突出来一只大犄角而已。所幸由此以后,车子上有人喊着头晕,而且是接二连三的人,都有人喊着头晕。这个传染病非常之迅速,不到半小时,全车人都在喊头晕,有两个人还在呕吐,这车厢里是不容人呕吐的。犯着这毛病的人,都将手巾握了嘴。哇的一声,把脏东西都吐在手巾上。这样各人都低了头,就不吵闹了。

归效光坐在黎嘉燕面前,见她将手肘撑了膝盖,用巴掌托了额头,闭着眼睛假睡,那脸上的颜色由红变到苍白,便问道:"黎小姐晕车吗?"她将手握了胸口的衣襟,并不开眼,皱了眉道:"我向来是不晕车的,也不知道今天是怎么回事。头昏,心里直要吐。"说着,连连地摇了两摇头。这样一提,归效光也觉得额头昏颠颠的,渐渐地感到呼吸不灵。胃里好像在翻着波浪,尽管向上奔腾,要涌到嗓子眼里来。心里想着,这事奇怪,向来就不知道什么叫晕船和晕车,怎么今天也闹起来了?再看黎小姐的颜色时,越是难看,眼睛是闭得紧紧的。她左手托了头,右手顶着胸口。

归效光自己的旅行袋,就放在那酒精桶的网篮里,他赶快伸手到旅行袋里去,摸着一个搪瓷大杯子交到她手上,低声道:"你就吐在这里面吧,我好给你倒出去。"她看时,皱了眉道:"那不好,这是你的漱口杯子吧?"归效光道:"没有关系,至多就让我牺牲这只杯子吧。"一句话不曾说完,她已是哇的一声吐了出来。根本面前没有一寸地的空隙,那只杯子握在手上,她不能不向里面吐。她就是这么一口气,就吐出了半杯子。她哎哟了一声,喘过一口气。归效光先接过杯子,伸到窗眼外倒了。立刻在旅行袋里抽出一条毛巾,交到她手上。她还是不能考虑,立刻把手巾擦着嘴。她擦过之后,才发现这条手巾是新的,望了他道:"又弄脏了你一样东西。"归效光道:"那能值几何呢?"他说时,也觉得胸口里发酸,就在裤岔袋里抽出一条旧手绢将嘴握着,不免吐出了些黄水。

黎嘉燕吐过之后,虽是心里轻松些了,可是她已感到全身都支持不住,人就斜倒在车子角落里,头枕在酒精桶沿上。归效光道:

"我想起来了，为什么全车人都心里难受呢？这是车厢里不透空气，人太多，行李太满，把大家呼吸塞住了。第二，这酒精桶虽是封了口的，车厢里酒精味还是很浓。这气味把人灌醉了。现在第一个办法，是让车子里空气流通些。"余自清斜靠在行李捆上坐着，也是心里十分难过，连说"对对"。他回头四围看时，车厢头上，通司机座的地方，原来有一个见方的眼，现在那里绑了两个旅行袋，把那眼堵死了三分之二，此外这车厢的木壁，四个窗户眼关了三个。车厢后面所挂的两块木板，也都由外面拴着，而且加了锁。余先生哎了一声道："在这样的闭塞情形下，我们全车人怎么不会头晕呢？赶快把窗户打开来吧。"

这么一提，大家也都明白了，由各位靠近了窗眼的人，分别将窗眼打开，有几位熏晕得厉害的，索性将脸偏着，接近了窗户。那位陈老太太又喊叫了："空气是大家的，不要一个人霸占啦。"黎小姐倒在车角里，闭了眼假睡，听着也笑了。归效光道："黎小姐，你现在好一点儿吗？"她摇摇头道："我上气接不了下气，简直要死在车上了。车子在什么地方停住，我不走了，我回重庆了。"说毕，她就不住地哼着。归效光正想劝解她两句，车子倒是真的停住了。全车人喊着："也罢也罢。"黎小姐扶着行李站了起来叫道："叫司机快开车门，我不走了，我回重庆了。"在大家眼望八年、今日幸可回家的路上，还只走两三小时呢，倒有人叫着回重庆，这是个奇迹，而全车人都向黎小姐身上看了来。

第七章

夜宿綦江

　　归效光先生和黎嘉燕小姐坐得最为相近，他听到了她这句出乎意外的话，便道："黎小姐，你不要着急，等今天晚上我们到旅馆里去开一个紧急会议，把这问题设法解决。我们纵不能把这车子全部的座位布置得舒适一点儿。但对于黎小姐个人，总可以特别想点儿法子，让你坐到司机座上去。"黎嘉燕将手托着头，微微地摇摆了，两下叹着气道："我简直地是要死了。"说着，长叹了一声。因为车子已经是停了，看她那样子暂时还可以忍受，因低下头去问道："我给你买几个广柑来吃，把胃里的酒气先解一下，你看好不好？"

　　黎小姐这就抬起头来，由车壁的窗户眼里，向外张望了一下。见这里两面山峰合拢，中间闪出了一个小谷。那车子走的这条公路，正是由山缺口里前进。这虽是冬季，山上的树木还是长得绿荫荫的。在山夹缝里，短短的一条涧水，流着尺把宽小瀑布。水落到石头上，淙淙作响。沿着公路两边，鲜红的橘子和黄澄澄的广柑，在篷子上都是堆着三四尺高。这和那碧绿的山色相映照，却是相当地悦目动人。望车子前面几十步路，有洋式房屋，若干穿制服的人在那里进进出出。听到车子外有人说话，这就是一品场。她就连带地想着，一品场是检查旅客的地方，下车来受一番检查那也好。他们若是说我没有出境证，不能出境，我就不出境了。心里怀念着一线希望手托了头坐着，就静等下文，可是只有十来分钟的工夫，这车子又开行了。黎嘉燕那一线希望成了一场空，只有横着心闭了眼，靠了行李堆半躺半坐。

　　归效光已猜出了这里全车昏晕的原因。第一是人多空间少，空气阻塞，大家呼吸闭塞。第二是酒精桶里漏气，酒味涨漫了全车，大家的神经都受了麻醉。他顾不得危险，把车厢后门用力推开一条大缝，将脸紧对了门缝向外张望着。一来是呼吸无酒味的空气，二来也可以看看车外的风景。他这样做着，倒是觉得胸口舒服一点儿。车子两旁的丘陵田园陆续地向后退走，那天上的天色也慢慢地变成灰黑。

他究是关心黎小姐的，对车外每看过几分钟，就回转头来向她看看，并问她一句："现在怎么样了?"先几次她还答应两句好或不好的话，到了后来，她只是摇头表示，什么也不说了。归效光屡次问过黎小姐情形之后，自己也有点儿觉悟。晕车的人很多，有老，也有小，为什么都不问，只问一位小姐呢? 于是转过了个对象，和余自清谈话，他正拿着扬子江上游流行的八卦丹，撅了半块交给隔座的余太太，苦笑道："把这个含在口里，也许心里舒服一点儿。"余太太也是斜靠了行李躺着坐的，紧紧地闭了双眼。她并不接那八卦丹，睁眼看了一看，就摇着头道："用不着，路长着呢，终日地把这带刺激性的东西含在嘴里，将来嘴都会麻木了。"余先生道："不能永远这样，明天我们一定要改善坐车的办法。现在请你含半块压压心口作恶如何?"他老是伸了一只手，余太太也只好接过去了。但她接过去很带劲儿，是个生气的样子。她道："要知道坐车是这样地受罪，就是在重庆再留住三年我也不走。"归效光道："这的确不是办法，今天看车子可以赶到什么地方。假如能够找着个好旅馆，痛痛快快地睡一晚，恢复疲劳过来……"黎小姐还不等他把话说完，抬起头来向他瞪了一眼，喘着气道："疲劳恢复过来，再在车上颠一晚，明日不用把人送进旅馆，抬进棺材吧。"归效光这就不敢说什么话了。

车子继续地颠簸着，车上的人继续地呕吐呻吟着，这就不像上半段路那样热闹，全车的人全不说话。行李歪倒下来，各人自行用手撑住。车厢里昏暗得人影模糊，向那一尺见方的窗孔里向外面探望，已有星点在天空里向后跑去。后来突然地发现了一丛灯火之光，车子的颠簸程度减小，就停止了。

耳边听到人说到了綦江，谢天谢地。这是同队的车子先到了此地，旅客们已下了车了。车厢后门铁锁响着，沙丁鱼罐头的盒盖子掀开，把星光和空气放了进来，大家像卸下了百十斤重一副担子。向外看时，一片空场，黑巍巍许多卡车影子铺列在星光下。余自清道："天色黑了，路又生疏，我们就委托力夫去找旅馆吧。"这时，空场里也有两三盏灯笼，可以看到几十名力夫，站在那里等生意。因为此地出力气的人还保持着土风，大家在头上还包杂着白布包头。星光下的旷地上，四处散乱着白点影子，倒是很好的目标。

归效光和同伴的刘君首先跳下车来，向挑夫道："我们想找一家好一点儿的旅馆。你把行李挑了去，我们照规矩给你钱。"他道："挑行李可以，今天没得旅馆，家家人都住满了。"归效光道："没有旅馆，把行李挑得哪里去呢？"挑伙道："我们哪里晓得？你自己合算嘛。"刘君道："这话等于没说，我们自己去找一趟吧。"说到这里，车厢上扑咚一声，人像鸟飞一般，跳下来一位同车旅客，正是王七佳。他手上晃摇了一道手电筒的白光，由广场中的人丛里奔了出去。刘君低低声道："这是什么意思。"归效光道："此理易解。他的意思是静坐车上，等我们把挑价说好，把旅馆找好，他就图个现成。现在听说旅馆没有地方，他就在抢我们一个先，免得若还剩余一两处地方被我们占了。"刘君笑道："此公可谓勇于自私。"归效光道："这时，我们也没有工夫去批评别人的品格，找落脚地方要紧。"

于是顺着有灯光的地方，走上了大街。这里是离重庆最近的一个县份，店面和街道都是和重庆具体而微。不过一点儿不同，并没有上上下下的坡子。归、刘二人沿着大街连问了七八家旅馆，全没有房间，尤其是有点儿像样的旅馆，里面人声哄哄。打听之后才知道复员的部队，也是住在綦江。一个县城，又是靠近车站的街道，突然来了几千名旅客，那自然是把旅馆挤满了。归效光看到路边茶馆里堆了十几件行李在屋角上，分明是旅客的东西，这就走去问提开水壶的茶房："可以寄住旅客吗？"他道："你来晚了。"归效光道："没有了房间？"茶房笑道："啥子房间啰？等我们这里收了堂，旅客就在茶桌上搭铺咯。你看，他们不都在吃茶。"归效光看那七八张茶桌上，都坐的是旅客模样的男女，问道："就是和他们一样也行啦，我们也搭桌子睡吧。"伙计道："我说晚了就是晚了，桌子也没得搭了。现在还有几家茶馆没答应人家搭铺，你赶快去，还有办法。"

归效光一看街斜对门就是一片大茶馆，立刻跑了过去，找着茶房说话。茶房倒有先见之明，在满堂的茶油灯下，看见来人满身黄土就知道是两位旅客，便道："你们找不到旅馆，想借我们的地方搭一夜铺？"归效光道："是的，请你和老板说，方便方便吧。好在我们天一亮就走。"伙计道："要搭铺就是满堂，一张两张桌子，我们懒得淘神。"归效光向这茶铺全堂看了，约莫是三十张桌子，点了头道："行，我们全包了。不过我们有点儿附带的要求。就是我们有个晕车的女客，来了就要找个地方睡下。可不可以给我们找个地方？我们可以特别多出一点儿钱。"伙计连连地摇头。

这时有个老太太由身边经过，插嘴问道："你出好多钱？我把我的床铺让出来就是。"归效光道："老太太住在哪里？"她道："我在隔壁摆香烟摊子，儿子不在家，我睡到儿媳妇床上去，把我的屋子让把你们。但是我不招男客咯。"归效光道："那好极了，就是一位小姐。多话不用说，借你屋子床铺睡一晚，送你五千元。"这时，五千元可以买到川斗一大斗米，是个惊人的代价，那位老太太立刻答应了，归效光还怕她反悔就给了她一千元订钱，先随她到隔壁小铺子张望了一下，最后面有一间和厨房隔断的小屋子，有张竹架床，堆了破棉絮，另外一张竹桌子，放了一盏瓦檠桐油灯。这不是屋子，像条小巷，三堵壁子全露出了夹壁的竹片，另一方是空的，并没有门。但究竟是一个单间，也就很满意地规定下了。

出了那屋子，回到茶馆，才放下了订钱，他和刘君回到停车处，这就看到照耀着十几盏灯笼，到了站的客车，人声是大叫小喊，纷纷地向车下乱抛着行李。到了自己车子面前见同车的全下了车，黎小姐坐在箱子上，人扶在行李卷上。余太太叫道："归先生，找到旅馆了吗？我们不能在露天下坐一晚啦。"他道："唉！件件事不如人意，旅馆实在没有，我照抄了别位旅客的办法，包了一家茶馆的店堂。等他们收了堂之后，我们就在桌子上搭铺。"黎嘉燕抬起头来道："那不行，我情愿在车上睡着。"刘君就代答道："黎小姐，你放心吧。归先生居然单独地和你找到了一间屋子。"他说着话，并没有考虑，乃是用平常的声音，很随便地说了出来的。黎小姐虽然心里很欢喜，在这时可不便说什么。归效光道："那也不算房间，不过是香烟摊子后面一个隔断。"余自清道："不管了，就是茶馆我们也愿意去，那总比在这里吹冷风强得多。"说着，就向面前的挑夫招招手，说是来来来。大家在这一声招呼下，一致动员搬到附近的茶馆里去。

黎嘉燕在风雾中慢慢地站了起来。归效光已在车厢里把带着的纸灯笼点着，在黎小姐面前举起，另一只手想去挽她，但一伸手他又缩回来了，用和缓的口气道："黎小姐，你跟着我来吧。让他们先到茶馆里去闹一阵子，我把你带到那屋子里去安歇了再说。"黎小姐当然是愿意这样办，悄悄地站起，要跟了他走，归效光就扶了她道："挑伙跑得很快，你怎么跟着走得上呢？你还靠了这车子，避了风稍站一会儿，五分钟内，我就来接你。"黎小姐正想说独自站在这里害怕。归效光看到一个卖橘子的担子，由空场的栏杆外经过，就把他叫了来。这橘子笼担上，正用小铁杆，挑起了一盏瓦壶油灯，点着火焰有四五寸高，那光线倒是可以照耀着周围一丈来路。他让担子歇在黎嘉燕面前，笑道："你尽管大个儿的买，三十五十，我们都要得了。你慢慢地挑选吧。"黎小姐很知道他是什么意思，在半日带惨色的脸上居然有了笑容。归效光道："就是这样约定，你在这里等着，我立刻就来。"说着，他就叫好了两名挑伙，把黎小姐的行李和自己的行李同时挑走。

黎嘉燕挑着橘子，剥着吃了两枚，只见一盏灯笼，在暗空中飞舞而来。奔到面前，自然就是归效光。她笑道："你回来得真快。"他道："我把你病人单独地丢在这车场子里，那成什么话呢？"黎嘉燕道："同伴的人多了，他们可以把我丢下，怎么你就不可以把我丢下呢？"归效光道："他们也没有把你丢下。因为知道我一定会招待你的，所以把这个责任交给了我。"说着，代付了橘子钱，将灯笼提着高高的在她面前照耀，因道："假如黎小姐走路有困难的话，我去叫乘轿子来抬你吧。"她道："看你来去匆匆走得这样快，旅馆分明就在面前，我勉强总可以走到。"归效光于是在她身边走着，虚伸了一只手微微地挽扶了她的右手臂。她不但没有拒绝，反是将手抓了他的袖子，把他当了手杖。直让他挽扶到那小店的隔段里，才放下了手，向床上一倒，哎哟了一声。

归效光站在面前，向她呆望了一望，低声问道："黎小姐觉得怎么样了？"她将手扶着额头，闭了眼睛道："到现时，我还是天旋地转，不知道身子在什么地方。效光，我真感谢你。刚才我由茶馆门口经过，我看到同伴们都还坐在茶桌子边。不是你，我怎能找着这么一个床铺睡呢？"归效光道："你说这话，我更是歉然。这是间什么屋子？又是什么床铺？我刚才急于要去接你，没有来得及整理床铺。你能不能够站起来一下，我把你的行李卷打开，给你把床铺弄好。"黎嘉燕道："这不敢当，你还是让我休息一会儿，我自己来吧。"归效光道："除非你不愿我代劳，若仅仅是为了客气，那就太犯不上了。"黎嘉燕扶着床沿，勉强地坐了起来，皱着眉道："我这个人向来不示弱，今天只坐了大半天的长途汽车，就弄成这个样子。"归效光道："我是连坐海船都不晕船的人，今天也呕吐起来了。这都是那几桶酒精作祟，并非我们身体不行。我挽扶你起来站着吧。"黎嘉燕点了点头，归先生大为兴奋，就两手挽着她站到一边，让她靠了竹夹壁中间的一根木柱。将放在地面上的行李卷很快地给她送到床铺上，展了开来，被子铺好，枕头放好，将床上原来的那床破棉絮送到外面屋子去。当他回来时，她已是歪斜地倒在床上。头发蓬乱着簇拥在枕上，她不但是衣服没有脱，就是脚上的皮鞋也没有脱。归效光走近了她面前时，她微微地睁开了眼，后又闭上了。归效光忽然醒悟，便笑道："我疏忽，我不应当再在这里打搅了。我出去告诉老太婆，让她来照应你。我就在隔壁茶馆里，我随时来看你，或者你叫老太婆去叫我，都可以。"黎小姐脸上有点儿笑容，又点了两点头。归效光觉得她果是不愿打搅，说了句回头见，才退出来到隔壁茶馆里去。

旅客们虽暂时在这里歇脚了，反正是无聊地坐茶桌，身体健壮一点儿的，都出去吃饭和散步去了。余自清全家都在对面小饭馆里吃饭，小孩子们看到他来了，都乱喊着归先生。他走过来向余太太点个头道："师母很好，还照样地行动。"她笑道："我又何尝不晕车？不过我的身体根本就是久经劳苦磨炼的，而且我平常又能喝几杯，所以车子上全经酒精气熏醉了，而我还不在乎，至于黎小姐可不同了。"归效光在余太太这句赘词上，倒不好怎样深辩，微微地笑着。余自清道："你受累了，别人休息，你还在为大家服务。就在我们一块儿吃晚饭，你看如何？这里居然随便可以吃到鱼。"归效光道："我确是有点儿饿，就扰校长一顿吧。关于团体行动的开支，这是归我负责办理的。今晚上住旅馆，大家都住在茶馆的店堂里，是不是统办呢？不过黎小姐要划出来。"他说着话，挨着大小姐余楚兰坐下。

大小姐是最为父母所宠爱而且又很聪明。她见归效光坐下来，将面前一只粗瓷茶杯举了起来，向他笑道："归先生，恭贺恭贺！"他愕然地向她望了道："大家疲倦得命都没有了，恭贺从何而来？"楚兰笑道："黎姐姐那个脾气，谁都看不进眼，只有你和她很好。她成了你一个好朋友了，还不该恭贺吗？"余太太瞪了眼道："这孩子七嘴八舌，简直胡说。以后可不能当了黎小姐的面这样乱说了。"归效光红着脸，摇了两摇头，笑道："大小姐，以后你可真不能说，到了汉口我带你到武昌去游黄鹤楼。"余大少爷寄东，只小姐姐一岁，他坐在侧面，扯了归效光的手道："你也要带我去，你不带我去，我也会乱说的。"余自清笑道："效光，你老受着威胁，从此天下多事矣。"他也就忍不住哈哈一笑。这一天的疲劳，总算大家轻松了一阵。

　　饭后，余太太带了孩子们回对面茶馆，余自清动议巡视巡视綦江的街市。归效光虽然有意要到小店里去探望黎小姐一下，格于刚才小孩们的讪笑，却不敢去，只得陪了余先生走着。这个县城虽然不小，却没有夜市，建筑的市房都是竹子木片夹壁的假洋楼。街道也是碎石子面地的小马路，但没有电灯。街沿的摊贩和那半掩店门的铺子，里里外外，各点着挂的撑的菜油灯。灯都是壶式的，有两个嘴子或三个嘴子，灯草在壶嘴子里伸出来，各吐着几寸长的火焰。在十字路口处，百十丛这样的灯焰，倒也别有风趣。此外就是灯光下照着的摊贩，全是卖橘子和广柑的，虽然是晚上，这一座綦江城也形容成了一座橘柑市场。

第八章

羡煞旁观者

他们正在灯火之下，巡视这橘柑城市。迎面一道白光闪动，有人打着手电筒走过来，口里唱着大路歌，"我们是开路的先锋"。余归二人并没有注意，那人倒是突然地在面前站住了脚，问道："归先生，你们找到了旅馆吗？"归效光就近看清楚了他，乃是自己车子上的冯队长，答道："冯先生，多谢你惦念。我们就在这附近茶馆包了一座店堂，晚上搭桌子当床铺，就是这样地睡吧。冯先生，你们不成问题，全路都是熟旅馆，到哪里也方便。"这两句冯先生，叫得那位队长十分的高兴，答道："那倒是真的。你若是老早地对我说了，我就可以和你们想法子。你们的女眷们有晕车的，现在好了没有？"

归效光听了这话，大觉有隙可乘，这就近前一步，向他答道："多谢你挂念，我倒索性要求一下了。前面司机座上，可不可以再腾出一个座位来？我们同伴中有位小姐，现在还躺着呢。"冯先生道："让我考虑考虑吧。"归效光道："这个我十分明白，那是你老哥一种损失。但这损失，我们是应当赔偿的。我们也听到说过了，大概是一张票价，这个我们就先付吧。"说着，他在衣袋里掏出五叠钞票来。这是数好了的，每叠一万。这位冯先生穿的是鹿皮夹克，他并没征求冯公的同意，就把那钞票塞在他衣袋里，笑道："我们不补票了。"冯先生笑道："你太客气了。好吧，明天我设法在司机座上腾出一个座位来吧。出门的人讲个彼此帮助，这是没有什么问题的。"归效光就和他握着手再三地道谢。

冯队长走去了，余自清道："我在街上还要慢慢地走着看看，你可以先去告诉黎小姐，让她好安心睡觉。"归效光本来是要放快了步子走的，听到余先生这样说了，反是将步子缓下来，笑道："这个时候，恐怕她已经早睡着了，反正明天早上她会晓得的，不过看情形怎么样，若是她已恢复健康了，那司机座应该让给余师母去坐。"余自清哈哈笑道："她也不能那样地捡便宜吧？这一点倒无须客气。黎小姐病成那个样子了，绝没有谁能说她不应当坐司机座的。"归效光道："我也是这样想，若不然，可能她明天不肯上汽车。那我们是把她丢下来呢，还是在綦江等着？"余自清道："两者都不可能，所以你给她弄个司机座，那是对的。司机座既不受颠，也没有酒精气味，又可以很爽快地看风景，也许她这样过下去，两天之内就好了。"他们一面谈着一面走着，又回到了茶馆门口。

这时已上了铺门，旅客正抬拢着桌子，预备搭那高铺。余自清道："你去通知黎小姐吧，也许她要吃点儿什么东西。"归效光站着沉思了几分钟，正待向余自清回答这话时，他已经走到茶馆里面去了。归效光虽然觉得这很没有意思，但是余先生已经走了，不去看黎嘉燕也是去看了。他推着那小店的门进去，那位老太太迎着笑道："我把你那位太太服侍得很好，她已经睡着了。她晓得你会来，她说，你也去休息吧，不要看她了。"归效光听说黎小姐拒绝去探问，自不能相强，问道："她吃了什么没有？"老太婆道："吃了几个橘柑。刚睡着，你不要去搅她。你太太是勒个说的。"归效光道："我就不去吧。她若醒过来了，请你告诉她，我已经和她找着个司机座了。明天上路，准舒服得多。"黎嘉燕忽然在里面屋子里叫道："请进来吧，我是愿你早点儿休息。"老太婆插言道："咦！这对少年夫妻好客气哟！"

归效光走到那小屋子里，菜油灯光下，见她将被窝拥了身子，仅仅露出一张脸来，皱了眉毛。归效光弯了腰道："请你原谅，她不会说话，我来不及更正。"她听说，露着牙齿笑了，摇了头道："管她说什么，这误会与我毫无妨碍。你真的找着一个司机座？"归效光因把遇着冯队长的经过说了，只是把余自清同路的事隐瞒了。黎嘉燕点点头道："那我很感激你。明天有人问我怎么得着司机座的，你

146

就说是我自己想的办法吧。"归效光道："这是各人的自由，没有人问的。"她道："万一有人问呢？而且同车的人，大概也都知道你对我特别关照。可是一个好强的女子，我要做到一切自助自立。什么都要男子帮助，那是一种耻辱。"归效听了就不敢作声。黎嘉燕看到他呆站着，却又笑了，点点头道："虽然，你对我许多帮助，那我总是感激的。希望你对我的帮助，是由于我是个生病的人，让你生了人类的同情心。"归效光道："那是当然，我们是同事，我们是朋友，假如我生了病，黎小姐不也是这样地帮助我吗？"黎嘉燕听说，在她的脸上没有表示，不过在她心里，自己问自己就连连地打了几个问号，笑道："我是个病夫，你不必抬举我了，去休息吧。"归效光站了两三分钟，也说不出什么话来，只逼出了一句英文的晚安，就走回茶馆去。

这时，那店堂里是完全变了样，二十多张桌子，两张一并或四张一并，成了若干高脚铺，横七竖八分占了这店堂。也不分什么男女，像轮船上的统舱，各自在桌上睡下。他自己的铺盖卷，原是先搬着存在这店堂屋角上的，现在还是原封未动存在那屋角上。看着店堂里的桌子，一张也不会留下。余自清还不会睡下，坐在板凳上吸纸烟，皱了眉道："你来晚了。我一家六口人，也只弄到三张桌面。"他说这话时，望了对面。那里屋梁上正垂下来棕绳子挂的铁盏铁挂环的菜油灯，有七八根灯草燃着火焰。

在靠墙之处，一排三张桌子搭了一张铺。那位屡占便宜的王七佳先生，让太太睡在床铺里边，他和太太抵足而眠，将一个大包袱当了枕头，高抬了半截身子，和衣躺在被子面上，口里衔了一支纸烟，左腿架在右腿上，摇撼个不定。看那样子，闲适之至。他便问道："王先生，你不是自己找旅馆去了吗？怎么也到这里来了？"王先生道："通街的旅馆就住满了人，哪有什么法子呢？我和茶房约好了，占这个铺位我另外出得有钱的。出门的人，反正是钱倒霉吧。"归效光笑道："我倒不是舍不得出钱，不过我以为包好了这个茶馆，大家分配铺位总也不致一人向隅。"王七佳自吸着纸烟，翻眼望了那菜油灯上的火焰，有一条黑烟只管摇摇上升，很觉是个趣味，就望了出神。

归效光看几张高铺，都是几个人挤着，只是余有庆将若干条板凳并拢在一处，当了一张极小的床，在大桌子缝里睡着。当然茶馆里的板凳，比桌子还多，被人所遗弃的，随处都是。归效光自笑着说了句人弃我取，立刻就搬了十几条凳子，腿纽了腿，让它成为一条龙的三行。虽然凳与凳之间，还有许多缝隙，也顾不得许多了，搬来铺盖就在上面展开。这种睡法，自然是谈不到舒服，但他实在也是疲劳了，和衣倒身下去就睡着了。蒙眬中听到余自清先生叫喊："天快亮了，大家起来吧。"他问道："为什么起来得这样早呢？"余自清道："今天我们必须更提早到站，把不必放在车厢里的行李都放车篷顶上去，尽量地腾出车厢里的空隙。为了必定办到，我亲自来动手，大家起来吧。"

这时，店堂里的菜油灯早已熄灭，黑暗中有人摸索得了火柴，也有人摸索得了蜡烛，这就凑合着点起光亮，大家纷纷地披衣起床。眷属中有几个小孩子，怎么叫也是不肯起来，分别由各人的母亲由被窝里拖起，强迫着代穿上衣服。有一位太太在烛光中叹气说："这是什么胜利复员，和逃难一样惨。"余自清道："不要抱怨吧。这就很好了，多少人被困在重庆还不知哪年哪月走呢。"大家在抱怨声中，把行李收拾了。店门外面也就有了许多挑夫，拿了绳子扁担在守候。归效光道："真是利之所在，人争趋之。我们鸡鸣而起，就还有比我们早的，在这里守候着这笔运费呢。"他这是句慨叹的话，还没有招呼任何挑夫进来，他们可就一拥而进。真是快，十分钟内，所有的行李都已搬到了车站。

这时，天色有点儿混混的光明，而早雾却是相当地浓厚；两丈以外，已是看不到房屋和人影。那雾中的水分扑在人身上，便觉全身都是凉阴阴的。归效光抓着余有庆手道："老弟台呀，这里就是我和你年纪最轻，有道是有事弟子服其劳，趁着早上冷，我们出点儿汗吧。你向来是见义勇为的人，一定可以帮我一个人忙。"说着，又连连地拍了他两下肩膀。他道："不成问题，出点儿力气，又不花钱。你到车篷上去站着，我把行李往上送。"余自清将身上大棉袍子脱下，说了句我也来，立刻就提起一只网篮，两手高举向车篷子上送着。

他们这同伴里，男子还有刘、杨二君和那位王七佳先生。看到老先生也这样努力，不好意思袖手旁观，都伸着手来运行李。王七佳在行李堆中转了几个圈子，先后提着几件行李颠了几颠都放下了。最后提着一个小旅行袋，约莫五七斤重，举着待要向车篷上送去。旁边站着的一位陈老太太，她可急了，像扑灯蛾似的跑到王先生面前，同伸着两手把那旅行袋夺了过去，瞪着眼道："你也不看看这袋子里面是什么东西，这里面是两只热水瓶，还有点儿小孩子吃的饼干，这送到车顶上去做什么？开车五分钟，这两个热水瓶，不会一包渣？"王七佳道："你不愿送上去就算了，何必发急呢？把行李腾出地方来，大家坐得舒服些那不好吗？"陈老太太道："你的行李送上去了没有？"他道："我两个行李卷要垫坐，小提包裹东西要零用，只有只小箱子在车厢里占点地方，可是送到车篷上若是失落下来了呢？谁负这赔偿的责任？"人丛中这就有人笑着叫道："王先生这算盘是高明的，你的行李放到车篷上去，恐怕会失落了，别人的行车放了上去就不怕失落。"王七佳低了声道："我也没有说要把别人的行李放上去呀，我这人是天下为公。"他不补这句话却也罢了，补上去之后，大家一阵狂笑。

王七佳倒是有涵养的人，他对于这种反应并没有什么感想，先扶太太上了车，然后把几件行李也送上车去。最后，他也上了车了。不过他倒没有抢占好位子之意，把行李卷还是放在原来那地方，照例是架了腿坐着吸纸烟。其余的人，在余老先生督导之下，把昨日堆在车厢里的行李，分了有三分之一送到车篷上去，这样车厢里就松动得多了。虽然每个人坐得还是很挤的，倒是每个人的两只腿总还可以放得下去。

那三位有票的生客，本来他们就占着三个座位的。大家究竟是知识分子，并没有和他们争吵。他们得了胜利，就得意之至！今天上得车来，看到去了一部分行李，他们把三个行李卷摆成了一排靠着车壁，各个平放了身子坐着。就是后来的两个人说是搭车到綦江的，也上了车。不过他们究竟是没有车票，谦逊一点儿，自将包袱放在车厢口边坐着。

归效光看得事情布置妥当，就奔到小店里去接黎小姐。她也起来了，扶着行李卷，坐在小店门口。归效光先笑道："我一万个对不住，这时候才来接你，不过这有下情。你是坐司机座的，早去了不好。至于行李，那不要紧，连车篷和车厢里我都和你留着地方。对不住，对不住！"黎嘉燕笑道："你何必这样客气，我并没有说你来迟了呀。天这是刚亮，雾又大，根本现在也不能开车子，忙什么呢。"归效光笑道："那很好，你先在这里坐一会儿，让我先把你行李送了去，回头我来接你。"说时，身边就站有一名挑夫，他督率了挑夫，把三件小行李挑了去。

黎嘉燕就搬了一张小凳子，靠了小店的门坐着。这店里的老太婆为了要招待旅客，她也起来了。她见归效光押着一挑行李走了，便笑道："太太，你这位先生待你真好。我长了这样大年纪，没有看到哪个年轻人这样照应他太太的，你有福气。"黎小姐红了脸道："你错了，他是我同事。"老太婆道："没得勒个回事。不要说是同事，就是亲哥子也不会这样照应他的妹子。"黎嘉燕想着，这不过是过路的地方，她误会了就误会了吧，解释些什么，就微笑着没有作声。

过了一会儿，归效光就空着手来了，向她点了头笑道："一切都预备好了。果然如你的话，现在雾太大，不能开车。趁着这点儿工夫，我陪你去吃点儿东西，你还是昨天早上吃的东西，实在是不能再饿了。"黎嘉燕道："车站口上，好像是家豆浆油条店。"归效光道："不行。炸的东西，你吃不得。昨天晕车，你那样大呕大吐了一天，胃是受了伤了。现在开始吃东西，还是吃软的好。我挽着你走两步，可以吗？"黎嘉燕站着试了一试，两腿只管发软，笑道："我又得把你当手杖了。"于是扶了他一只手走去。老太婆道:"我错了?一点点也不错,硬是一对和气夫妻前世修的。"这话归、黎两人都听到,但谁也不能去更正这个误会,只有默然地走着。到了豆浆店里,却看到许多同伴都分据了桌椅坐着。归效光似乎感到不安,这就松了搀扶她的手。这里有女眷们都追问着黎小姐的身体怎么样,黎小姐也就自行加入太太的集团。归效光不便跟了去,只好退到车站去等着。

天色慢慢地明亮了,也就可以看到笼罩着大地的云雾,把稍远的风景都收藏在白云堆里,这座綦江城是什么样子,大家也就无从揣测。半小时后,天上已放出了黄光,似乎是白雾上面已经有了红日高照。而白雾疏密的间隔和移动,在房屋树木时隐时现的情形中可以看出来。就在这时,听到汽车喇叭响和车轮转动声,在白雾中已有车子开走了。这情形惊动了所有的旅客都奔到车场子里来。归效光见黎小姐随后地到了,就迎着她笑道:"不忙,假如车子要开走,我一定会去通知你的。"她笑道:"我倒不怕把我遗落了,那我正好不走。你似乎还没有吃早点,知道车子开出去,是在哪里吃午饭呢,你应当先去填一填肚子。"归效光道:"我先把你送到司机座上去吧。"

黎小姐跟着他走过去,却是喜出望外,原来这司机座是皮面弹簧座位,并有自己一条旧毯子铺在上面。旁边放了一只旅行袋,里面有个热水瓶顶盖露了出来,那是归先生的东西。黎嘉燕不由得伸了手出去,抓着他的手连连摇撼了几下,笑道:"那我很感谢你了,一切都办得很妥当,我真高兴。"归效光笑道:"我也很高兴,自昨日下午到这时,我才看到你有说有笑。你到车上去坐着吧,我是应当去吃一点儿东西,你还需要些什么?"黎嘉燕道:"我看到那边零食摊子上有卖茶叶蛋的,你给我买两个来吧。"归效光向她鞠了躬,笑道:"请你原谅我,我办不到。"黎嘉燕未免脸色呆了,心想,这为什么要拒绝我呢?归效光接着道:"你的伤胃,在四十八小时以内恐怕还不能恢复健康。煮鸡蛋是最不容易消化的东西,就是好人吃了，也可能伤食，你怎么能吃这东西？请你原谅我，我不能去办。"黎嘉燕双眉一扬，不由得又笑了，点了头道："不吃就不吃吧，说得这样客气。"

这时，余太太正手捧了几个煮鸡蛋走过来，笑道："黎小姐好了，你该吃点儿东西。这鸡蛋是热的，来两个。"黎嘉燕将嘴向归效光一努道："他说我不能吃。"余太太笑道："也许是。你的胃不好，这东西到底不容易消化。究竟归先生对于你，是比我们关切的了。"归效光笑道："没有什么，凡事我都顺带公文一角而已。"黎嘉燕笑道："你顺带公文，不要像傻子数同伴，数来数去少了一个，是忘了自己呀。你也该自己去吃点儿东西了。可能半小时内，车子就要开呀。"归效光道："不要紧，今天车子上，绝不能像昨天那样挤，今天无论什么时候上车，都可以找着座位的。你请和余师母谈谈吧，我去去就来。"他这样交代了，方才走去。余太太向她点点头道："你们友谊加深，我很羡慕。可是朋友之间，也正应当这样。"黎小姐没说什么，只是微微一笑。

第九章

由綦江到松坎

在全旅伴用过早点以后，已到了七点多钟。在冬季，这还是相当早的时间。那山谷地带的宿雾，像笼屉揭开了盖子，正飞腾着稀薄的水蒸气，车站附近的人家树木，在这水蒸气里时隐时现，那正是这宿雾正在移动。在车场上的车子，已经有机件的发动声了。车站外面的房屋，慢慢地看见了，这就看到十轮大卡车，那下来自印度雷多公路上，飞越过驼峰的 USA 物品，一辆跟着一辆在站外的公路上过去。这时，这里由重庆来的旅客，都各上了自己的车子。就有人叫道："军车都开了，我们的车子还不开吗？"同时车子外也有人相应道："旅客都上了车吗？我们这就开车了。"

这句话是刚交代完毕，王七佳突然在车子上跳起来，顿着脚道："哪个说开车子，车子开不得。"他顿了脚不算，又把手捶着车厢板。余自清坐在行李卷上，正闭目养神，被他这番大闹惊动了，睁开眼来向他望着，问道："王先生，你这是怎么了？"大概全车人都吓了一跳。他在这位校长面前，究竟要敛迹几分，便和缓了颜色道："余先生，你没有听到吗？车子里车子外都喊着开车。这样大的雾，怎样地开车？由这里去贵州，路是越走越险。车子在雾里走，糊里糊涂地乱撞，这很可能出乱子。胜利复员，我们总得太太平平地回到故乡。"余自清笑道："那是当然，但当司机的，他也是性命。没有相当的把握，他是不会开车的，这倒用不着性急。"王七佳虽然不便反驳余先生的话，但他究不放心，由人丛里挤着跳下车去。在停车场上周围巡视了一番，见司机既没有上车，车站上也没有什么开车的准备，这才安心回到车上，归了他的原位。

归效光这时得着黎嘉燕那个空位子坐了，而自己原来的位子，就让给了那位无票乘车的。王七佳上下车，必须那人让开身子侧到一边，他才可以挤过去。他知道这是一位无票乘车的，所以也不打招呼，推了人家就走。那人黄黑面孔，嘴上略有些稀微的胡桩子，头上戴着鸭舌灰呢帽，身穿蓝布袍，腰上还围了一根青布腰带，像是个跑长路的买卖人。他被王七佳挤着身子一倒，等王先生归位了，他就低着声自言自语地道："上车下车，也不打人家一个招呼。"王七佳偏是将这话听到了，瞪了眼道："我要打你什么招呼？这车上让你坐着，就很对得起你了。你不是搭我们的车到綦江为止的吗？怎么又上车了？"

　　那人倒并不生气，脸上的颜色依然很和蔼。他道："我是一样花钱搭车到贵阳的，不过人家一定要对各位说我是到綦江的，我不便多嘴。这是路上的规矩，车子上总要带几条黄鱼。"余自清笑道："你这位老板，倒自认是黄鱼。"那人道："我们走路的人，买不到票，就花钱搭不要票的车子，大家的习惯，好像车子是黄鱼，叫搭黄鱼车子，那是不对的。你先生不知道，公路上各站，还有专门介绍人不打票坐车的。他们有个外号，叫拉黄鱼的。内行人说话，也是这样，自己私下带几个客人，就说带了几条黄鱼。我们自己说搭黄鱼车子，那是打肿了脸装胖子。我们这路旅客钱花得并不少，见了人就矮三尺，还落个黄鱼的名声，真是不合算。但是买不到车票，有什么法子呢？有多少人想做黄鱼都做不到，我这回做了黄鱼，下次还是免不了做的，以前我也老做黄鱼，没有做过黄鱼的人，他是做不来黄鱼的。"他说着，全车人都笑了。余自清道："你这位老板贵姓？"他道："巧极了，我就姓黄鱼的黄，名字叫乐馀，就是比黄鱼多一个乐字，若是把那乐字移到上面，叫起来就是老黄鱼。照我在公路上的经验来说，我也真够得上是条老黄鱼。"说到这里，全车厢里人又哈哈大笑了。

　　归效光道："这位黄老板的确是有风趣，出门的人也应该这样。那位年纪轻的客人贵姓呢？"和黄姓同上车而做黄鱼的，还有一位二

154

十来岁的小伙子，他黑胖的脸，穿套灰布袄裤，也只是在车厢门口坐着，默然地微笑。人家指明了问他，他才答道："没得问题，我也是一条黄鱼。"大家又笑了。归效光道："我问你姓什么？"他道："我姓张，各位叫我小黄鱼就要得。做了黄鱼，不承认也不行。"说着，全车更是大笑。在一片笑声中，车子已经是开走了。那位王七佳先生，他还是害怕，发车之后，他不住地由窗户孔里向外张望。

这时，宿雾虽然是渐渐地稀薄了，可是在一二十丈之外依然是迷糊，今天车厢后门，经过了昨日晕车的教训，只关了半截，不但车子里空气流通，而且由车后倒看风景，也可以看到相当广阔的场面。出了綦江市区，车子就随一条山河在起伏不断的山陵地带走。这河相当平稳，水波不兴地在山脚蜿蜒着向后退。所有山上山下的树木，也都长得很茂盛。大家也都觉着今日的旅程比昨日好得多，心情是轻松的。

可是出綦江不到二十分钟，就看到公路的悬岩下的水田里，翻下去了一辆大卡车。那车子倒在岩下的水田里，十个橡皮轮子全向天上仰着。在车上的都呀了一声。王七佳也看到了，他正了颜色道："我说的话有错吗？在大雾里行车，比什么都危险。我希望我们的车子慢一点儿才好。"可是他虽这样说了，车子还是跑得正快。他连说着糟糕，却把垫在身子底下的毯子抽了出来，将头和颈脖子围上。他太太问道："你这是什么意思？"他将头由毯子缝里伸出来，答道："把这软东西保护头部。万一翻了车，头是不会撞破的。"那位陈老太太坐在他对面，便沉了脸色道："大清早的，说话也不怕丧气。"他大声道："怎么会是丧气？你们没有看到那十轮卡翻到公路下面去了吗？"在车上的太太们，以吴太太和陈老太比较友善。她就插言道："那样胆小，根本就不要出门。"王七佳交代了那句话，正把毯子向上兜着，又要套起头，见吴太太反抗，他又把头在毯子丛里伸出来。归效光摇着手道："今天车上把行李归理好了，比较的是秩序好一点儿，怎么又吵起来了。王先生不要紧了，太阳出来了，雾已经散了。"王七佳回头向窗孔里看看，果然太阳黄黄地照在群山上，他才把蒙着头颈的毯子扯下来。

这山陵地带公路，路基很结实，车子走得平而又快，十点多钟的时候到了东溪镇。这是川黔交界之处的一个大镇，工厂、银行、矿局都在这里设下了机关。虽然是个市集，事实上比綦江县城还要富足，因为这样，公路局也在这里设下了一个大站。这一队通车，到了街市上，也都停住了车子。因为车站所在，早已让复员的车辆塞得满满的，而且大街上也都是十轮大卡车，一条路地摆着，公路上的车子落了后，只得停在街的末端。这里一条带有城市规模的街道，根本就是公路，也可以想到这个市集是由公路发展起来的。

车子停了，车子上的人当然纷纷下车。归效光首先一个跳下车来，什么事也不干，就奔车头上去。见黎嘉燕已经下了司机座，站在路上将手绢扑打衣服上的灰尘。归效光笑问道："还好吧，没有头晕。"她点着头道："谢谢你给我找着这样好的司机座，不但一点儿没有痛苦，而且还可以饱看风景。假使我昨天就在司机台上坐着，那就不至于昨天下午去掉半条命了。不过昨天太疲乏了，今天起得又早，一点儿没有把疲劳恢复过来，坐在车上只是要睡觉。可是坐着睡觉，我长到这样大，还没有这个训练。闭了眼睛睁开，睁开了又闭上，这可弄得自己毫无主张。"归效光走近两步，对她脸上看看，点点头道："虽然你脸上还是很憔悴的，可是比昨天……"她不等他说完，向他丢了一个眼色，笑道："你不必管我了，让我自己自由自便一下。你不是这全车同伴的总干事吗？车子到了一站你也该去对同人服务一下呀。"说着，她起身就走开，却反过一只手在身后，低低地垂着，向他摇了几摇。这在黎小姐虽是拒绝着归先生跟随下去的意思，可是这乃一种秘密行为。一位小姐能和一位男子有秘密行为的表示，那是太亲切了。他站在车子旁边，也由衷地高兴，不自禁地笑起来了。

这队车辆押车的朱队长就站在车子边喊着："各位旅客，要吃午饭的，就在这里吃午饭，过去没有大站，车子不停了。"归效光见车上的旅客都下了车，分别坐在街两边小茶馆里。这里的小茶馆，门口摆着锅灶，搭着放菜蔬的架子，也就卖饭。这就找着余自清，问他可要打尖。他坐在茶馆门口的小板凳上，手上托了几粒丸子，向口里倒下去。举着一杯茶，把丸子咽了，然后答复道："我看还是饿着的好。今天车厢里虽然空气流通，可是我坐下的那个行李卷，就始终把我当皮球抛着。我这老骨头恐怕全都脱节了。肠胃呢？昨天已失去了作用。吃下东西，那是增加它负担的事，车子一开，它要减降负担，由哪里送进去，还是由哪里送出来，那滋味不好受。"余太太坐在里面桌子旁，也是将一片八卦丹零碎撅着向口里送，摇摇头道："胜利是胜利了，我们这胜利的果子可是苦的。要是知道复员这样的苦，再……"余自清笑着接嘴道："再在重庆住两年，你也不忙走。"

余有庆将一条大手绢在额头上包扎了个圈子，手里拿着烧饼啃了走来，他道："既然上路了，还埋怨什么？十天之后，我们就到了南京。新街口遛遛，夫子庙走走，把战前的生活又恢复过来，那也是很好的事。"余太太道："你觉得很舒服吗？"他道："舒服什么？你看这个。"说着，他抬起手来，指了头上包扎的手绢。归效光笑道："年轻小伙子就是年轻小伙子，头上虽然包扎着布，还是照样地吃喝。"余有庆笑道："我们这一趟辛苦，算都是为你忙了。你的收获最大。"余太太笑道："别胡说，傻头傻脑，你知道什么？"他道："在重庆的时候，人家总说我无用，不会帮忙找交通工具，于今我也会有嘴说人。"归效光在衣袋里一摸，摸出一个很大的红橘子，这就塞到他手上，笑道："解解渴吧。"他道："这什么稀奇，在重庆来的人哪个没有吃过橘子。你要我不捣乱，你得请客。"归效光道："请请客，你要吃什么，请说吧。"余有庆道："我不要你在路上请客。到了贵阳，你好好地请我吃顿馆子，而且黎小姐也陪着你请我。"余自清哈哈笑道："越不要他说，他倒是越说出来了。"

大家正说笑着，黎嘉燕慢慢地也正向这里走来。她身上那件呢子大衣全没有扣纽扣，两片胸襟敞开来向后闪动，好像人拖了大衣走。余太太就起身迎着她，携了她的手道："你可好些了。"她点点头道："好多了，大概可以熬到南京，不会死在路上了。"说着，她向余有庆、归效光都看了一眼。归效光拉着余有庆的手道："到了一个镇市，我们也得游历游历。"说着，拉了他就走。余有庆倒以为他果要游览，就陪着走了几十家店面。但两人都怕车子开了，立刻就走回来了。果然旅客们都上了车，归效光站在车子边，却没有上去。

黎小姐看到，就由司机座的车窗里伸出手来向他招了两招。他会意，悄悄地走了过去。她先向他一笑，然后低声问道："余有庆为什么要你请客？"归效光道："什么也不为。我闲谈，到了贵阳，要在街市上逛逛，他就要我请客了。"黎小姐摸着脸想了一想，就正着脸色道："以后你还是不要招呼我吧，我一切会自己料理。我是个好强的人，不愿意人家说我是个弱者。"归效光对她这个说法，当然是不好说什么，只有默然地站着，抬起头来，看看街道上的市招。黎小姐看了他，又微微地笑了，点点头道："你的盛情，当然是可感的。不过……快开车了，你上车去吧。"归效光刚要转身，她又由车窗里伸出一个装潢美丽的小纸筒来，笑道："车厢里不好吸纸烟，这包美国柠檬糖，拿去吃吧。"归效光道："不，留着你自己吃。"她道："我买的很多，快接着吧。回头人家又看见了。"这句话说得归效光一剂清凉散喝了下去，直透肺腑，接过那包糖，揣到袋里去。黎小姐挥着手道："快上车吧。"他也不敢多留恋，谨遵台命，立刻上车。

不到三分钟，车子就开了。由这里前进，车子在山麓上走，经过了一道小河，就在群山中走。车上有人叫着，今天这时算是离开四川了，这是贵州省境。这却引起了大家的注意，都向车外看去。这里的山，显然和四川不同。每一个峰峦都堆着石头，挺拔地立起来。自入夔门，夹江的东川山峰，都是绵延不断地向西伸，很少看到几座陡削的主峰。这贵州境里的山，却是在人面前直立起来，或者左旋右抱，把山峰各个孤立起来。山上因为都是石头，不长大树，全是几尺高到丈把高的灌木，像乱草似的，密密层层，遮盖了山面。虽然没有森林可言，到底还不是童山。

始而大家看看新异的风景，精神振兴了一下。不过车子继续二三十公里以后，大家又感到了周身颠簸、头昏脑晕。虽是没有人再呕吐，可是大家七颠八倒地坐着，都闭上了眼睛，靠着行李卷假睡。这车子也许是在赶路，就这样一直劲儿地开着。约莫是下午两点钟的时候，那位老黄鱼在车厢后门倒望着退去的路，他报告到了松坎。在地图上大家都熟习这个地名，因为它是黔北边境第一个城市，大家也都由车窗里向外张望了去。公路顺着山湾，兜半个圈子，走入了一条深谷。两边高山直立，中间陷下去，有一条山河。在山河的东边，有一条街市。车子在公路上伸进这街市，开得非常的慢，喇叭也是直响。在车厢里的人看不到前面，只好看倒退着的车后街市。这里有个奇异的表现，就是看见这街上白浪滚滚。原来今天正遇到街上赶场（江南谓之赶集），乡下老百姓把街头塞得水泄不通。这里的老百姓也像四川人一样，头上都系了一块手帕。四川人系手帕青的蓝的白的杂用，这里的老百姓却一律用白手帕。人头在人丛上晃动，所以看到白浪滚滚。车子由这人群里挤着向前，在一个广场上停下了。

这个广场背山面街。背后的山，三面环抱。前面虽是街，而街外是河，河外还是山。这四面的山都树木森森的，涌起来很高，这个广场却深深地下陷。太阳晒在广场上，金晃晃的，和四面青山相映照，是一种特殊的情调。大家下了车一看，原来是座大汽车修理厂，高山脚下一排房子是工程处，场四周都停有公路车子。那屋子里出来一位职员，大声叫道："各位旅客去找旅馆安歇吧。有一部车子引擎坏了，今天不走了。"车子宣布不走，本来是旅客最不痛快的事。可是这声喊的反应却和习惯相反，大家说着："也罢，也罢。"而几位女太太有叫阿弥陀佛的，有的叫皇恩大赦的。

归效光立刻奔到司机座边去，黎小姐提着小旅行袋，也下了车。这时他想起来了，在东溪出发的时候，她已经通知过了，以后不必招呼了，怎么又来麻烦人家？于是老远地站住了脚。黎小姐自己似乎忘记了东溪叮嘱人家的几句话。她笑道："不要像昨天在綦江一样，大家睡茶馆的桌子，你赶快去找旅馆吧。我暂时在这里休息一下，等你来接。"归效光并没有考虑，立刻答应"好极了"三个字。黎小姐微笑着，没再说什么。

归效光奔出车厂，前面就是一条街。这条街却是相当地可怜，两旁的店铺全是黑木板子做墙壁的小屋，铺子里东西只是农具草绳土烟叶，有两爿小杂货店，也是陈设着很少的货物。看这全街，也就是靠车站附近，有两幢楼房。这楼房下面是茶酒饭馆，木柱子上贴有一张红纸条，大书六个字："胜利复员旅馆。"有人哈哈大笑道："这很有点儿意思，这专是为我们而设的了。"说话的正是余自清。他走来笑道："你和黎小姐看好了旅馆没有？"归效光道："还没有呢，当然我也和校长看旅馆。"

第十章

欲即欲离的旅伴

归效光随便地答复了余自清一句话，他并没有加以考虑。余先生听了，走近他身边，低声笑道："老弟台，你说话究竟是欠了一点儿谨慎，怎么到我这里就加上了一个也字呢？"他这才醒悟过来，笑道："校长是我们老师，不应当开玩笑的。"余自清道："你大概是喜不自胜，这话可越说越漏了，怎么会是我们呢？这我们除你以外，还包括着谁？"归效光真没什么可说的了，只有笑着。

两人同走进这所胜利旅馆，看了一看，勉强可以落脚。楼下是个大店堂，有五六张黑木桌子和十几条板凳。栏门有张带架子的长桌子，架子上挂着猪肉、猪肝、去了毛的鸡和几条长有七八寸的鱼，这是这旅馆带卖菜饭的幌子。不过西南天气，几乎终年都有苍蝇。这虽是冬天，苍蝇还是纷纷地向那些鱼肉上叮着。这旅馆的菜馆部分，仿佛也出卖苍蝇，这苍蝇照样地陈列着，并没有什么顾忌。又有一张桌子，上面陈列着许多茶壶与茶杯，那又是表示这里是卖茶的了。店堂后有一条宽不到尺半的楼梯通到楼上。这楼全用白木板子隔着房间，像制造飞机的材料那样质料轻飘，人脚登着楼板，这所有房间的木壁都震撼起来。这楼上还有一层楼，用更窄的小板梯通上去。

归效光笑道："校长，这种特殊建筑，我们不必再上一层楼，就是这里可以了。"于是推开了房间的小板门，向里看去。屋子里各有一张一尺宽、二尺多长的黑木桌子，另外一张木板床，铺着高粱秸儿的席垫和一床硬铁片似的青布棉被，而且这被面上还撒了一层灰尘，黑的上托着黄的，颜色鲜明。他笑道："这旅馆比重庆的嘉陵宾馆确是两种滋味。"余自清道:"我无所谓,在綦江不是睡过茶馆桌子吗?"旅馆里老板跟在身后,他就答道:"这是松坎最好的旅馆,除了我这里,你再想找第二家那就没有了。"余自清望了归效光道:"我相信他这话,是忠实的报道。你不妨先把这房间订下,再到外边去和黎小姐找好一点儿的旅馆。找不到,也不致落空。"这里突然开来五辆车子,有一百多位旅客,好房间不会空着等人的。归效光倒也不掩饰,就和老板说,订下了这房间。他走上街去,又访问了几家旅馆,果然不如先前一家。

他怕黎小姐等了发急,赶快奔回车站。果然黎嘉燕在太阳地里徘徊着,正等着他呢。这就迎向前笑道:"房间虽是不大好,比在綦江睡在摆小摊子的家里总方便些。"同行有位刘太太,带着两个小孩,正指挥着力夫,由车上向下搬行李。手里牵着一个小女孩,眼里还看守着一个小男孩,脚底下又摆了两件小行李。问道:"归先生,这里到旅馆还远吗?"黎嘉燕道:"效光,你和刘太太也找间屋子吧,她实在是忙不过来。"归效光道:"我们看的那家旅馆还有房间,刘太太随我们来吧。"刘太太就向黎小姐道:"那么,谢谢你了,以后多请你照应。"黎嘉燕指了他道:"你谢谢他呀,与我无干。"刘太太道:"谢谢你,也是一样的。归先生,你说对不对?"归效光不敢说不对,更不敢说对,只有笑着。黎嘉燕就把话扯开了,她道:"坐长途汽车,就是这样讨厌,每天一上一下都要搬运行李。"刘太太叹口气道:"黎小姐,你要什么紧,一切都有归先生和你出力出主意,你看我什么都是自己来,还带着两个小孩呢。"黎嘉燕笑道:"归先生是我们同行的总干事,你也不必和他客气,有什么事都交给他办就是了。"他点了头道:"是的,是的,以后刘太太上车下车的事都交给我吧,你自己只带着两个小孩子就成。"刘太太向黎小姐笑道:"那我沾你的光了。"

她心里想着,越向外支,这位太太还是越向里靠,也只好一笑了之。但这在归先生心上,就得着莫大的鼓励。觉得同行的人都已公认归、黎是一对了。他带着愉快的心情,押着力夫搬运两挑行李,送到旅馆。黎小姐走得慢，他又回身来迎接她。她等他到了面前，皱了眉头子，低声道："你在旅馆门口站着等我就行了，何必又来呢?"归效光笑道："其实，这也无所谓。"这七个字，在他说出来，听去是很含糊。但这里面，却含有很深的意义。黎小姐望了他，叹了一口气道："你这人……"她也只说了这不可解的三字，并未多言，随他到了旅馆。上楼进了房间以后，归效光也到她房间来，问要什么不要。她道："到了这里，你就不必管我了。你可以出去，采风问俗一番。要不然，泡壶茶，坐在楼下休息也好。"归效光碰了这个软钉子，只好走开。刚出房门，她轻轻喂了一声。归效光站住了脚，可没敢进去。黎小姐手扶了房门，向他笑道："你早点儿回来，回头我们一块儿吃饭。我有三十六小时以上没有正式吃东西呢。"归效光连连地说好，转身向楼下走。

他下楼梯的时候，心里想着，她怕人家说我和她是一对，叫我离开着她。刚叫我出去，又约我一块儿吃饭。两分钟内前后矛盾，这是什么意思? 他心里想着，脚下开大了步子走，像是在平地上放开步子似的。一抬腿踏了空，没有踏着楼梯板，身子向前一栽。幸是这梯子非常地窄，他随手一抓，就抓住了楼梯扶栏，只是向下坐在楼梯挡上，没有滚到楼底下去。不过这声响还是不小，惊动了在楼底下的旅客，都奔向前来看。归效光扶着栏杆站定，回头向楼上看，见黎小姐并没有出来，总算没有给她知道这笑话。这就自言自语地道："谁丢了一块橘子皮在这楼梯上，真是害人不浅。"他慢慢地下楼，见大家不怎么注意，他更是放了从容的样子走到街上去。

这里是山河之间拖长的一个市集，除了左右几条小路，就只一条街。看看墙上的布告，有贵州桐梓县政府字样，这是说这里属于桐梓县的了。有个小石牌坊立在路边，上面横额写有黔北锁钥四个字。这大概在军事上，这里还不失是一个重镇。抬头看街市的上空远近四周，全是高山环抱，大路由这里经过，倒也是一把锁。他独自地在街上走着，觉得这里除了险要，也就是清寒，就没有多留恋，依然回到旅馆去。

这时，黎嘉燕已经下楼了。她洗过了脸，还淡抹了一点儿脂粉，头发是梳得清清楚楚的。独自对了一壶茶，坐在屋檐下的一张桌子上。面前摆了一小堆花生，她缓缓地剥着。看到他来了，问道："街上还有意思吗？"归效光道："这是一个极普通的小镇市。不过因为它是在川黔边境上的一个镇市，所以出了名了。出了名的缘故，可能是在军事上。"黎嘉燕指着花生笑道："吃两个吧。"归效光就抓了几个花生，站着剥了吃。她指了桌边的凳子笑道："这不另外收租钱的，为什么不坐下？"归效光看看这店堂里，倒有几位同行的人，分别地据了桌子喝茶，也就笑着坐下了。

这桌上两个茶杯，一个是黎小姐自己斟了茶喝着，还空了一只，她就提起壶斟了茶送到他面前，笑道："这里喝的是山河里的水还不坏。我带来的湖北茶叶，是在重庆买的，泡了这壶茶享受享受吧。"归效光端起杯子喝了一口，连说很好。她笑道："我觉得这颜色淡一点儿。"归效光对杯子里看看，点头道："确是淡了些，喝茶叶要讲个色香味。"她道："你不觉得喝过之后，有点儿涩嘴吗？"他将舌头吧唧了几下，点点头道："仿佛有一点儿。"黎小姐瞅了他一眼，扑哧一声笑了，左右看看无人，低声道："大概我说月亮是方的，你都可以给我证明。"他望了她微笑着。她道："交朋友讲个忠实，我不愿意你这样逢迎我。彼此有什么错误，应该互相纠正才是。"归效光道："这当然是我很愿意的。不过我对你也相当地认识，你肯承认你有错误吗？你没有错误，我怎么去纠正？"她笑道："但是人非圣贤，孰能无过。我不承认我有错误，也不能永远如此。只要能指出我的错误在哪里，我也承认的。我说这茶，是故意试试你的。其实颜色很好，味更不涩，你不应当昧着心来附和着我。"归效光笑道："我怎么知道是你对我施行心理测验哩？不知道什么缘故，我对你没有一点儿反抗的勇气。"

黎嘉燕正端着一杯茶喝，听了这话扑哧地笑着，赶快回转头将茶喷了满地，然后掏出手绢来擦抹了嘴道："我这人就有这样的厉害？你何妨也来测验我一下，对我反抗着试试。"归效光道："那太冒险了。"说着，不住地摇头。她问道："那为什么？"归效光道："这很简单，我怕丧失了你对我的友谊。"她脸上带了会心的微笑，默然地剥着桌上的花生。又把身子前后微微地摇撼着，象征了她心里也在摇撼。约莫有四五分钟，她想出了一个答案，便笑道："我的看法，和你不完全相同。我觉得与其用虚伪的手段去保全友谊，不如坦白爽直丧失了友谊的好。"归效光道："在原则上，这当然完全是对的。不过交异性朋友，很少人敢这样地冒险。所以许多人在交朋友的时候，友谊总是很好的。后来结婚了，彼此用不着虚伪，就互相地暴露出弱点来了。"她皱了眉，鼻子哼了一声道："这话说得太远。"说着，脸上也同时红着。

他也觉得这话欠着慎重，便笑道："你不是三十六小时以上没有正式吃东西吗？这里有饭，让他们赶快做饭吃。这里有客饭，四百元一客，据说有鱼有肉。"黎嘉燕摇摇头道："鱼肉罢了，那上面全是苍蝇。我想最安全的办法是将整壳鸡蛋拿去煮，然后蘸了盐吃。这个办法，也不是我发明的。凡是下乡旅行的人，总是这样的吃法。"归效光笑道："好极好极！就是这样地办吧。"他也不再征求黎小姐的同意，就是这样地向厨房里去嘱咐了。半小时后，伙计把饭菜端上来了，就是一碗煮青菜、十几个带壳鸡蛋，又是一小碟子炒盐。归效光笑道："这青菜是我亲自看到他们用清水洗过，然后下锅煮的，你放心吃，绝没有问题。"说着，他又亲自提了一壶开水来，斟满了一大碗，替黎小姐洗着筷子碗。那位带着两个小孩的刘太太坐在稍远的一副座头上，看到他们这种殷勤客气，就不住地向这里张望着。看她那脸色是非常地欣慕。黎小姐看了这样子，自也十分高兴。

两人吃到半中间，余自清一家人由外面回来了。老先生老远地看着，就是满脸的笑容。黎小姐立刻站起来道："校长吃过饭了吗？"他笑道："各自方便吧，不必客气。不过有件事要通知二位，刚才车站上人说，车子走了两天了，还只到松坎，耽误的路程太多了。明日要起个绝早开车，好多赶两站路。他们说是五点钟运行李上站，六点钟开车，大家要起个绝早。吃了饭，大家预备安歇吧。效光的房间在二层楼还是在三层楼？"这句话把他提醒，他笑道："啊！我还没有订好房间呢。不要紧，房间有的是。"黎嘉燕道："那么，你的行李呢？"他道："我的行李是和校长的行李一同搬来的。"余自清笑道："你实在是太忙了。尽管为同人奔走一切，把自己安顿身子的地方都没有订好，这可是难能的事。"归效光能说什么，只有微笑，好在这旅馆里还有空房间。饭后，他就赶快去布置一切。在外面去游览的人都回了旅馆，立刻热闹起来。他也不便老和黎小姐在一处，自去房间里休息。

长途旅行的人，睡眠是最舒服的一件事。他仰在床铺上躺着，不到五分钟就安然睡着了。及至醒过来时，满眼漆黑之中，却看到一粒像红豆样的东西。仔细看着，有些明白，是一盏瓦檠灯放在桌上。在枕头下摸出带的手电筒，向桌上亮着，那灯盏油腻得像堆漆似的器具，大概是日久不擦抹的桐油灯，这也不去管它了。再将电光对手腕上的带表看看，乃是十二点一刻。这在城市里，还不算晚，在这偏僻的地方，那就太夜深了。他放下手电筒，继续地睡。蒙眬中被鸡声叫醒，他立刻起床，点着带来的蜡烛，先收拾捆缚自己的行李，然后到余校长房间里去。

那里已是打开了房门，在烛光下收拾网篮里的零件。床上的被盖却没有卷起。两个小孩还在被子里睡着。大女孩楚兰坐在被头上揉眼睛。余太太顿了脚道："快起来，我们要卷铺盖呢。"小男孩寄西睡着，根本没动。大男孩寄东由被子里伸出头来看了一下，央告着道："我还睡五分钟。"余校长叹口气道："这样风霜之苦，小孩儿实在受不了。可是有什么法子呢？"余太太也不问小孩儿起来不起来，伸手就把被子揭开了。归效光也真同情这些小孩可怜，同时就想到那位刘太太带着两个小孩，也是困难的，这就到她房门外去叫喊着开了门，先帮同着她收拾东西，然后再去通知黎小姐。这时，寒空里还是鸡声乱叫，而全旅馆的旅客都已经起来了。大家忙碌了半小时，抢生意的挑夫不召自来，已是拿了扁担绳索，各在房门口候驾。

黎嘉燕打开窗子，向屋檐外看看，还是一片漆黑，因道："天气还早呢，我听到楼底下街上人声闹嚷嚷的，只是叫豆浆酒糟鸡蛋，似乎有东西可吃，先去吃一点儿吧？"归效光当然同意。和她一同下楼，店堂里亮起十几盏灯火，行李和旅客挤满了座位。店门已经打开，出得门来，更可吃惊，人为了钱是不辞辛苦的。挨着屋檐，纸罩菜油灯有好几十盏，灯光下除了各种担子而外，还有摆了桌凳和案板的。但卖的东西却只有两三样，豆浆油条、酒糟泡鸡蛋、煮馄饨。这些担贩至少在三十处以上，大概他们一夜没睡。由灯光里看出了天色，正是弥漫着大雾，像白云头子似的，在街心上空奔驰。那雾落在人身和人脸上，像是细雨烟子。旅客们围了灯光，口里和鼻孔里冒着热气，站着和坐着吃早点。

黎小姐走到屋檐下，先打了两个冷战。一阵雾雨正向她身上扑来。她身子向后一缩，笑道："受不了，好冷。"归效光道："你站一会儿，我去拿样东西来。"说着，飞跑而去。一会儿，他就把黎小姐的大衣取来了，提着领肩轻轻地在她肩上加着。黎小姐回头一看，笑道："多谢多谢，我还以为你是去拿钱来请客呢。"归效光道："我当然请客，露天下太凉。你到店堂里坐着，你要吃什么，做好了，我给你端来。"黎嘉燕道："不，我觉得大雾里对了灯光吃东西，也有他一番出门滋味。"楚兰带了两个弟弟瑟缩着，站在一副豆浆担子边喝热豆浆，这就回过头来回道："这还有滋味啦。根本没有睡够，又来吹着冷雨，真是受罪。明天这样起早，我就不干。"黎小姐走过来，摸着她的头发，笑道："自小就训练训练吧，将来大了就可以奋斗了。"

归效光想到这位小妹妹嘴头子厉害，就没有敢走近，自向远些的担贩去吃东西了。楚兰问道："黎小姐，归先生怎么不同你在一路吃早点？"她笑道："他为什么又要和我在一路吃早点呢？"楚兰向她眨了一下眼睛，笑道："我很明白，我不说。归先生答应余有庆到了贵阳，请他吃馆子。你也应当请我。"她笑道："小小年纪，就说这些俏皮话。"楚兰道："你请不请？你不请，我马上就乱说了。"黎嘉燕两手按了她的肩膀，低声笑道："请请请，还不成吗？"她这样说着，身后一阵大笑，正是同车的人看到了这情形呢。

　　黎小姐虽然有几分不愿意，但自己的行为根本是事实，也无法可以否认。这只有警戒着自己，自今以后和归效光疏远一点子，免得大家笑谈。她想是这样想了，她正犯了归效光那个毛病，怕丧失了友谊，没有疏远的勇气。在半小时后，街头上的雾气已看得很明白，眼前事物已慢慢出现，天空变成了乳白色了。旅馆里的行李，已是一挑一挑地向车站上搬。归效光走来，站在她面前问道："吃过早点了吗？"她知道同伴正在注意，只将鼻子哼了一声。归效光道："我这就去和你搬行李，你就在这里等着。啰，我给你买了一包脆花生，你带到车上去剥。"说着，就将一个手巾包递过来。她明知道左右前后全有同伴眼睁地望着，她想，若拒绝接受，那太给人家难堪了，只好接着，而且很大方地说了一声谢谢。虽身后有哧哧的笑声，她也就不管了。

第十一章

黔北道上

在雾雨蒙蒙中，旅客们将行李搬上车站，照例又是一阵忙乱。好在已经过两天的经验，大家总还有了个粗陋的规矩可循。车厢里外，捆绑行李的时间就减少多了。归效光同伴当中，男子里面，除了王七佳带有家眷，刘思立是个中年以上的人，带有一位出嫁了的小姐，还有两个小外孙，他是无能为力来帮助团体。一位杨则安是初出川的少年，一切陌生。所以在过去两天，都没有什么表现。到了这日，拥有领队资格的余自清，就不客气地要杨则安帮同归效光、余有庆两人收拾行李。黎小姐身体支持不住，团体账目的事交刘思立办理。好在共同用钱的时间很少，并没有什么麻烦。至于那位王七佳先生，就不再和他有什么商量了。人事上有了组织，妇孺们上车也就能得着帮助，很容易地坐到自己的座位。加之那两位黄鱼客人，因同车对他们很好，他们反正是单身客人，倒也肯协助一切。只有那三位带票抢上车的团外旅客冷眼相看。而余先生这一行，给了他们座位，也不理他们。在互不侵犯之下，也没有了争吵。大家在天色微明中上车，不到十五分钟，车子就很安静地开出了松坎。

由这里南行，公路是逐次向山上爬行。车上的旅客大部分是没有经过川黔公路的，不住地向黄乐馀打听这里情形。他道："可惜这车子是带篷子的。若是坐敞车，车子走到这里就有意思了。各位在重庆，总听到说贵州境里的钓丝岩，那就在这里前去不远。当年修这段公路的时候，不知道牺牲了多少性命，后来通车了。遇到下雨天在钓丝岩翻车，那简直是家常便饭。"他说到这里，在那边坐着的王七佳首先听了一声，瞪了大眼望着他道："这不是闹着玩的，我们应当要求司机在险路上停车，让我们下来走，他开了空车子过去。"黄乐馀摇摇手道："不要紧。那条最危险的路，现在不走了。另外开了一条新路，比老路平稳得多了。你要真是下车来走，走两天也走不过去。这里上山下山，有名的叫七十二倒拐。"王七佳听说，也就默然。

果然的，大家由车厢门后面倒望出去，看到公路像之字似的，在山坡上盘旋向上。后面来的车子，都在公路下七八层的盘梯上，时而朝东，时而朝西，跟了向上爬。再向远处看，就云雾迷糊，天地相接，天气好像是没有晴朗过来。王七佳又惊慌了，他先呦了一声道："这样的天气，我们的车子，只管向前钻，不怕落下崖去吗？"黄乐馀笑道："你要想等个晴天过钓丝岩，那是太不容易的，这山顶上根本就没有晴天。"说着话时，车轮子咕噜咕噜响着，一个劲儿地向上爬。这不必向远处看了，车子外面里把路，隔着深谷的一个山峰，就是雾气围绕着的。那黄乐馀瞪了两只眼，由车厢后门向外看着，并不说话，好像这车子里外突然有什么事情发生似的。这样约莫是十来分钟，他突然放出了笑容，说一声好了。归效光望了他道："黄老板，你怎么了，受到了什么刺激吗？"他向车子后身指着道："那就是钓丝岩，我们已经过来了。今天这样阴雾天过这个地方，那是相当危险的。"

大家听说到了钓丝岩，都伸着头向外面看了去。见车子后面这条路，在半山腰里斜斜地由上而下，环抱着山峰绕过来。公路上层的山峰，乱石和灌木丛互相夹杂拥挤着。这湿雾重重地压在山峰上，草木全是湿淋淋的。公路的另一面，正和山峰相反，乃是悬崖。这悬崖有多深，车子上的人看不清楚。但是用肉眼去看，仿佛公路和这悬崖相连接，而下面却是青隐隐的。在崖上也就和上面的山峰同样，长遍了低矮的灌木。他们这样看着，正是后面的车跟着来，就到了那崖上。看那车的靠外轮子，简直就是沿了崖石上层滚着。这个崖上的公路是抱了山腰的，当然，不是一直线，有时屈曲着向里，有时又屈曲着向外。正好这边车子慢慢地下着坡处转过了山角，却看不到后面车子了。

王七佳忽然叫道："我的天！"余自清望了他道："王先生，你这是什么意思？"他道："看不到后面那辆车子了。他们若是有什么危险，那可糟了。"余自清道："这话我却有点儿不解，难道我们瞧着他的车子，他的车子就不出乱子吗？"王七佳道："我这也是仁者之心。"他说着这句仁者之心的时候，大家都翻了眼向他望着。他也知道别人的用意，很老实地低了头坐着，就不说话了。

这车子继续地向前进，算是过了险地，在整段大山梁子上走，地势算和缓了。因为车子老是屈曲地向上，云雾就特别地加重。车子以外几丈远，已不是所有的山川树木。车窗外的雾，像是白云片，卷了白丝团，在车窗外跑过。再向车子后面看去，那里更是结成一片。整个环境都是在云雾里。车上的小孩子们这就叫道："我们的车子开到天上来了。"这时，不但是云雾包围了车子，而且在云雾里落下了雨点，卜笃卜笃，打着车厢响。后面的车子把前面的车灯打开，两道黄光穿过了白云向这车照着。前前后后的车子都响着喇叭，一时陡然显着情形紧张。车子的速度也开到极低。公路像是久经雨天，路面全是烂泥拥挤的车辙。后来到了一个山尖口子，公路是把山峰的中间劈成两半的，这里很像是一条巷子。而喇叭的响声，也就闹成一片。因为对面来的车子，到了这里，也是慢慢地开着。来往的车辆，全在这里集合，这喇叭响声就特别地大了。

这样热闹十来分钟，在这山尖的峡口穿过，车子前面开始看到更远的路面。车子似乎爬过了最高峰，这就是屈曲着绕山向下盘。原来是后面的车子在这辆车子底下，现在变得却是在这车子的顶上。每转一个弯，车子在山峰上就降低一层。大概是有七八十个屈曲，车子变了直形地前进，就到了平谷里了。黔北的山，长得都是锥形的。车子两边，都是高山直立，山脚下很窄的一条平原，公路在平原中间径直向前，由车厢后面看去，看刚才爬过来的山峰已经完全伸进了云雾里，只下面有些青影在云底下露出。而现在跑的公路，却是一片大太阳。

余自清笑道："只道出门偏遇雨，不知自入雨中来。效光你知道我们刚才经过七十二倒拐，那不是雨追我们，是我们追雨吗？"归效光道："这也让我们长了个见识。原来我们看到白云封山，不知道封在云里的山是什么样子，现在可知道了。"说着话时，但觉车子跑的程度加快。这公路两面的平谷，也就越来越窄小。最后到了两座山峰之间，平谷像一条大巷子。由车厢里向后面看去，只见后面一座山，像一座伟大的塔，树木长得青翠扑人。虽然，这是冬天，却没有什么落叶子的树。仅仅是绿树丛中有几丛带了赭红色的树叶，点缀了冬景。这山之外又是一座山，连串地排下去。全是平地直起，尖峰插天。它不像四川的山峰峰相连，也不像广西的山，小小独立的峰峦，陷于孤立。它是山下面相连的，而峰尖却各自为政。公路在所有的山峰脚底，像一条线似的，在绿巷子里穿过。车子到了两山极逼窄的地方，抱了山峰猛可地一转。四山之间，显出了一块两亩大的空场，非常地像大都市旧有的月城。而这空场前面，就有一个城门式的城洞，上面是短短的一列城墙砌在两山之间。

大概是因为车子这一程上下，司机很有点儿吃力，就把车子停下了，于是车子上的人都纷纷地下车。归效光跳下车来，直奔司机座，见黎小姐并不在那里，也就静静地站在车旁。一会儿工夫，见她由远处走回来了，却去车后厢门张望，便笑着叫道："黎小姐，我在这里呢。"说过这句话之后，他倒是有点儿后悔，怎么知道她到车后去，就是探望自己呢？这就只好呆站了向她望着发笑。他这样一叫，黎嘉燕倒是走过来了，向他笑道："人家都说贵州境里的山穷得很，若根据这两天的路程来看，风景也好得很呢。"归效光道："我们所走的地方还是黔北，多少带些四川风味，不知道黔南怎么样？这里分明是一座关口了，不知道叫什么关。"她笑道："你的精神都寄托在什么地方了，面前立着这么大个石碑，你竟是没有看到。"说着，伸手向他身旁一指。归效光回头看时，身旁立着一幢八尺高的大石碑，上面大书"娄山关"三个大字。他笑道："这里的山叫娄山。"黎嘉燕道："前面进这条谷口的地方，叫独山关，和这里形势也差不多。你们在车厢里的人看不见，我看遍了。不过这事我得谢谢你，不是你给我找这么一个司机座，是不能饱眼福的。"归效光道："只要你身体健康，我觉得比我看的什么风景都好。"

黎小姐向他看了一眼，也没说什么，打开车门自向司机座去。归效光还站在车旁，她笑道："快开车了，你也当上车去休息休息。下次停车休息的时候，你不必来看我，有道是君子之交淡如水。"归效光道："那也好，不过你有什么事，希望叫我一声。"黎嘉燕道："也没有什么了不得的事吧？我身体好了，我就可以一切自理。"她这样的话说得多了，归效光倒也不再认为是碰钉子，说声再见回头就走。她却在身后叫出了个啰字。回头看时，她将雪白的手拿着两个通红的大橘子由窗子里伸出来。归效光道："留着你慢慢地吃吧。再向前去，恐怕就吃不到四川橘子了。"她却不肯将手缩回去，只管摇撼着。他只好接着，说了句"谢谢"。她笑道："你谢得奇怪。你买的橘子你拿去吃，你还得谢谢我。"归效光笑道："经过你的手，那就是你的了。"黎小姐向他连连地摇着笑道："不要废话了，你也不怕人家笑你。"归效光点了个头，很高兴地拿了两个橘子上车去。

余自清的精神今天也好多了，笑道："效光，你看这关的险要如何？"他道："若用文言来形容的话，是四山壁立，中通一线。我当年由河南到陕西，经过了历史上有名的崤函之险，那和这里就差得远了。那地方古人就说一夫当关，万夫莫开，这地方就更不容易比拟。"余自清道："虽然如此，向来地险是不足恃的。现在是立体战争，地险更不足恃。古人说的在德不在险，这话虽然听起来是迂腐的，可是再过一千年，这情形也不会变。"王七佳也有了兴致了，他道："的确，政府提倡的精神总动员，那是有理由的。无论个人和国家，道德的水准不高，那是不行的。"同伴杨则安是最不满意王七佳的，他又年轻，翻了眼向他望着道："这也看出发点在哪里。若是做人处处讲道德，在这世界上可能就会饿死困死。"王七佳看他那情形，显然是话里有话，也就取出烟卷火柴来，借了吸烟，把这话题扯过去。

余自清怕杨则安这小伙子话会说得更重些，这就向外指着道："你们看吧，这又换了一个境界了。"大家向车厢后门看去时，这里的大山已变为了小山，而且是四面闪开，中间现出了一块大平原。这平原上有村庄有水田。田原上的树木，都还带着疏落的叶子，尤其是柳树，那长条上的柳叶还保留一半，带着黄绿各半的颜色，还和江南的秋天一样。这断续的平原在四山中发现，其中有两个较大的夹着公路，成立了街市。在街市头上，竖立着很大的木牌子。上写着"熟木铺"和"蓝田坪"，而且牌子上也注明了是贵州桐梓县境。

　　由这里前进，公路全是平坦的，车子也跑得很快。在十一点多钟的时候，车子缓缓地开进了一座城门洞，随着车子也就停了。大家下了车子，见是茶馆门口，自然纷纷向茶馆里去找座位。这车上的司机来说："旅客可以在这里吃午饭，恐怕要在这里停顿两个钟头。因为本队有辆车子在蓝田坪出了一点儿乱子，必须把这事解决了，车子才可以走。"当时旅客们也没有理会到出了什么乱子，各人也就叫茶铺伙计预备午饭。吃过了午饭，看到本队车子中五辆的四辆，全都停在茶馆封门的车站空场上。还有一辆，却不看见。同时，车站上的职员进进出出，好像也是有事不曾解决。归效光这就到车站里去打听消息，余自清全家和黎嘉燕同在一处候着。

　　他打听了回来，老远地摇着手道："今天我们走不了，又要住在桐梓了。"余自清道："那是怎么回事？"归效光叹了口气道："有了这样的事发生，这才算是中国。我们那辆车子经过蓝田坪的时候，有一位大队长的太太拦住车子要搭车到桐梓来。大概国营的车子和商营的不同，没有理会这个要求，于是男男女女不分皂白地强行登车，由车厢后面爬上来。结果，那位太太由车上摔下去了。这祸事惹得不小，大队长亲自出马，把车子扣住了。这里车站上会派人去交涉，第一批人回来了。说是那位队长提出了要求，要赔偿他太太的医药费。车站上当然不肯出这笔钱，要旅客公摊。等车子放行到了桐梓，再和他筹办。可是那位大队长要现钱交易，必须送十万元

174

医药费过去，他才能把车子放行，这交涉也许明天都办不了，我们找旅馆吧。"余自清笑道："这样也好，桐梓是黔北一个有名的县城，我们可以借这半天工夫访问访问。"于是大家起身，就在茶馆隔壁，找了一爿带楼的旅馆。究竟桐梓是公路上一个大站，旅馆的房子有桌椅有床铺，多少还像点儿样子。一个小时的工夫，把行李都安顿了，归效光也就在街上散步。

这个城市的街道，显然是由于公路经过改造过了的。正街已找不到内地旧街巷的样子，路是石子路面，宽宽的，没有失去公路形式。两旁的店铺，有一个特异的建筑，就是屋檐外全有廊子，家家廊子相接，变成夹了街的两条长廊。中国有些旧都市，是这样的建筑的，但小县城也如此，还是初见。不过这和邻境的四川綦江县作比，却是贫富悬殊。这里一切带洋式的货物，都没法在眼前发现。归效光很想买两支洋烛，跑了一条正街，竟是买不到这东西。除了车站附近几家带卖酒饭的旅馆，也没有楼房，他也没有再跑远就回旅馆了。

余自清在楼下茶座上泡了一壶茶，独自剥着花生，看到他问道："有什么新发现没有？"他笑道："我发现这是舶来品还没有侵略到的一个城市。"余自清道："这也是相对的看法，舶来品侵略不到，固然是好，可是一切外来的物质文明，也就可能被摒在境界以外的。你以为这是地方上的好事吗？"黎嘉燕小姐也是刚刚由外面走回来，接着道："这地方虽然物质文明差些，可是吃的东西太便宜了。米是一千五百元一市斗，猪肉是三百二十元一斤，这比重庆的生活整整是便宜一半。这里只有一样是比重庆贵的，就是食盐。因为贵州不产盐，他们是由四川背运了来的。"归效光笑道："我也上街去绕了个弯，就只知道买不到洋烛，别的一无所获，大不如黎小姐能获得这样的实况。"

余自清望了他们道："你们上街，是各行其是？"归效光笑道："我并没有和她一路出去。"余自清哈哈笑道："照说，我对于二位是知之最深的了。可是我的揣测，也就可能会错误，黎小姐请原谅。"她不由得也笑了，点着头道："校长这是过分的客气。这事说不对，又有什么关系呢？"余自清笑道："自然，我这也是好意，我总也希望你们的友谊与日俱增啦。"她这倒无话可说，只微笑着站了几分钟就上楼去了。余自清道："效光坐下来谈谈吧，你是不是也要上楼？"他只好在桌子旁边坐下了。他怕余老先生还提到黎小姐的事，先道："校长，我还发现了一件事，就是这城市里，买不到重庆市上的烟。相反地，重庆市可买到贵州产的纸烟。在这一点上可知道贵州的省政，门户是闭得很紧的。"余自清点点头道："你这看法对的对的！你的看法不错。"

第十二章

她最后呼喊上帝

余自清称赞这句话的时候，恰好黎小姐二次下楼。她对于这句话，似乎有着奇异的感觉，走到半楼梯层中她又回去了。归效光料着她回头将有一个质问，不免出着神去想答复的话。余自清端了茶杯放在嘴边慢慢地呷茶，因道："一个人沉醉在爱情波浪里的话，那神经是会失常的。老弟，你觉得怎么样？"归效光道："我觉得我一切正常。不，我也并没有沉醉在爱情的海里。"余自清笑道："这倒是不必讳言的事。我是这事的过来人，敢说有相当的经验。我可贡献你一点儿意见的。就是在这种场合，情绪总是过于热烈的，头脑必须特别地冷静，才可以和那情绪调剂。你若有什么需要我帮忙的话，只管勇敢地对我说，我当唯力是视。"归效光笑道："现在还谈不到此吧？"余自清点点头道："这也是你有自知之明之处，不过你们可能是特别快车的成就。正像我们坐这长途汽车一样，一股劲儿地向前跑。我们到了南京，我相信你和大家一样，到了目的地。"归效光道："提起了这一点，我倒要去打听我们车子的消息。"说着，他起身出去了。

他回来报告，被扣的那辆车子已经放来。被跌伤的那位队长太太，她指明这车上有人推她下车，而被指定的凶手却是个穷旅客。大队长要他出十万元养伤费，实是不能胜任。结果打了个六折，在旅客群里募化，那位跌伤的太太也进了城，就在公路上小医院里擦了些红药水，捆上了纱布，根本也就没有花钱。余自清听了报告，就劝同人出钱，免得耽误在这里多花旅费。大家凑足了一万元，交给归效光，由他送到那穷旅客手上去。他回来报告，事情已了，明日车子绝早开行，希望一天赶到贵阳。大家听了这消息，有到第一站目的地的希望，大家都兴奋起来。

这桐梓县城，当然没有电灯。天色昏黑以后，店铺和街上的摊贩全都点上了菜油灯和桐油灯，大把的灯草放在油灯碟子里，抽出好几寸长的火焰。站在街心一望，千百条小火焰远近照耀，倒也可想到上古城市的夜景是个什么样子。但也只是如此已足，无可游览的。旅客吃过了晚饭，老早地安歇。

次日天还没亮起来，那情形和在松坎差不多，在漫天的雾气下，在旅馆门前这条街上，抢旅客生意的小贩亮着灯火，卖酒糟鸡蛋和热豆腐浆油条的担子，沿人家屋檐，列成了长阵。今天黎嘉燕的精神好得多，公开地当了旅伴的面，约归效光共同吃早点。他对于这个约会，自然认为是十分荣宠，就陪着她走出来，挑了一副干净担子边坐。这小贩在担子外，列了一张长方木板，两边摆了凳子。旅客也谈不到挑选座位，归黎二人在一条空凳子上坐下。这小贩除了豆腐浆酒糟蛋，他们还有整笼的包子，放炉灶上蒸着。归效光笑道："豆浆泡油条，我在四川是吃腻了。酒糟蛋甜得没有意思，吃包子很好。"黎嘉燕笑道："这一点，你和我的意见相同，我猜你是故意这样说的吧？"归效光道："那可冤枉。我怎么会知道你不爱豆浆和酒糟鸡蛋呢？退一步说，就让我真是故意这样说的，那也是迎合了你的意旨，跟着你学习，这事并不算坏呀。"黎小姐听了这话，笑着将手膀子碰了他两下。归效光笑道："真的，我愿多多地跟着你学习，一切都跟了你看齐，那不是很好的事吗？"黎嘉燕道："校长先说你的看法不错，就是这种看法不错吗？你可得顾虑到，这样做下去那是难乎为继的。"

归效光正笑着想解释这句话时，小贩子站在面前问道："先生，你们要吃什么？我问了三回了。"他笑道："是吗？我们自己在说话没有听到，你给我们拿两盘包子吧。"小贩依着话，将包子送了过来。黎嘉燕向他点了个头道："谢谢你。"这一声谢谢，归效光认为是突如其来的没有理由，不过黎小姐是更相处得熟了，已肯开玩笑。

这可能是句玩笑话。但身后又有女子的声音道："归先生，谢谢你呀！"

他回头看着，站起来叫了声汪小姐。黎嘉燕自也回过头来看，见有一位二十上下的女子，圆圆的白脸。头上的烫发，将一根绿色的带子在脑顶上圈住了。身上穿件红毛绳的半截大衣，没有系纽扣。敞着胸襟，露出里面的蓝布大褂。她颈脖子上还套了一条紫绸围巾，围巾的两端垂在胸前打了个大蝴蝶结子，看去像是个女学生，而且态度也很是活泼，她未免一怔，心想归效光哪里认得这么一位小姐呢？归效光这就介绍着道："这是那辆出事车子上的汪锦屏小姐。她是收款的代表。汪小姐，这是我的同事黎嘉燕小姐。"汪锦屏点了个头道："我老早看见黎小姐的，不就坐在司机座上吗？"黎嘉燕道："是的，我好像也在哪里见过。"汪小姐笑着点了个头道："也许吧，路上有机会，我们谈谈。"归效光道："就请在这里用些早点，好吗？"她笑道："我已经吃过了，再见吧。"说着，点头而去。

归效光回身坐下来吃点心，黎嘉燕问道："这个人，你初次认得她吗？"归效光笑道："她是一个歌唱家，开音乐会，不就是她唱女高音吗？"黎嘉燕道："怪不得我像见过她了，你和她倒好熟。"归效光道："昨日给那个穷旅客送钱去，是她代表收下来的。大概那辆车子上的旅客，公推她做代表的，我也是昨天才认识她的。"黎嘉燕轻轻哦了一声，也就没有再提。

他两人从容地吃过早点，天色还是乳白的，街头还都笼罩着宿雾。旅客们把行李搬上了车子，在车站上还等了一个钟头方才开车。这是第三天的旅程，旅客们已习惯得多。同时，车厢里已搬下去一桶酒精，内部也宽大些。旅客添了尺多见方的空隙，也比较舒适了。车子开出了桐梓，路上不断地经过平原。公路两旁，常是有成行的小柳树。平原上有水田，有旱地，像是黔北比较富庶的地方。不过平原总是有限制的，四围全是重重叠叠的山包围着。山上的树木，不像娄山关一带那样的稠密。疏落的树木里，处处露出山峰的石骨。那些石头也和经过的地方两样，全是乌黑的，这倒是有点儿像所传的贵州本相了。

十一点多钟的时候，车子到了遵义。原来这个地方是一个府治，现在是县治。公路绕了县城走，看不到城市的真相。只是在城墙上面，露出几处旧式的高屋顶和两处亭子式的楼。把这城墙绕过去，另外有个市集，约莫有二三十家店铺，车站在这里，车子就停下了。大家下车，找打尖的地方。这里的店铺倒简单明了，全是茶酒饭店带旅馆的生意，地名是新城。分明这个地方完全是为公路上来往的旅客而设的。时间的限制，也没有工夫去看贵州北区这个老府治。

午饭后十二点钟，车子继续开行。一点多钟，到了这条路上最有名的乌江。从前川黔公路的车子到了这里，就得在岸边上停着，由木船把车子运过河去，现在有了铁桥，不必费这事了。乌江两岸是很陡削的石头山，石头是乌黑色，很少的杂草生在石头缝里，这条河却在两山中间的脚底下。水流得很急，白色的浪纹在河滩中间翻腾而去。公路在半山腰里，由一个峡口里出现。出口之后，就顺了乌江北岸的山向上游驶去。在汽车上向下看乌江，深深地落在山脚下。由上到下，总在二百尺开往。远远地看到一道平桥，就在这山脚下跨着河的两岸。公路在这山坡上来回地走着，像之字形的由山上转到山脚下，和桥相接。车子在之字形的公路上缓缓地转到山脚下，过了乌江铁桥，又在桥南岸，顺了之字形的公路屈曲地向上爬。又是爬到半山腰里，回头看那乌江，深深地陷落在山脚，大部分都让山遮盖着看不见了。由这里前去不到两公里，是乌江镇。这个镇市，也是夹住公路建立着房屋。虽是一条街，店铺挨着店铺，却有两百家，沿街随处有大小汽车停着，并且有许多修理汽车的小厂。

这时，车上旅客都议论起来了。有的说，这个镇市霸王到过。有的说楚霸王在乌江自刎，就是那铁桥旁边。有的说，那桥头石壁上四个大字，就是楚霸王写的。但也有人反驳，九里山在江苏徐州，霸王败下来怎么会跑到贵州来自刎呢？也有人解释着楚霸王是石达开之误。最后争论着，就不得不请余校长来仲裁。

余自清笑道："无论楚霸王会不会写楷书，我们也当知道在楚汉争霸的时候，四川还是刚刚归入中原的统治，何况贵州呢？项羽他也不像我们那样抗战逃难，他跑到贵州来干什么？他自刎的地方是南京对过，安徽和县境内的乌江浦。至于石达开呢？他虽是经过贵州境，走的是黔西。乌江在黔境，原有两处。黔西方面有条南源，也出四川。石达开是否渡过，在汽车上我可没法考证。不过他是在大渡河边上被俘的，这却是人人周知的事，也牵涉不到这里来。所以这里关于霸王的传说，完全是乌江同名之误。"归效光笑道："校长的地理真熟。"他道："这也不过是平常留意罢了。我们下江人，不能对霸王自刎的地方都不知道。在四川的时候，有人谈到这里的乌江故事，明知道那是错误，就不免翻出书来看看。我若是今日临时答复你，我也只能说项羽没有到过这里而已，其余的就交代不出来。我们生于当今之时，比古人的眼界开得多了。古人若是生长在下江，要到贵州来游历一趟，那还了得。我们今天可以住在贵阳这个省会，十年前，我绝没有想到会去贵阳游历一趟。"

大家听说今天可以到贵阳，各人的脸上也都有了笑容，都眼巴巴地今天到了贵阳，可以吃顿好饭，也可以睡一宿好觉。不料车子只走半小时，经过一个小镇市，就开到一个车站里停下来了。随着，车厢后门打开，有人连喊旅客下车，不走了，不走了。旅客们看看身上的表，还只有一点多钟，都说怎么宣告不走呢？归效光首先跳下车，见本队的五辆车子已有四辆停在这里。他见押车的朱队长也在空场上徘徊，就向前去问为什么不走。

朱队长先皱了皱眉头，然后苦笑着道："这里叫养龙场，是公路上一个救济站，到贵阳只有九十公里了。假如能走的话，我们为什么不赶到贵阳去把这路程告一段落呢？"归效光道："有什么大困难呢？这里到贵阳已经很近，想来不是治安上有问题吧？"朱队长道："那倒不是。问题非常之简单，是没有了油。你一定说，各车上都还存着一桶酒精或两桶酒精，怎么会没有了油呢？这酒精是车子代带的，而不是车子本身可用的。这些车子，公路上有规定，按公里给酒精。多了，可以卖给公路上，二千元一加仑。他们认为是司机省下来的，可以奖赏。少了，由司机去赔。这次五辆车子，由贵阳到重庆去，路上搭着公差，每辆车子赔了两万元的酒精。现在回来，因雾中爬山，车子开得慢，又多损失了三加仑酒精。他们没钱买酒精，所以不愿走。"归效光道："不愿走，把旅客们丢在养龙场，就有酒精出来吗？"朱队长苦笑了一笑道："这的确不是办法，但是没有油也是事实。今天是走不了的，大家从长计议吧。"

归效光看这情形，料着今天是不能赶到贵阳的，这就转告车上旅客，大家下车搬行李。好在这不是个大站，而且时间又极早，所以在站外去找旅馆，并没有什么困难。归效光现在也无须对人回避，首先是和黎小姐找到一家旅馆。不过这个镇市太小，旅馆也完全是最小的。他和黎小姐找的这家旅馆，只有楼房三间，而且是两明一暗。靠街的楼房，窗子是横拉的，而且格子有一尺见方，糊的是薄纸，推拉起来呼噜作响，简直是纸糊的房子。那位带着两个孩子的刘太太，她看定了到站，就有归效光和黎嘉燕办差的，她就跟着黎小姐。归效光带着黎嘉燕到旅馆，她就在车站上替归、黎二位看守行李。最后归效光把行李搬完了，自也不得不把她送到黎小姐一处来。这间楼房，正好是两张大床铺夹了一张方桌子，也就由她们共有了这间屋子。这时，归效光说不出来的苦。心里只有说一百遍刘太太自私，这让自己和黎嘉燕说什么话都不方便。

余自清全家是住在对门一家小旅馆里，他在极度地不高兴之下，索性把行李搬到对面去了。黎嘉燕看到刘太太来了，归效光脸上就很不自然，便知道他是什么用意，只是抿嘴微笑。不过刘太太也实在出于无奈，她想了个情亏礼补的办法，首先就帮着黎小姐展开被褥，替她铺好床，笑道："黎小姐，你是不舒服的人，你先休息休息吧。"她道："今天我好得多了。这木架子床，上面铺着高粱秆。睡下去，木架子响，高粱秆儿也响，并不怎么舒服，尤其是这窗户，敞开了两扇，寒冷的空气流到屋子里来，人有点儿不好受。"刘太太道："那么，我给你拉上窗户吧。"黎嘉燕将鼻子耸了两下，摇摇头道："这屋子里似乎有一种什么气味，拉上窗户一点儿光亮没有，那更难受了。"刘太太很以她的话为然，就不作什么主张了，把自己的行李收拾好了，笑道："黎小姐，你不到外面去散步一下？"她笑道："我不出去了，在窗户边看看吧。"刘太太道："那么，我带孩子出去吃东西去，疏散两小时再来，天色还早呢。"说毕，她真带孩子走了。

黎嘉燕听她特别地提到了出去的时间，心里也是好笑。许多同伴都是把自己和归效光的交情估计过深了的。搬了一个方凳子，放到窗户边坐着。这个百十户人家的镇市，高矮屋子的中间，一条宽阔的黄沙马路，空荡荡的，没有草木，也没有什么人来往。镇市后面是没有庄稼的平原，很富有北方的冬季景象。平原外面是乱山，青得发黑，天空里偶然飞过两只乌鸦，眼前是一片荒寒的意味。

她正是这样地闲看，只见归效光由对面小店里出来，手上捧着又是茶壶，又是热水瓶，又是手巾包，径直地就向这里来。到了屋檐下，抬头问道："你一个人在楼上，不闷得慌吗？我给你送茶水来了。"她笑道："你怎么知道我是一个人？"他道："我看到刘太太带孩子出去的，车子停在这个荒寒的地方，真是要命。"说着，把东西送上楼来。她笑道："我猜着你就要来。刘太太和我住在一处，你不高兴吗？"他道："我觉得她打搅你，你不是身体还没有复原吗？"她道："对的，但是你为什么来打搅我呢？"他笑道："我想着，你不会嫌我打搅。"说着，把东西放在桌上。在口袋里掏出一只茶杯，斟了杯热茶，放在桌子沿上。然后打开手巾包，里面是花生，笑道："这地方买不到好东西。"黎嘉燕笑道："你有点儿主观，可能我拒绝你这样的招待。你为什么茶杯都带了来，人家看了怪不合适。"归效光道："这无非看到楼下茶馆里的杯子太脏。你若以为我太做作，往后改过来就是。"

黎嘉燕端起茶杯来，呷了一口茶，叹口气道："我自信，我这个人意志是很坚定的。可是我从来没有得着人家给我这样的温暖，我实在意志坚定不下去了。我现在才知道男子们实在比女子的手段高明。像我这样的人，都受不住你这样地用冷炮进攻。"说到这里，她不由得扑哧一声地笑了，然后端了茶杯，继续地喝茶。归效光实在没想到她突然地这样明白表示态度，匆忙之中，不知道要用什么话继续地向下说去，也只有望了她微笑。黎嘉燕道："我觉得我这颗心上，堡垒建筑得十分完密的。可是在这一个礼拜以来，这堡垒已是被你摧毁得没有了痕迹，我像日本人一样，要向你无条件投降了。你可不可以停止进攻几天，让我……"归效光道："让你再把堡垒重新建筑起来。"她笑道："你若自己有信心的话，就不必顾虑这点，不过我大概没有建筑堡垒的能力。但我愿意你休战片时，由我冷静地考虑考虑。"归效光摇摇头道："那没办法，除非我立刻麻木不仁了，我无法对你冷淡，我完全被你征服了。"黎嘉燕昂了头道："上帝，你太残忍了！"她这声呼叫，倒让归效光吓了一跳。

第十三章

坐以待旦

异性的朋友，交情到了比较深切的时候，无论怎么样，也逃脱不了恋爱的铁锁。那理由很简单，因为他和她生理不同，细胞就要作祟。归效光原知道黎嘉燕是位高傲的女性，始而是只对她做个试探性的恋爱，若是尽管碰壁，那就调换航线吧。可是她就往往在高傲的性格下，给予一个率直而温柔的答复，越是让人觉得这盛情可感。所以他也就常做那进一步的表示，向她做更恳切的谈话。为了话有些弹性，不免带些幽默味。黎嘉燕也觉得这办法是对的，跟着就以其人之道，反治其人之身。她突然地呼喊着上帝，也正是如此。

说了之后，她见归效光愕然相向，便笑道："你觉得我这话太严重一点儿吗？"归效光道："的确是严重一点儿。我有什么对不住你的事吗？你怎么说我太残忍了呢？"黎嘉燕道："分明是你把我征服了，怎么反说我征服了你呢？"归效光笑道："原来如此，不过你说的我还是不解。"黎嘉燕将那杯茶喝完了，又继续地斟了一杯，把杯子放在桌沿上，笑道："是你带来的茶杯，我回敬你这一杯吧。"归效光点着头说声谢谢，然后端了那杯茶喝了，心里说不出来有一种什么痛快，只是望了她微笑。她指着那包大花生道："你也吃一点儿吧。"他将一张方凳子拖过来，挨了桌子坐下，笑道："我走了，你是很寂寞的，留着你慢慢儿地剥了消遣。"黎嘉燕笑道："这话你不觉得自负一点儿？我们以前交情并不这样深厚的时候，我也并没有感到寂寞。"归效光道："正是如此。你原来没有我陪伴着，也就不会觉得侣伴是可贵的。及至有了侣伴，就会觉得侣伴是人生很需要的了，你不以为我这话又过分一点儿。"

黎嘉燕望了他微微一笑。她身后面就是床铺，她微微地抬起两只手来，想伸一个懒腰。可是她两只手只举平了肩膀，又放下了。身子向后倒着，靠了堆叠的被褥半坐半躺，将一只脚在床沿上悬着，不住地摇晃，笑道："效光，我有点儿疑虑，我们的友谊是不是进步得太快了一点儿？"归效光道："这也不见得快吧，古人有一见倾心的。"黎小姐笑着连连摇头道："你这个譬喻，要不得，要不得！"归效光道："离开四川很远了，你还说着四川话。"她笑道："那是多年的习惯，一时怎能丢开得了。效光，你提到这话，有点儿王顾左右而言他吧？"归先生嘻嘻地笑了。黎嘉燕点点头道："男子们就是这样，把话试探着女子，若是并没有什么不好的反应，他就得又跟进一步，你说是不是？"归效光将手绢包打开，取了花生慢慢剥着，笑道："也许是这样。不过你那个性，似乎不应当向你说话太直率一点儿。"黎嘉燕道："你觉得一见倾心四个字，那还不够直率的？"归效光笑道："这是我欠考虑，用典不妥，我若是说古人有倾盖成交的，这就要得。"黎小姐望着他默然了一会儿，笑道："这个我也不去计较。朋友熟了，说话自然是很随便的，若处处用心，那又是胸有城府了。"

归效光一面说话一面剥花生，剥出了花生仁来，他并不吃，都放在一块白纸上，这就托了那张纸放到桌沿上，笑道："你吃几粒吧。"她听说只是笑，没有拒绝，也没有坐起来接受。归效光坐在她对面，对她看着，料到她是有点儿难为情，于是也就搭讪着剥了花生壳，捡着花生仁一粒一粒地往嘴里抛着。他在咀嚼着花生仁的时候，就没有说话。黎嘉燕道："你吃过了晚饭没有？"归效光道："下了车子，一直忙到现在，就没有停止过，哪里谈得上吃饭？"黎嘉燕坐起来笑道："那么，我请你去吃晚饭，走吧。"说着，手扶了桌子站起来。归效光道："我们倒不必客气，谁请谁都无所谓。这不但是我的看法如此，所有我们的朋友看法都是如此。"说着，在床上将黎小姐一件呢大衣提起，要给她穿上。

黎嘉燕瞅了他一眼，笑道："这都是你不好，做事太现形迹了。

你看，我还没有走，你就给我穿大衣。"她说是这样地说了，但她依然伸着两手，插进袖子里去。归效光就提着大衣的领子给她把衣肩提了上去，笑道："这些事情，那是相当客观的。你说我做得不好，也许在我看来是做得正好。"黎嘉燕就轻轻推了他一下，笑道："还说呢，这都是男子进攻女子的手腕。可是女子们也就是有这么一个弱点，受不住男子们这样的进攻。当男子们这样服帖地伺候着她的时候，她明知是男子进攻的手腕，她不但不去拒绝，反是感到舒服。"她在这一推之后，就引了归效光下楼。他问道："那么，在你看来，这是不是可以算得舒服呢?"她笑道："别说了，人家听到，也现着欠庄重。"归效光笑着，心里非常地感到痛快，真成了她那话，彼此的友谊是进展得太快了。

和她就在这条冷街上，找了一家小馆子，共同吃过晚饭，将她送回小客店的时候，那刘太太的孩子已经在窗户里向下望着了。黎嘉燕低声笑道："刘太太已经回来了，你不必把我送上楼了。早点儿休息，也可以培养培养精神。"归效光倒也赞成她的话，就告别了，自回对过的小旅馆。

他在这小楼上，和两位单身同伴余有庆、杨则安共占了一间临街的小屋子。这里只有一张床，余杨两人让给他睡了，为了他年长，也为了他路上出力最多的缘故。这时，天色昏黑了，伙计已送了一盏桐油灯在桌上。那灯油碟子里点着两根灯草，只有红豆大一点火光，照着屋子里混混沌沌的。余、杨两人，已展开了铺盖卷在地板上睡着。归效光道："我以为我回来安歇是很早了，你两位睡得更早。"余有庆在被窝里伸出头来道："不睡怎么办? 这个小镇市上又没有地方可去。这司机真是开玩笑，眼看到贵阳只有九十公里，赶一赶路，三四个钟头可到，偏是把我们留在这地方过一夜。明日还不知道什么时候可以开车呢。"归效光道："刚才我们在饭馆子里吃饭，每辆车上推了一位代表和那朱队长交涉，问题已经解决了。每辆车出五加仑酒精钱，贴补他们的损失。钱也交过去了，明天八点钟，从从容容开车，可以赶到贵阳吃午饭。"

杨则安由地铺上坐起来问道："那么，这件事公路局也是知道的了。这似乎不大妥当。"归效光道："现在公路上是百分之七八十，规规矩矩了。民国三十一年以前，汽车跑国际路线，那些花样就是写一本专书也写不完，五加仑酒精算得了什么呢？那几年，我都想跟车子跑两趟国际路线，无奈是没有成功，我有两个朋友就是跑国际路线跑发了财的。那个时候，公路上车子到处抛锚，不用说带货，就是抛锚，也是好财喜。"余则安道："抛锚怎么会是财喜呢？"归效光道："譬如说，我开着公司的车子，长路有救济站。在半路上遇到一辆商车，他们坏了一两种零件，在路上抛锚。他就来和我商量，把坏零件调换我的好零件。我就看他运什么货，货抢到码头早一天有多少好处，就按了那情形和他要钱。说好了，把车子上好零件换给他，就可以得一笔大钱。"余则安道："把好零件换给人家，人家车子走了，自己可抛了锚了，那不和人家做替死鬼吗？"归效光道："当然是这样。公司里的车子给它在路上抛三五天锚，有什么要紧，损失是公司里的。好在前后有救济站，托顺便车子带个信，自有人来救济。车子上的零件，公司里自也会重新配好。至于下山关油门，把油节省着出卖，也都是这一路手法。所以那个时候，还是公家的汽车最容易坏。于今满眼都是美国汽车，输油管通到了昆明，外国货全由飞机论吨地运了来，这些花样都过去了。天理良心，大家胜利回家是一场喜事，补贴五加仑酒精，算是贺钱，那也太值不得介意了。我们花五万元由重庆坐车到衡阳，那是再便宜不过的事，还有什么话说。"

　　余、杨听了这种报告，倒也是新鲜事，索性和他谈起来。直谈到桐油灯油尽灯枯，方才睡觉。旅行的人身体疲劳，最容易入睡。大家停止了说话，就都睡着了。归效光睡着一个稍长的时间，梦着在雨阵里奔跑，雨点把周身的衣服都打湿了，凉浸骨髓。于是在雨阵里拼命奔跑，想找个躲雨的地方。惊醒过来，眼前昏黑，但听到那临街窗户上的糊纸，正是呼噜呼噜被风刮着响。睡在被子里，不但没有丝毫的暖气，而且觉得脊梁骨里有一股冷气覆射出来，只觉周身随之发冷，先是把被条卷着身体紧一点儿。解决不了冷，再把被条卷紧一点儿，可是那被絮压制不住身上的冷气向外射，最后，身上就发起抖来了。

余有庆问道："归先生，你还没有睡着吗？冷得厉害，怎么办？"归效光道："怎么回事，外面变了天了吗？但一点儿声音没有。"杨则安道："两位都醒了吗？冷得我实在睡不着，我们起来吧。"三个人在黑暗中说话，都摸索着衣被响。归效光道："哪位有火柴，把火点上了，我们坐起来捆行李，坐着等天亮吧。"余有庆果然摸索着，在被褥下面找得了火柴。连擦着几根火柴根，由地铺上站起来，看到桐油灯碟子里，还有两根灯草的焦头子，就抢着来点上。在火焰豆子那么光的情况下，大家跳起来，赶快把网篮里的洋烛找出，将烛点了，大家忙着捆铺盖，把行李收拾好了。余有庆道："我们就搬上车站吗？"归效光道："天还没有亮，我们当看看是几点钟。"说着，抬起手表来，就着烛光看时，还是四点三刻。他哈哈地笑道："糟了！冬天夜长，要七点钟才能够天亮。就是天一亮马上搬到车站，还有两个多钟头呢。怎么办，我们……"说着，他搔搔头发表示了想不出办法。

杨则安道："我们根本是冷醒了的，要睡是不能再睡。坐在这里，没有水喝，也没有火烤，这两个多钟头，似乎也不容易度过。"余有庆身上穿着短袄棉裤的，这时，他将一件青布棉大衣穿起来，接着把帽子也戴上。他似乎还嫌不够，余校长给他加暖的一条破旧毯子，也牵着披在肩上。归效光笑道："你这孩子，怎么这样地怕冷？"杨则安笑道："不是假的，真有点儿冷。也许贵州的气候和四川有些不同吧？"他是穿长袍子的，也把一件黑的粗呢大衣也加了起来。两手紧紧地抄着大衣袋，把衣服箍得更紧些。归效光看了这样子，身上也就引起了一阵寒气，不由得呀了一声道："果然的有点儿冷，我也得穿件大衣。"说着，他将大衣披上，就在铺盖卷上，和杨则安背对背地坐着，笑道："有庆老弟，你也在这铺盖卷上坐着吧，我们可以挤出一点儿汗来。"余有庆果然和他们挤了坐着。约莫是十分钟，他首先感到不舒服，两手抄了棉大衣的袖子，在屋子里来回地走着。他每走一步，那楼板摇撼着咯咯作响，连桌子上的茶杯都震撼得互相撞击着作响。归效光道："老弟台，你怎么在这样的小楼上散起步来？"余有庆笑道："我身上简直像冷水浇了一样，我实坐不住了。"

三人正说着话，听到余自清在隔壁屋子里叫着好冷。接着，在门缝里看到隔壁屋子里先有了灯光，然后听到隔壁屋子的摸索声、行李移动声、脚步声。归效光道："天还早着啦，校长也起来了。"余自清在那进屋子里问道："天还早，怎么你们又起来了呢？"余有庆道："在被子里越睡越冷，这养龙场不知道是个什么地方。"余自清道："这不是这地方特别冷，乃是这旅馆的屋子四围透气所致。睡着冷，倒是起来的好。"归效光道："我倒没有想到，胜利复员，还是这样地辛苦。则安，长夜难熬，来支烟吧。"他在大衣袋里摸出火柴烟盒，反手递给杨君。杨君接过了烟，笑道："我虽是不吸烟的，可是坐着实在无聊。我们这同伴里面，不少的太太小姐不知道她们也冷得坐起来了没有，坐起来又是怎样地消遣呢？"归效光正是想探听黎小姐情况如何，只是夜深了，不知道楼下面的店主人起来没有。若去开门，恐怕惊动了同伴。人家这样说着，他就接嘴道："这倒是我的责任，让我先探望探望吧。"

他于是走到窗子边，将纸格窗户轻轻地拉开，早是一阵寒风迎面吹来，那冷气由领口里直钻进去，钻到胸脯子里去。他不由得将身子向后一缩，但他不肯中止，将两手抄着大衣，伸头向窗子外看去。这时窗外这条寒街，洞黑无光，抬头看看天上，也是不见一粒星点。这就立刻掩上了窗户，因道："大概只有我们住的这家小客店是座冰窖，别家旅馆都不见灯火，人家都睡着呢。我们谈谈好听的吧，这样也就会忘了这寒夜之苦的。"他复又坐到铺盖卷上，和杨则安背靠背地挤着。

余有庆笑道："谈什么好听的呢？在四川的时候，说到我们哪一天把日本鬼子打出了中国，说到哪一天大批飞机轰炸东京，那就是最痛快的事。现在这些最痛快的事，我们都也经过了。于今我们胜利回家，这滋味也不过如此。"杨则安道："不能我们老是这样过辛苦日子吧？比如我们明天到了贵阳，那就痛快了。"归效光笑道："果然如此。再过一个礼拜，我们就到了汉口。我们可以走着平整宽大的马路，可以吃到大鱼，再过十天，我们就到了南京，上夫子庙吃早点去，菜包子、烧鸭干丝、油酥烧饼，阔别了十年的风味都可以尝到了，这不很有趣吗？"余有庆道："也就是为了这一点，我们一路吃着辛苦都在所不计，我也来支烟提提神。"于是三个人继续着抽烟，继续着谈话。杨则安是没有到过下江的。每当归、余二人提到最有兴趣的事，他就少不得问上一两句。问过之后，余有庆大加形容，如扬子江里的大鱼像一条肥猪，火车像一排房子在陆地上走之类，听的人也都觉得前途是一片光明。直到夜空里前后鸡声乱叫，大家才觉得天快亮了，停止了谈锋，起身收拾行李。余有庆又增加了一支洋烛放在桌上，这倒发现了屋子里成了一个雾洞，三个人吸的纸烟是太多了。

这时，小客店内外都有了人声，打开窗户来看，天已亮了，街外的原野铺着不成片断的白色物质，像是有人在大地上分散了几千张棉絮。归效光道："怪不得天要亮的时候，那样子的冷，原来是下了雪了。"余有庆道："没有阴天，恐怕不是下雪是打的浓霜。这样的浓霜，四川没有，下江乡下是常见的。"归效光道："鸡声茅店月，人迹板桥霜。不走长路的人，哪里会有这种经验？"

他说着话，就近了窗户，有人在半空里答道："半夜里把人冷醒了，起来太早，睡又睡不着，你还有这种雅兴呢。"他看时，正是黎嘉燕起来了。她在对面小客店里楼上，打开了窗户，支起镜子在桌上，正举了梳子，对着镜子梳拢头发。归效光向她摇摇手道："这个不好。天刚亮的晓风厉害，你怎么对了窗户坐着？"她笑道："你是只知其一，不知其二，这样的大纸窗户，到处是眼，到处是缝，打开和不打开，有什么分别？我们的车子有开的消息吗？"归效光道："经过我们昨晚在饭店的磋商，不会变更的。每辆车子代付五加仑酒精钱，岂能再有问题，可以开车了。人家也很体谅旅客的，昨天约好了八点钟开车，让我们可以睡到六点半钟起来。十二点钟以前赶到贵阳，我们可以在贵州省会吃餐好午饭。"她笑道："吃好午饭你请我吗？"

余有庆在窗户里伸出头来，向她笑道："黎小姐，你放心，我们在綦江打过赌，到了贵阳，要归先生请客的。"她问道："打什么赌？"他道："我们说这话，你不也在当面吗？请我们吃一顿，有你们的好处的。"他隔着一条街，临窗这样说话，声音非常之大。黎嘉燕只看看他，没有作声。归效光拖着他到屋子里，向他抱着拳头，连连地和他拱了几个揖，笑道："老弟台，你这样的叫法，我不要紧，她会生气的。"余有庆道："我又没有说你两个人要订婚，她生什么气呢。就是订婚，那也不是什么坏事，为什么……"归效光一伸手，将他的嘴握住，然后向他一鞠躬，笑道："老弟，我请你就是不要叫了。"这连隔壁屋子里的余家人都哈哈大笑。

第十四章

同游贵阳

这边楼上的哈哈大笑，让对过楼上的黎小姐和刘太太也听到了。黎嘉燕虽不知道这详细情形，可是这个出发点，她是揣摸得出来的，她只默默去收拾她的行李。刘太太道："男子汉就是男子汉，半夜里冻醒过来，现在又要收拾行李上车站，还这样哈哈大笑。"黎嘉燕笑道："大家笑笑也好，借此可以忘了疲劳。"刘太太把手上拎着的一个小包袱提到黎小姐睡的床上，两手按住包袱，向她笑道："黎小姐，我有一句话，不知道当问不当问？"黎嘉燕也忍不住笑，将手理着鬓发，对窗子外面看了去。刘太太道："他们好像是要在贵阳请你和归先生吃饭。若果如此，我也加入一股，好不好？"黎嘉燕笑道："你不要信他们开玩笑。我们……不，我和归效光也不过同事关系而已。真不要开玩笑！"说着这句话时，她将脸色沉下来。刘太太看到她这样一本正经，自然不敢跟着把话向下说。

可是不到十分钟，归效光就来了，而且他后面还跟着一个力夫。他向黎小姐道："我把你的行李先运上车站，你可以去吃早点。今日开车，是渝筑段最后一课，开出去不会停车的，一直到贵阳入站。你那个身体是不能再吃亏了。今天晚上我们请他们吃饭。"黎小姐听了，只管向他以目示意，他只好把话突然地停止，把眼向她翻着，不知说什么是好。黎嘉燕张着嘴正想和他说什么，可是心里一阵奇痒，扑哧一声地笑了出来。她一笑，归效光也笑。刘太太看了他两人这样的情形，那事实也就更可明了的，当然也随着他两人同笑了起来。归效光笑道："二位笑我来得匆忙吗？我是责任心太重，怕车子万一开了把我们扔在这个小镇市上，那可上不沾天，下不沾地。"

说着，故意忙碌了一阵，帮同着力夫把行李收拾妥当了，然后跟着力夫走去。

刘太太追到楼梯口上，向下叫道："归先生，我希望你再来一趟，给我把东西搬到车站上去。我们分工合作，我替你陪黎小姐到饭铺子里去吃点儿东西。"黎嘉燕笑道："这件事，向来归他办，还是由他去办吧。效光，你回头要来，可别过十分钟。"归效光也是看到她两人都高兴，也就跟着高兴，走到楼下店堂里了，他大声答应道："得……令啰！"黎嘉燕在楼上低声笑道："这个孩子，真是淘气。"刘太太笑道："黎小姐，我看这样子，你们的友谊已经进行到了相当的程度了。"黎嘉燕笑道："其实没什么。你越是拿那种眼光去看，就越像那意思了。"刘太太看她的表示，并不讳言这是一段罗曼斯，自然用着深一层的眼光去看了。

果然，不到十分钟，归效光又带了力夫来给刘太太搬行李，刘太太当然是称谢不置。归效光笑道："这没有什么，出门的人讲的是同舟共济。我们虽然不是坐船，同坐一辆车子也和同舟差不多。"刘太太道："我有什么帮归先生的呢？"他道："一路之上，黎小姐不是多承你照应着吗？"他这句话是不多经意地说着，黎小姐站在一边听了，不便否定他这话。刘太太是个女人，知道女人的心理，她也不便在这尴尬情形之下能说什么，只有一笑。还是黎小姐机灵插了嘴道："快点儿上车站吧。堆着满地的行李，你不去，可就少一个出力的人去收拾。真话，不开玩笑。"说着，向他使了个眼色。他在这个眼色之下，就不敢说什么了。

他押监着刘太太的行李，和挑夫走了。黎小姐开付了客店钱和刘太太带着两个孩子去用早点。刘太太却私地里赞赏了归效光一番，除了说他精明强干之外，而且说他对于黎小姐非常地忠实。黎嘉燕和刘太太已混得熟了，也就在言谈之间，微微透露了些自己对归先生的交谊程度。刘太太就约着到了贵阳，大家还住一家旅馆。黎嘉燕吃过了早点，也就不回避刘太太了。买了几个黑面包子带上车站，见归效光在车厢顶上刚收拾行李下来。她就迎向前两步，很大方地向他道："你有点儿公而忘私了。早上不吃点儿东西，那就饿到贵阳了，我和刘太太带两个包子给你吃。"刘太太并没有花钱，站在旁边听了这话，倒不好意思白捡这个人情，可又不便否认。手提的旅行袋里有只热水瓶，就打开水瓶来，斟杯水给他喝。可是黎嘉燕站在旁边，却画蛇添脚地多余了一句话。她向刘太太点着头说了好几声谢谢，归效光本来端着杯子就喝的，也就连说谢谢。这让黎小姐醒悟了，姓刘的送水给姓归的喝，姓黎的在一边道什么谢呢？回想过来了，不觉两腮一红，口里说声上车吧，她就径自走向司机座去了。这是大家上车的时候，同伴的都拥挤在车后厢门。看到黎小姐这情形，都也觉得她那个保守门罗主义的人，已是承认着门户开放了。

在大家欣喜的情况中，这里向贵阳的一截公路又比较地平坦，正好还是个大晴天，因之车子是加速度地向前进行。由乌江到养龙场的一段路上，还不免是重山秃兀。过了养龙场，越接近贵阳也就越看到山路草木的绿色。接近贵阳几公里，在四围山峰中，不断地发现平谷，偶然有新成立的树林，在平谷中拥起。在车上的人觉得是艰苦旅途，已告了第一个段落，各人脸上都表示了欣慰的样子。

十一点多钟，汽车开进了贵阳的车站。在车子上的人哄然一声，表示了各人的欢喜。余自清就在车上发表谈话道："大家都辛苦了，总愿意得一点多时间的休息。这里到衡阳的车子，明天是不会开的，至少我们可以在贵阳休息两晚。不过换了一段公路，据路局说车子也要换大些的，坐车的手续就显然不同。希望各位找好了旅馆，都通知我一声，我让归效光先生和各位随时联络，以免赶脱了车。我听说贵阳的招待所是最干净的旅馆，我决计住在那里，各位可以到那里去找我。有不愿跑路的，就在车站附近找旅馆吧。"他交代完了，方才下车。这时，旅客不像以往那样抢着下行李找旅馆了。大家把行李堆在车站里，然后腾出身子去找旅馆。

归效光首先就和黎嘉燕商量，也搬到招待所去，一来可以舒服些，二来有个照应。黎小姐当然答应，刘太太和她已相处得很好，也这样决定了。于是归效光叫来五辆小马车，把行李和人一路装载

195

进城。大家坐上了马车，都觉得新鲜，尤其是余家三个小孩子，笑着抢了上车。在重庆市郊，虽然也有马车，那马车是敞篷的，而且因为市区高高低低，车子根本不能来，只是跑野外的公路。贵阳的马车和重庆一样，是利用了汽车剩余下的轮带，只有两个轮子。不过这车身子和下江相同，也是个轿式的。这轿式却也名实相符，比轿子短，比轿子略大，倒顺可以挤着坐四个人。黎刘二位带两个孩子，共坐了一辆马车，车夫坐在车轿外横板上，赶着小毛驴似的马走。那车子一走两三颠，走得很慢。车夫索性跳下车来，在车边赶着马走。

黎嘉燕是没有到过贵阳的，自小在地理教科书上领教过贵阳，据说是全国省会最小的一个，而且说是街道很窄小，因之这个小省会的印象是很深的。可是车子进了，倒让她出乎意外，这里现出很直很宽的马路。两边市房都是两三层楼的。马车正经过一截繁华的街市，大体竟和重庆的街市相同，尤其是广播放音器，两旁连续不断地广播出音乐来。这形容着这个城市，已经是现代化了。不过街上来往的人，大半是走路，很少的几辆人力车在马路上来往。自己所坐这样的马车，根本就遇不着，汽车自然也是没有。偶然有辆吉普车经过，行人就老远地让着，这又很可以知道这个城市是缺少动荡的。

走了大半条街，转入一条巷子，马车在一片大广场面前停着，看时，这里居然有几所西式建筑的房子，夹了广场对峙。在西式建筑的外边，一座土库墙的房子闪出八字门楼，这就是招待所了。进得门来，是两重院落，由半西式的楼房围绕着。院子里两棵高大的常绿树，罩着院子里绿荫荫的，外院的粉墙和里院的隔扇照墙，全打扫得没有一点儿灰尘，这就先让人一喜。在账房里打听着还有房间，由茶房引了进去，里面是油漆的地板、蓝格的大玻璃窗。屋子里的家具，如写字台、穿衣橱、软绷床，竟是相当地摩登。

余太太走进屋来，先笑道："想不到一路歇着点桐油灯的小店，到今天还可以住这样好的旅馆。"黎嘉燕跟着进房来，也是满面的笑容。她道："这实在是可满意的一件事，不过这房间钱很可观吧？"归效光正提着小件行李向屋子里来，他就接嘴笑道："一路都辛苦了，可以舒服两天，多花几个钱，不过一两天，那也很有限的事。我已和你看好一间房子，你随我来看吧。"黎小姐对于这个建议，不加考虑就容纳了，跟着他走。他和黎嘉燕看的房间，在里院。房间小小的，一床一榻，雪亮的玻璃窗对着院子里一丛绿树。而且这房门在拐角处，又对了一堵雕花粉墙，仿佛另成个部落。

黎嘉燕点点头道："这很好，不过这屋子里就只能容纳我一个人。"归效光道："可是有两把椅子、两个方凳。我来了，足可容纳。"黎小姐望了他笑道："你都是为你着想，我是说把刘太太母子安顿在哪里呢？"归效光也笑道："她们又何必老挤着在你一处呢？这里有的是房间，再找一间就是了。我觉得你该有这么一间屋子，静静地休息一两日。听说这里到衡阳的一段公路更是险恶，我们都应当养精蓄锐，把身体休息好了，度这段更艰险的路。"黎嘉燕听说，抿嘴微笑了一笑。归效光因道："你觉得怎么样？不信任我这个话吗？"黎嘉燕笑道："我没有什么不信任你这个话。不过我推想，就是这截路平坦得可以降落飞机，你也还是让我休息的。"归效光笑道："那么，我总不是坏意。"黎嘉燕笑道："虽然不是坏意，你也很自私。"归效光道："我怎么会是自私呢？"黎小姐对他望着，微微地一笑，又连摇了两摇头，她笑得抿了嘴，却不肯说什么。归效光笑道："你必定以为我把你引到这间屋子里，我好来聊天。当然我有这意思，可是你就不让我来聊天，我也愿意你好好地在这屋子里休息，我很不愿意随便的人和你在一处。"她笑道："恐怕你这话，不是普遍地说的，乃是指着……"她说着，微笑了一笑，把话忍住了。归效光觉得她这话很有意思，很想把话跟着问去，可是院子里一片的声音叫着归先生。黎嘉燕皱了笑道："出去吧，出去吧，我不愿意人家开玩笑。"说着，两手就推了归效光出来。

他到院子里看时，同车的旅伴几乎有一半搬到这里来了。在大家都请托他的这份情面上，他就忙着和大家找房间安顿行李。忙了一小时，大家安定了，他还没有自找房间。那位刘太太过意不去，就找茶房给他安顿房间。茶房道："我们已经给这位先生留下一间屋子了，不会让给别人的。"于是就来和他提行李进房。所到的房间，恰好是和黎小姐间壁，两个窗子相连。

黎嘉燕听了这边的声音，就走出门来看看，见归效光在屋子里独自收拾东西，站在房门口问道："你也住在这里？"他道："大概就剩了这一间。"黎嘉燕低声笑道："那倒巧得很，你必须多给茶房几个小费，他是你肚子里一条蛔虫。"归效光也就哧哧地笑了。黎嘉燕道："你还是在养龙场吃的早点，该上街去吃饭了。"他问道："不知道余先生刘太太他们都走了没有？"黎小姐道："你打算请客？"他笑道："他们走了，我就专请你。"她道："他们没有走呢？"他道："我就在旅馆里再休息一会儿。"她笑道："你也太小气一点儿。"归效光道："你没有明白我的意思。假如你不问他们在家与否，愿意和我出去吃饭，我有什么不赞成的。"她摇摇头道："我买点儿东西在旅馆里吃，不愿意出去了。"归效光道："不是抗战，我们怎会跑到这地方来。今天到了这意料不到的贵阳，岂能不到街市上去采风问俗一番？"黎嘉燕笑道："去是当去，也不见得要和你同走才对吧？"他道："那是当然。我们一路出门，出门之后，各走各的好了。"说着，径自到黎小姐屋子里去，把大衣手皮包取出来，都交给了她。她也觉得彼此关系十分密切了，就都接受了。

于是就带上房门要走。她笑道："你还是那样满身风尘之色。你也当拢拢头发，洗把脸。"他道："一进房就洗过脸掸过灰尘了。"她笑道："你身上这套中山服也当换换。"这话提醒了他。看黎小姐不但梳了头发，抹了脂粉，身上也换了蓝色雪花呢旗袍，这是后方正时新的衣料。他哦了一声，就进房开箱子。她笑道："你慢慢换衣服吧，我在院子里等着你。"这么一说，倒证明了她是有意出去同游的了。十分钟后，他已换了一套灰色西康呢的衣服走出来，头发自然也是梳刷得乌光。黎嘉燕看到，先抿嘴微笑了一笑。

在旅馆里的旅伴，看到他们双双走出去时，都注目而视。黎小姐索性来个大方，向人家道："出去看看这复兴的贵阳吧。"这样，人家就不能再做笑话看了。他们经过了许多内地小县镇，又踏上了大都市，自然感到兴奋。由招待所出来，就正是贵阳繁华的街市。贵阳的城市原来是很小，经过日本飞机两次彻底的轰炸，市房烧掉了十之七八，这倒给了一个改造的良好机会。于是街道放宽了，市房也改得摩登化。原来贵阳的繁华区是大什字（西南地区于十字街口，多称大小什子），重建以后的贵阳，也还是以大什子为中心，分出了东西南北四条大街。大什子以北是最繁华的一段。立体式的新建筑，在店铺门口还有一道走廊。这象征了贵州天气多雨，街道上索性添了走廊来遮雨。开着大一点儿的铺子，倒多是下江人。

　　黎嘉燕在前，归效光紧随在后，顺了这条大路走。到了大什子，像一个广场的样子，中间立了花台。再向前，就看到城门了。他们走来的地方，就去城门不远，走了这截大街，又看到城门，这倒证实了这城区果然是很小的。不过因为街市已经摩登化了，还不会猛然地感到城区小。黎嘉燕站住了脚道："我们向哪里去?"归效光笑道："这问题问着了我，我还没有打听出来这里有几处名胜。吴三桂在贵阳建过皇宫，大概就是现在的省政府。此外有个花溪，这倒是个有名的地方，可是那在郊外二三十里路，今天去不了。"黎嘉燕笑道："你真不怕累，也不怕饿。"归效光道："你看，我跟在你后面走路，把出来干什么的都忘记了。我刚才看到一家广东馆子，布置得相当的精致，那里吃饭去吧。可是要回走一大截路。"她道："那为什么你早不说呢?"他笑道："我忘了，我……"说着，他伸手摸了一摸自己的头发，表示出踌躇的样子。

　　黎嘉燕笑道："你走着路在想什么。"他点了头道："我正在想一件事，可是我不敢说。"黎嘉燕看了他一眼，自行走着。归效光道："怎么还向前走，我们该向回头路走呀。"她哟了一声，回转身来走着。归效光道："你也忘了眼前的事。"她笑道："我是为你搅惑得心思乱了。"归效光笑着，跟在后面走。约莫是五分钟，她回转头来向他笑道："大概你又在想，你到底想什么。"他道："我还是不敢说。"她道："你说半截话，让人听了多难受。你勇敢一点儿告诉我，行不行？"归效光道："其实告诉你也不见得就是冒犯。我是觉得你今天太美了，我跟在你后面，好像闻到一种香气，这香气把我陶醉了，我……"她在前面，肩膀闪动了两下，似乎在笑，但并不回转头来。他又道："我这话不算冒昧吗？"她道："你胡说，我身上向来不用香水那些东西。"归效光道："难道你脸上的脂粉、头发上的生发水，那也没有香气？我只觉得你给我的印象越来越好，甚至你皮鞋走路的声音，我都会感觉得那是音乐。"她又闪着肩膀了，她道："你这个老实人也学坏了。"

第十五章

快人快语

　　由重庆到贵阳的这一截旅程，旅客是全数的辛苦疲劳了。现在到了贵阳，住得很好，吃得也很好，大家也都愿意找些娱乐，轻松一下。归效光却是和别人相反，一切反而感到紧张，时时跟在黎小姐后面，心里总想着要用一句什么话向她做进一步的表示。可是说到口里总忍回去了，怕是得着不良的反响。然而每次试探她的口气，又不十分顺利。也不见得完全碰钉子，颇是难于捉摸。自己也就自解着她的话说得不是错的，仿佛彼此的友谊进展得是太快了，就算和复员的旅程相比拟吧，现在还只到贵阳，归程也不过四分之一，爱程的进展可是太多了。反正也不能在路上订婚，又何必过于躁进。这样解释着，他又退缩了。这时黎小姐说句你这个老实人也学坏了，分明承认原来是个老实人。这就默然地跟随了她走，陪着在一家广东馆子里吃过饭，又陪着她在街上买些零碎东西，但他始终是规规矩矩跟着，没有说什么俏皮话。

　　不知不觉地又到了大什子路上，因看到许多人都向西面走去，也就向那里走去。到了那里，发现一条街后的长巷，是个大市集。在这条长巷，由南头到北头全是摊贩。巷子中间常有小小的空场，是四五年前被炸掉的房屋，于今还没有建筑起来。连这些空场在内，也全都是摊贩。这些摊贩一部分是卖旧货旧衣服的，他们大概全是两广的人，抛售了什物，好轻身回家。一部分是卖土产的，似乎是原来的市集移过来的，一部分是出卖美军剩余物资的，尤其以最后这一类为最多。纸烟、日用品、罐头、衣袜，每一项都有精致的装潢，堆叠在摊子上，五颜六色，非常地好看。而且这些日用品里，居然还有化妆品。

归效光笑道："原来美军剩余物资里面，还有这些东西。我若是美国人，我也愿意当兵。"黎嘉燕道："这是什么意思？"归效光道："你想呀，凡是香粉口红，这些东西，男子们是用不着的，当大兵的人都是粗线条，要这些细线条的东西干什么，那必是送给女友的。我当了美国大兵，我也可以送给我的女友了。而现在……"他们说着话，正走近一个剩余物资的摊子，他就伸了手，把摊子上的口红管子拿了起来，在手上翻来覆去地看了几遍，又点了两点头。黎嘉燕靠近了他站着，偏过头来，向他脸上望着道："你对于这个很感到兴趣？"归效光笑道："我正在想，这个或者不是剩余物资。但是由盟友飞越驼峰带了进来的，那却没有问题。只凭这点儿运输的艰难，我们就感到这东西的可贵。我想买它一支送我的朋友，你觉得好吗？"她也想跟着这话，向下说些什么。可是看到贩子正望了主顾，希望成交，便一面走着路，一面低声道："我们走着再看看吧。"归效光是始终跟随着的，她既然是走开了，也只有放下东西追踪上来。

黎嘉燕等他跟到身后，这才回转头来笑道："你是旅费带的太多了呢？我们向东走，正是化妆品便宜的所在，你在这里买化妆品带了向东走，那不是有意花冤枉钱吗？"他道："这个我明白。可是你要知道，自从上海沦陷了，英美货早已绝迹，现在向东走是买不到英美货的。"黎嘉燕笑道："人家有飞机，比你跑得快。你想，这口红能飞越驼峰到贵阳来，还不能飞越太平洋到上海去吗？"归效光笑道："这个我也明白。不过根据千里送鹅毛，物轻人情重，这东西还是可买。"

黎嘉燕听到千里送鹅毛这句话，不免吃了一惊。这就站住了脚，回过头来，向他望着道："你要送什么人的礼？"归效光看她脸上并没有什么笑容，而自己也醒悟到千里送鹅毛这句话大有毛病，这就笑道："这个千里送鹅毛的话是象征的，也许个人近得不能再近。因为再近，那就不是朋友了。那朋友待我是太好了，我必定对她要表示一点儿诚心。不过我有点儿惧她，我对她说话，常常有些颠三倒四。我就是买了这支口红，还不知道怎样地出手送给她呢。"黎嘉燕听了这话，心里又涣然冰释了，于是向他笑道："你保持了两小时的缄默，现在又开始说俏皮话了。"归效光笑道："我想着，始终保持缄默也不好，你可能怀疑到我的态度有什么变更了。可是话说多了也不好，我们古人就告诉过了我们，言多必败。"黎嘉燕笑道："这样说着，你倒为难了。"归效光道："可不就是，一个青年人他若是走到我这种境界里，那就是以渡难关为日常生活的。可是说是难关不是？这难关是神秘的，其中有无穷的趣味。要不，少年人为什么个个喜欢走这条路呢？"黎嘉燕跟在他后面，却没有什么言词来答复，只是把胁下夹的皮包在他脊梁上连连地碰了两下。但归效光立刻会意，就笑起来了。终于他们打破了前半小时的持重，谈笑着转绕了这个长可一里长的浮摊，大大小小买了些东西。直到傍晚，方才回旅馆去。

同伴已经知道他们两人的情形，不但不过问，还躲开他们免得妨碍了他们爱情的发展。只是到了晚上，归效光不能不到余校长屋子里去打个招呼，并顺便商量湘黔段车子的事情。而余家几个孩子就包围了他，非他请客不可！归效光笑着答应了。小孩子们又要求他和黎小姐双请，归效光也只好含糊地答应着。

到了次日早上，黎小姐还没有起来，隔着窗户便叫道："黎小姐，我今天请校长一家人吃饭，你和我做陪客吧。"她道："几点钟吃饭呢。"答是："十二点。"问："现在几点？"答是："七点半。"问："为什么这样早就请下了。"归效光依然望了玻璃窗户笑道："我老早地约好免得你预先安排日程，把这事挤掉了。你是非到不可的，所以我老早地约定。"他说到这里，那位在间壁屋子里的刘太太也出来了，见他离开着玻璃窗户两三尺说话，而玻璃窗又恰是有窗帘子遮着的，这就笑道："我以为黎小姐也在院子里呢。归先生，你有什么举动可别忘记了我啊！"归效光赶快抱着拳头向她拱了几拱，然后又伸手指指玻璃窗子，不住地使眼色。刘太太也笑了，低声道："真的，有什么举动，请不要忘了我。一路之上，多承照应。以后还有许多事，也要请你照应。我应当是参加你们盛典的。"

听到盛典这两个字，归先生就眉飞色舞了。可是他又抱了拳头再拱几拱，还走近了一步，才低声笑道："我当然希望有这一天，不过现在是言之太早。而且我要希望有这一天的话，还得请刘太太给我多鼓吹鼓吹。我有那么一个幻想，这事情应该是到了南京实现吧？"刘太太道："那么，归先生为什么今天请客？"他笑道："余校长几个孩子敲我的竹杠，要我请客。如其不然，他们就乱说。说我没什么要紧，对黎小姐是开不得玩笑的。"

他说话忘了神，一串地说下来，未免声音大一点。而恰好在这个时候，黎小姐打开窗户外推，伸出头来向外看着，这话当然也就让她听得去了。他觉得对于向黎小姐不能开玩笑的两句话，一定要加以解释，而急忙中又想不到什么解释，他就笑道："她学问道德样样都好，我是把她当为老师，我是对她取绝对尊敬的态度。"黎嘉燕对于这话承认是不好，否认也不好，两手扶了玻璃窗门，半红着脸向他笑道："大清早的起来，说这样客气的话。"归效光笑道："也是偶然谈起，说今天中午我这顿饭，请你作陪，务必要请你到场。"黎嘉燕微微地将眉头子耸了两耸，嘴角翘着笑了一笑。她没有什么话可说的，就向刘太太道："两位小朋友呢，还没有起来？你也该休息休息，你到我屋子里来坐坐吧。"说着，向她还招了两招手，可没有理会归先生。刘太太到黎小姐屋子里去了，他也只好回到自己屋子里去。那余家的孩子就分作两三批来找他，希望他不要忘了请客。他这时为大了难，不邀黎小姐出去作陪，小孩子们不答应。可能把他们弄翻了，以后老开玩笑。要黎小姐去作陪，恐怕她难为情不肯去。想着没有法子，只好横躺在床上。

事有出于意料的，黎小姐竟是推着门进来了，笑道："十一点多了，你还躺着呢，该请客动身了。"归效光翻起身来坐着，向她笑道："我正为这事为难，我又……"说着，他伸手摸了头发，表现出踌躇的样子。她笑道："我都明白了。不就是要我和你合请吗？两个人做东，合请一次客，那也算不了什么，我们就合请吧。"归效光抱了拳头，连拱了几下道："那你算救了我，我感谢之至！只要请他们一次，他们也就不会再开玩笑的了。"她笑道："我现在也无所谓，反正真的说不假，假的说不真。我为人向来坚强坦白，我感到我的态度有些变，已是不妥，再把那羞答答的样子对人，我这人就完全变了，我还是回到我那坚强坦白的性格上去。他们要我们双请，我们就双请，要开玩笑，就开玩笑。大不了说我黎嘉燕和你归效光要结婚。可是事实怎么样呢？有道是见怪不怪，其怪自败。我们如果坦坦白白地交朋友，一切行动也都坦白起来，人家就不会开玩笑的。社会上对于男女之间的行为所以感到兴趣，就因为大家好保守秘密，极平常的事故意弄出许多的神秘意味，自然就让人家注意，也就因好奇引起人家超乎事实的揣测。我们一切行为公开坦白，让人家知道我们不过是友谊较为深厚的老同事而已，那就什么玩笑都没有了。走，我们一路去请客去。"

归效光见她这样侃侃而谈，倒把脸上含羞的笑意也为之取消，于是和她一路到余自清屋子里来请客。余家全家都在屋子里，看到他们双双地来了自然也有些诧异。余大小姐楚兰坐在椅子上，满面都是笑容，偏过脸去，向在旁的余有庆眨了两下眼睛。余有庆站在屋子中间，更是忍不住咪咪地发笑。黎嘉燕只当不知道，向余自清道："校长，我今天上午和效光合请府上全家，还有刘太太，务必赏光。这大街上有家北方馆子，我们可以去吃点儿北方口味。"余自清早是站起来迎着他们的，笑道："先坐下谈谈吧。都是旅程中，何必这样客气。"黎嘉燕指了楚兰笑道："小妹妹要敲我和效光的竹杠，我们若不请她，她就要说出我们的罗曼斯来，还有有庆。"说着，她又向那小伙子笑了，接着道："你也是把这件事制伏着效光的。其实，我们没有什么罗曼斯，有什么罗曼斯大家也看见的。就是我们的友谊倒是相当深厚的，这件事就不秘密，朋友交情厚，让大家知道，不更好吗？既是我们友谊深厚，合做一回东，倒也应当。所以就是有庆不敲我的竹杠，我们也要请客的。我倒希望大家鼓励我们，让我们的友谊越发加深下去。有庆老弟，你说是不是？"

说着，她索性面对了余有庆望着，希望他答复一句话。余有庆这小伙子根本就有点儿怕黎小姐老抓着理由说他。这时她大马关刀地说出这一篇痛快话，急得他站在屋子中间只管转圈子，笑道："我没有敲竹杠，我没有敲竹杠。"说着，还把两手乱摇。黎嘉燕笑道："不管你敲没有敲，我一定得请。而且老弟台，你一定也得到。将来你也可以学学效光的样，这样交女朋友。小妹妹，你也得去呀！你将来也学我的样，正大光明地交男朋友，那就痛快得多。"她说着，又望了楚兰小姑娘。这一逼，把这位十四岁的小姑娘也臊得脸上通红，两手撑了椅子，身子只管向后，将牙齿咬了嘴唇，把头低了。

　　余自清先生是老于世故的人，他看出了黎小姐的作风乃是撒泼主义。她把牌全摊出来了，看你还说什么？这两位大小孩子，如何能受这反击？便立刻发了个哈哈大笑，接着道："黎小姐这话，可说是快人快语。我真要庆祝效光得着这样一位好友。好的，我们接受效光和黎小姐这个邀请，我们都去吃你一顿。我们当然也要还席的，不知道这还席是在汉口举行，还是在南京举行。"黎嘉燕笑道："在南京举行吧。到了目的地，大家吃得更痛快一点儿。也许那个时候，我和效光的友谊更深一层了。"说着，回头向效光道，"那个北方馆子，我们两人昨日晚上吃过一顿的，很好。你先去，预备菜，我陪着大家后来。所请的客，我一定全都请到。"归效光笑着去了。

　　黎嘉燕向余有庆道："你看他多听我的话，叫走就走。唯其是这样，女人才会喜欢他。你将来也得学他的样呀。"余有庆没什么可答复，只说"不敢不敢"。她向余太太道："像他这个样子，他算完了，交女朋友绝无希望。"余太太也就笑了起来。说笑一阵，大家反是不能抹了黎嘉燕的面子，都跟了她去吃馆子。她这一个热烈痛快的反击，非常地发生效力，大家正正经经地受归、黎一场招待没有人敢再说笑话。下午归、黎二人大大方方地并肩出游，也就没有人窃窃私议了。

　　在贵阳休息了两天，在车站上得了正式的通知。第三天早上八点钟，到衡阳去的车子出发。大家起了个绝早，又开始搬运行李。

206

这里向东的行程，虽已近了一截，可是和在重庆出发的情形却有些两样。第一是没有今日真离开了四川的念头。第二是在重庆就听到了，由贵阳往东，湘黔交界之处，全是山路。那里自前清以来就出土匪，尤其苗区，有些土匪是先杀人后抢东西。到了贵阳，大家都为这事担心，也都极尽可能地向各方面打听。所得的答复，各个不同。有的说贵州境内，现在有一个多月平安无事。有的说，在前两三个礼拜，黄平县过去的鹅翅膀劫过一回车，土匪逮着了，把他斩首示众。有的说湘黔通车有人保护，不要紧，而且是成队开行，土匪不敢动手。有的说湘西境内，雪峰山上不大平靖，详细情形这边不知道。总而言之，这条路上是不怎样安全的。男子们究竟胆壮些，听到也就听到了。只是妇女听到了，立刻就表示不安。除了问人，还问自己同伴的男子，其实这是谁都不能为旅客保险的，然而谁也不肯对人说这条路去不得。只有把好久没有出事来安慰，大家就担了一份心事上车。

余自清这辆车子原是妇孺最多。这次大家搬上车站，路局总算给了一种便利换了一辆大车，车厢里并没有酒精桶。除了余自清原班人马都容纳在这车上而外，另加了由贵阳到衡阳的五位客人，顶了原来由重庆到贵阳那几个人的位子，所以车子上倒并不拥挤。加之堆行李有了训练，车厢里就每人有个座位。自然，还是坐在各人的行李上。八点钟搬上车站，经过种种手续，直到九点多钟方才布置妥当。关于黎小姐的座位，归效光是时刻在心的。头一天晚上，就找着这一队五辆车的司机，向每个人表示客气。说是有一位身体不大好的小姐，请帮忙给她司机座上留个座位。当时，司机先生们就答应了可以考虑。到了这日早上，归效光又到车站上找本车上的司机，请到站外说了许多客气话。结果是大家脸上都有了笑容，回到站上，黎嘉燕也就安然地坐到司机座上去。

但在归效光的本心，是不愿黎小姐坐司机座的。据他所得的确实消息，前两个礼拜黄平镇远之间出了事，因为那里有一带险恶的山路，叫鹅翅膀，公路在山上盘旋着，处处受土匪的压制。两三个土匪伏在崖上，对了崖下的公路车子开枪，打死一个司机、两个旅客，全车的行李都被洗劫而去，坐在司机座上的人，对于土匪，可说是首当其冲，可是这话又不便对黎嘉燕说。她尽管意志坚强，那究竟是一位小姐，把她吓着了，影响到全车，所以他也只有暗下祷告苍天，但愿一路无事。车子在十点多钟，开出了贵阳，同行二三十人又开始受着长途颠簸的滋味。

第十六章

预备经过险区

由贵阳南行，公路都在山谷里转着。两边的山都是深赭色或黑山。山势虽然雄壮，只长些乱草并没有森林，没有风景可言。两点多钟，在贵定境内一个小镇市上打尖。和路旁的小贩商人说话，全都带着强烈的两粤口音，他们都是被敌人逼到贵州境里来的，虽然现在胜利了，还没有回家呢。晚上六点多钟，车子到了马场坪。在战前，这里原是个极不著名的地方。自黔桂湘黔公路通了，这里是个三岔路口，就成了贵阳向外的一扇大门。这个镇市既是因公路而兴的，因之两旁的店铺全是夹峙着公路建立起来的，大体的房屋都是两层木板楼。其间有几所砖房，那就是伟大的旅馆了。

这一队车子开到了马场坪，径直地开进车站。为了这是公路要点，这个车站也相当地宽阔，便是那候车室就可以容纳二三百人。车子停在空场子里了，旅客们将行李衣箱纷纷地搬进候车室，各旅客也就三五一组，共推着人去找旅馆。可是代表陆续地回来，全都摇了头，说是来晚了。这个镇市上大小有三十多家旅馆，全已住满了人。因为由昆明正有一批复员的壮士们今天在这里住下。他们是早一小时到的，三十多家旅馆，人家还觉得不够用呢。大家在贵阳过了两天舒服日子，不想离开贵阳的第一天就遇到了难题。

五辆卡车陆续地到了，旅客一百多名，全聚合在候车室里纷纷议论。余自清先生这辆车上的人，还是向他来请教。他坐在一条长板凳上，背靠了墙，慢慢地吸着纸烟，因道："你们何必慌张，我们现在停留的地方，四围有墙，头上有瓦啰。"他又指着旅伴们亮着的灯笼，笑道："还有灯火呢，有什么不能安身的。"黎嘉燕的行李已被归效光清理着，在靠墙的一个窗户下面放着。她也是坐在铺盖卷上休息的。她笑道："住这样一个大厦旅馆，我们倒也是很安适的。外面已在下着小雨，满地是烂泥，我们把行李搬来搬去，也不怎样舒服。不过有一点可注意的，就是现在很有点儿凉意。候车室里这样大，又是门户洞开的，我们若是在地上搭地铺睡觉，恐怕支持不住。"旅伴中有人道："我们买点儿木柴来生火吧。"

大家正议论着，归效光由外面跑了进来，后面还跟随了两个力夫。余自清笑道："看效光这个样子，大概旅馆还有办法。"他本来是直奔黎小姐面前去的，余老先生这样说了，他就回转身向他道："我看到大街两边，十轮大卡停着像两条龙似的，我就料着旅馆绝无办法。我想了个宝出冷门的办法，专门向小茶馆小饭店去打主意。结果，我一共走了十家这样的小店，居然八家有房间，我全数已订下来了。我们这一车子旅客的住所，全没有问题。"同车的人听了这话，都十分欢喜，把归先生包围了，都问他旅馆在哪里。他伸手搔搔头发道："旅馆都在这一条街上，并没有什么难找之处。不过八九家旅馆的招牌，我可背不出来。而且有两家小店，根本是没有招牌的，最妥当的办法是让我分批地来送。大概由近到远，分三批可以送完。"

刘太太在一旁听到，便插嘴道："那就请归先生先送黎小姐去吧。"黎嘉燕她知道归效光一定会和她想好办法的，所以大家包围归效光，她并没有过来。这时她就插了嘴道："我是一个人，那没有关系，先送余校长去吧，余校长的人最多。"归效光道："余先生的旅馆，就在黎小姐旅馆的紧隔壁，我一路送去吧。"黎嘉燕道："我看还是送同伴先去吧。我是一个人，怎么都好办，让有小孩子的先走。"余自清在人丛中站了起来，抬起手来向她招了两招，笑道："黎小姐，你沾我一点儿光吧。我的小孩子多，你和我一路先走。"归效光道："我和刘太太订的房间，也就在黎小姐一家客店里。"刘太太笑道："那么，黎小姐不必客气，你也就沾我一点儿光，我也是有两个孩子的。"于是她就过来和黎小姐提东西。归效光是手提着一盏白纸灯笼，在人丛里来回地走着，指挥了力夫和三家人捆挑行李。然后又在前面引路，将大家引到客店里来。他倒是尊老敬贤，只指示黎小姐客店的所在，把余自清送到这店隔壁去了。

黎小姐进了那客房，下面是所一间头的茶馆，一连摆三张桌子。桌子里有个直挡子楼梯。这里的店伙带着力夫，将行李搬上了楼。楼上也只是前后两间房，黎小姐的房间在前面，那里只有一张木床、一张两屉小桌，而两屉还是空有其名，只是桌面下两个洞，桌上陶器灯，盘子上面一根直柱顶了个小碟子，碟子里盛着桐油。油里漂着三根灯草，放出淡黄色的光。在光下看到这屋子上的瓦顶，木床只有下面的架子，架子上浅浅地铺了一层麦草。她笑道："刘太太，我们又住着这可怜相的旅馆了。"刘太太在隔了木壁的屋子里答道："我们该满足了。要不是归先生给我们想办法，我们在车站上搭地铺过夜，那更难过了。"黎小姐说着话，也想提起那桐油灯，照着力夫展开行李。可是一伸手见那灯檠柱上桐油堆砌的油腻，像黑泥似的涂满着，也只好把手缩回来，叹口气道："吃苦我不怕，我就是怕脏。"

屋子外面，归效光接嘴道："不要紧，有什么事交给我来吧。"他提着灯笼走进屋里，将灯笼挂在壁上。先打发了力夫的力钱，然后叫店伙来，将那桐油灯拿去，然后在网篮里取出两张白报纸铺在桌上，摸了个洋瓷碟子放在桌上，点了两支洋烛，滴好油在碟子里将它粘上。黎嘉燕笑道："你在重庆带上一卷上海航空报纸，我就奇怪，原来你是预备这些用途。"归效光道："我理想到这内地长途上干净不了，我们哪里有许多布匹来隔灰尘，所以把白纸带上。"说着话，在网篮里取出茶壶，他又下楼去了。一会儿工夫，送上一壶热茶来，益发在网篮里摸出两个茶杯放在报纸上，然后他和黎小姐在木架床上展开行李。

刘太太走了来，在门边站定，笑道："哟！茶都泡好了，有这样干净的茶具，黎小姐出门真是细心。"黎嘉燕倒没有考虑，笑道："不是我的。这是效光的，放在我网篮里。"刘太太道："人生以服务为目的，归先生真是做到了。这样的人担负家庭责任，一定是十分美满的。黎小姐说是不是？"黎嘉燕抿了嘴笑着。归效光将床铺整理好了，就斟上两杯茶，分递刘、黎各一杯。刘太太举着茶杯，连说谢谢，笑向黎小姐道："对过就是一家小馆子，我想请二位吃顿晚饭，可以吗？"黎嘉燕道："你请我没有理由呀。"刘太太道："我正是有理由请你。不是你介绍归先生，一路上我娘儿三个，哪有许多方便之处？"归效光道："我是以服务为目的，刘太太倒也不必客气。不过你们实在也该去吃晚饭了，再晚了怕吃不到东西。车站上那些同伴，我已托余有庆老弟去接他们投店。但是我还怕有庆闹不清楚，必得自己再去看看。好在小客店都是在前后左右，我得家家去看看，回头到对门饭店里来找你们。"说着，提了灯笼就走去。

刘太太笑道："你看归效光先生这人如何？不但精明强干，而且心地忠厚。"黎嘉燕笑道："你都批评过了，我还说什么呢？"刘太太道："你看他可以造就吗？"黎嘉燕道："我又不是大学教授，你怎么问我这话？"刘太太笑道："你自己想吧。"正说着，刘太太两个孩子跑了来，嚷着肚子饿了，刘太太就和黎小姐各自收拾一番，带着孩子们到对门的小馆子里来。馆子不像旅馆，不会被占得没有空隙，所以这倒是交通镇市上一个像样的饭店。梁上垂下来汽油灯，餐堂里的桌子还都蒙上了白色的桌布。在座堂角落上一副座位，归效光已经先来了。

刘太太笑道："你看我们摸索，客人都已先到了。"归效光道："不是二位来迟，是我到各小客店一看，同伴都已安顿好了，没有占我的时间，这里的客饭比贵阳又要便宜一点儿，是四百元一客。我已要了四个客饭，小孩儿算半个，并且我已泡好了一壶茶。"说着，他自己向柜上要了茶壶茶杯来。伙计随后，放了两大盘板栗和落花生在桌上。他向两个小孩道："小朋友，饭马上就来，你先剥着栗子吃吧。"刘太太和黎小姐抱了桌子角坐下，她偏过头去低声笑道："真是可以造就的人才。"黎小姐低头笑了。归效光笑问道："是说我吗？"黎嘉燕道："你不用问，反正不会是坏的批评。"归效光抱了拳头，向刘太太拱拱道："多谢美言。"刘太太也看了黎小姐微笑。这顿晚饭，大家吃得很高兴，大家是尽欢而散。

不过归效光心里，却有一件不便说出来的事，在高兴之中还有几分忧虑。因为明日的路程，要经过一段有名的匪区，是否会遭意外，问起人来，都答的是这条路上大概无事，但以前却是发生过事情的。他和余自清先生是同住在一家小客店里的，饭后就和余先生悄悄地去讨论这件事。余先生说："这事已经完全打听清楚了，危险地带是在黄平县过去的山区。山中间有一段路叫鹅翅膀，公路是屈曲地在大山谷里走，那里有山中土人出来行动。不过这两三个星期，却是没有出过事。好在明日有大部分的复员军车也要经过鹅翅膀，这是我们的福星高照。我们可以让第一批先走，在第二批军车还没有发动之前我们就走。这样，我们前后都是军车保护就不怕了。这种办法，已和公路局商量好了，我们明天早上开车，要看准时间。太太小姐们胆子小，这一类的事最好是不要告诉她们。明日早上你起早一点儿，和司机们取得联络，车子不要开早了，也不要开迟了。"归效光道："这是大家的安全，我想司机们一定也赞成的。"于是他就连夜去寻访司机。司机们正也是这个意思，主张夹在军车队里走。

这晚上正是不断地下着蒙蒙细雨，次日早上，还是阴暗的天色，稀疏地在半空中拉长着雨线。大家在烂泥地上，搬着行李上车。这时，看那停在街上的十轮大卡，已有一部分开动了向前，大家心里头颇为安慰。那是说，这大部分的军车已经为这队旅客车子开道了。司机们很机警，在马场坪还停留一部分军车的时候，这队湘黔公路上的五辆客车便开出了车站。由马场坪进行，公路上是转而向东。路上经过了羊毛镇、炉山县、重安江几个车站，车子是全没有停。因为鹅翅膀这个险要地方，上午九点钟以前，下午三点钟以后，全不是安全时间，司机要抢着在安全时间过去。由羊毛到重安江，公路都在山缝或小平原上走，在车上的旅客也就不感到什么精神威胁。不过在重安江附近，看到大批的苗民穿着绣花的青衣青裙，头上扎着青布包头，沿着公路上走，这事实告诉了人，这是深入苗区了。

十二点半钟，车子到了黄平县车站。公路是绕着城圈到车站的。这车站在大山脚下，由这里开始，公路就向大山上爬。由马场坪来的车子，就得开进车站，检查机件，免得上山以后出毛病。余自清这辆车子，是到站的第二名。司机劝旅客们下来休息休息，并吃点儿东西，上山以后就要到镇远才有大站，于是旅客们都相率下车。黎嘉燕由司机座上下来，站在路头上只管张望着，归效光迎向前笑道："你观察什么呢？这里只有三五家小铺子，倒是车站预备的招待所还干净，可是他们只为旅客找安歇的地方，不代办饮食的。"黎嘉燕道："我听到旅客们说，黄平出白木耳，我想打听打听价钱。"

她这样说着，不想路边铺子里有人答话了。他道："要白木耳，我这里有，请你来看货吧。"黎嘉燕看那铺子时，是灰色木板子支隔着的，还上了半边门呢。倒是黄泥砖堆砌的柜台上，也只下了一半的灰色窗台板。柜台里面站着一位老板，穿着蓝里变白的布长衫。黄瘦的脸子，两手按了柜台向外看着。黎嘉燕看那铺子里是空洞洞的，什么货物都没有看见，她很诧异地道："你们这里有白木耳？"那人也不多说话，就在柜台下面，取出两个纸盒子来。看那表面，却也是装潢美丽的。问问价钱，却是三万元一斤。那老板并取出了一撮样品给他们看，归效光看着只是笑。等黎嘉燕买过出了门，问他的原因，他笑道："我们巴巴地在重庆、在贵阳买白木耳，花了四万多一斤，白带这些路，不想反是吃了贵果子。"黎嘉燕道："可能是这里物价便宜的原因。这地方什么都没有，却有补品出卖。"归效光道："果然的，你该进一点儿食物。"她笑道："我已经看过了。大树底下那个小饭馆子，有牛羊肉煮的米粉出卖，不用说吃，就进那店门口，膻味就把我冲了出来，我不吃了，我旅行袋子里还有点儿饼干，我就对付打个尖吧。"

归效光走到那小馆子里去，果然是膻味扑面。而且这小馆子连桌子也没有，只是靠墙支起一个三脚木架子，上面铺一块木板，就当了桌子。山羊肉的不敢领教，胡乱吃了一碗牛肉煮米粉条，也不能再来第二碗了。这个黄平车站附近，共总不到二十家铺面，除了卖白木耳的，就是两三家小饭馆。旅客们没有地方去，都在车站的空场上散步。一问情形，本队五辆车子都到了。只是有一辆车子的钢板断了，要调换钢板，至快还得耽误一小时。

归效光看着手表，已是一点钟了，再延误一小时，就是两点钟，这对于经过鹅翅膀的时限，是太急迫了。有些知道路上情形的旅客，心里暗藏着几分焦急的情绪，都到修理厂去看。只见一辆客车，下了橡皮轮子，零件散了满地。车子用千斤座子支了起来，五六个修理工人坐在地上，正在卸除钢板。工人的态度并不急迫，有两三个人口里衔了纸烟，蹲在地上看着，慢慢地说着闲话。只有两个工人在动手修理车子。归效光看了一会儿，问道："请问各位先生，一小时内，车子可以修起来吗？"一位工人取出嘴角里的纸烟，向地面上弹了两弹烟灰，笑道："不要紧，若是到三点钟修不起来，车子就在这里过夜了。我们这里，天天有人过鹅翅膀，没有问题。"

归效光不便再问了，后又走到空场里来。这时，三三两两的旅客们正在互相谈话。看到有几个人面色现着忧愁，便走近去听话。有人道："这个月，鹅翅膀出过两回事。一次是劫一部车子，没有伤人。有一次劫了两部车子，还打坏三个人。匪人藏在公路转弯的山坡上，人在上，车子在下，而且正在转弯，他端起枪来瞄准了司机，车子不能不停。"又有人道："公路上堆了大块石头，车子根本过不去。我们今天天好的机会，正好跟了一二百辆军车走，十分保险，便是有辆车子钢板断了，在这耽误一两小时，眼见马场坪昨晚同伴的军车都要走光了。"说着，只是叹气。

归效光听了他这话，向车站外看去。正好那十轮大卡，两三分钟一辆，风驰电掣，卷起了黄尘，由面前过去。看看天上的太阳，已经歪斜到一边去了。他闲步又走到车站门口，见一个小孩子挽了一篮炒花生，便掏钱买着花生，和他闲谈，笑问道："小兄弟，这里过去都是大山吗？"他道："都是大山，你们要过鹅翅膀，还是早点儿走哇。上次在鹅翅膀受伤的客人，在这车站上住了好几天呢。"归

215

效光还要问他话时，来了两个苗妇，带着一个小女孩子，都是穿着很大的青布裙子，边上绣着粗花，裙子下打了赤脚。她们也掏出钞票来，向小贩子买花生。她们每人肩上，扛了一根带铁尖的扁担，像是赶集回山来了。归效光料着这里满山都是苗区，又回到修理厂去看修理工程，车子上的钢板都拆下来了，可是配的新钢板并没有装上去。在工人口里说着，还有四五十分钟可以修好。四五十分钟，不又是一小时吗？那就到了三点钟了。

第十七章

夜过鹅翅膀

　　这个时候，二百来名旅客，厂里走到厂外，有的抬起手臂来看着手表，有的抬起头来看着太阳，有些人索性叫起来道："今天不走了，我们开旅馆了。"还有几个人附和着道："就是这么办，就是这么办。"最后还是修理汽车的工人叫了出来道："好了，好了，上车吧。"归效光在怀里掏出挂表来看了看，已是三点半钟了，赶快跑到车厂外边来，招呼同伴上车。这些旅客们的心情，正是像热锅灶上的蚂蚁，听说上车了，大家就是一窝蜂地抢上车去。

　　这时在纷乱的人丛中，有一位穿红毛绳短大衣的女子走向前来，向归效光点了一个头道："归先生，我们的车子是要开了吗？"黎嘉燕在一边看到，却认得她，这正是归效光在桐梓介绍过的那位汪锦屏小姐。自从在桐梓谈话之后，黎小姐对于这件事，心里实在不太舒服，所以归效光见机一点儿，再也不和她接近了。这时她特意追向前来问话，归效光倒没有法子可以不理，这就点了头笑道："车子修理好了，汪小姐，快上你的车子吧。大概自此以后，车子要加速度地跑了。"汪锦屏对他点了个头笑道："今天也许可以赶到镇远，那是个大城市，歇好了旅馆我来拜访。"归效光连说着不敢当。汪锦屏匆匆地上她自己那部车子去了。

　　归效光却走到黎嘉燕面前，满脸赔了笑道："这位汪小姐，不是多此一问吗？"黎嘉燕笑道："这也无非彼此见面，找句话做个应酬。你不听到她说，到了镇远，她还要来拜访你吗？"归效光笑道："那当然也是一句应酬话。"黎嘉燕道："在这样百忙的情形中，彼此都还有工夫说应酬话，人的脾气就是这样难说。"归效光对于她这番批评，简直没什么可说的，只是微微地一笑。好在大家都是急于上车的人，也没有谁肯耽误，所以她似讥笑非讥笑的话也就没有了下文。十分钟之内，五部车子上的人都上了车了。

由黄平东行，公路还是在平原上奔驰。两旁的山树木森森，已不是光秃秃的了。不过或远或近，却都没有挡住路。车走了三十公里到达施秉县。公路并不由县城穿过，在车上仅仅能看到路南一个城圈子。这个城圈子里，除了有两处比较高一点儿的建筑，像是庙宇而外，只有百十幢瓦屋丛集在城圈子里的西角，这也就可想到这个县份是这样地穷荒了。因为这队车子还有三部落后，归效光这部车子和另一部车子，就在县城外一个镇市上等着。等到所有的车子都来了，于是喇叭一响，五部车子一齐开动。只听那橡皮轮子在公路上滚得沙沙有声，就知道车子的速度很快。凡是机警一点儿的旅客，这时心里都明白，过去就要到危险地带了。车子的奔走，大家也都感觉到危险性的增加。

由施秉东行不远，公路就开始爬山了。这里的山和黔北的山完全两样，灌木丛丛密密地长着，像是女人头上的烫发。这固然不像黔北的山那样光秃得难看，可是树木太芜杂，也减掉了山势起伏的美姿。这虽是冬天，这个地方的气候还相当暖和，所以也就有许多树木没有脱落叶子。因之虽是冬天，一点儿不带荒落的样子，而且还是更觉得凶猛。车子爬上了两个峰头，在车上的人前后看着群峦环抱，那是那种灌木堆积的峰头，看不到人家，也看不到人影。本来大家心里就有些不安，对于这环境更是心里头有些作怪了。

就在这时，山下有两部十个轮子的军车赶着追了上来。在马场坪的时候，这一队旅客车子和百十辆军车停在一处，大家都是十分高兴的。以为夹在这多军车里面走，等于由几千武装朋友护送过山。不料到了黄平耽误两三小时，让军车都抢了过去。这时又看到两辆军车，又有了保障，在车上的妇女首先叫起来了："军车，军车。"于是全车人的脸上都有了喜色。不过那军车却开得比旅客车快，在屈曲上山的公路上，陪伴了二三十分钟，这两部军车终于是开过去了。大家正恨着司机为什么不开快一点儿，却听车后汽车喇叭响起，回头看时，后面又有一辆军车跟来，而且这辆车子开得并不快，跟了这部车在山路上盘旋，好像是有意护送一样。车上的小姐们又叫起来了："还有军车，还有军车。"各人面上的喜容又推出来了。这样地压住军车走了二三十分钟，大家都觉得心里很安慰。而五辆旅客车子，自登山以后，也取得了密切的联络，总是前后相隔三五十步。到了一座比较高些的峰头上，车上人看到开过去的两部军车，也相隔不到半里路。又有人喊着："前面也有军车呢。"

大家正自高兴，这队车子最前的一辆却在路旁停住。第一辆停了，其余随后来的车子也都停住了。这时，旅客们的性情是焦急的，互相向车子喊问："怎么在这种地方停下了哇？"那第一辆车子的司机在公路上站着，向他的同行道："下来帮帮忙吧，油管塞住了。"于是五辆车子一条线地停在路边，司机们都下车去帮同修理第一部车子。前面两部军车自然越走越远，后面那辆护送的军车也就开过去了。

归效光由车子的后厢门伸出头来，四面张望。见这个地方，是一重山又一重山地环抱着。山上不但是有那丛密的灌木，而在灌木顶上也拥出那高大的乔木。这仿佛是到了群山的核心地带。四围全是山林包围，头上的天幕和下面的山林相接。半空里的风呼呼地响着，由对面山林子里来，又向身后的山林子里去。几十丈路外，有一座比这山更高的峰头，在森林之中显出了一条蜿蜒的小路，揣想着那必然是通达苗区的，太阳又偏斜到车后山顶上去了，时间更是不早。他见有位司机由面前经过，就低声问道："这是鹅翅膀吗？"他道："还有几公里呢，那路比这里险得多。"归效光听着，只暗暗地叫了几声糟糕。而且暗想着，若是那部车子修理不好，岂不要在这顶上过夜吗？他这样想着，就只管向车子外看了去。所幸前面有位司机叫声好了，各车司机回归机座，车子立刻又开了。

约莫走了两三公里，车子完全在山峰顶上开着。公路遇到了个峰头，就把那峰头开辟了，像是一个小山峡，车子就由峡中穿过去。

过了这山峡之后，公路就由上而下了。这里的山脉正不是一直下降，弯曲左右各伸出去几支支峰。公路就在支峰上，由左而右，又右而左，绕了较为平坦的地方，兜着圈子下去。在两条支峰不相连续的地方，就横空架着一道桥，车子由桥上经过。过了桥之后，公路兜半个圈子，转到了桥底下，把桥洞当了城门洞，车子穿洞而过。归效光记得人家桥洞当了城门洞，车子穿洞而过。归效光记得人家说过，劫车的匪人，他是在山峡的桥上，用枪打到桥洞里的车子的，大概这就是鹅翅膀了。也就是说，已到了几天以来心里最关念的鹅翅膀了。他知道这件事，闷在心里的人确是不少。所以他向车子外看看，也向车子里同伴的脸色看看，所有的同伴都绷着面孔，一点儿没有什么笑容。

车子过了那个桥洞，那公路是更显着急越地向下。由车厢后门倒看了出去，这条公路是被高山三面包围着。顺了一道深谷屈曲地走之字路下。向这个谷里，早已是没太阳了，由黄昏的景象变到景色苍茫，车子前面，那公路已经深入稀薄的烟雾里了。归效光想着，赶来赶去，还是赶到鹅翅膀摸黑。这万一出来几个匪徒，真是叫人一点儿抵抗力没有，而且一点儿逃跑的路径也没有。他这样想着，全车人也是这样想着。本来这车厢里三十多位男女向来是谈笑风生的。自到这日下午以后，全车人就不大说话，大家保守着缄默。自天色黑了，这车子里人更是有些惶惑，不知道车子外是什么情形。

正是大家焦虑的时候，忽然汽车喇叭前后齐鸣，向车外看时，倒让人心里又是一喜。原来这公路到了半山腰上，左右屈曲着，正好上下都可以看见。这时看到山底下，几十条汽车灯光放出一条条的白虹，在烟雾里射出去，证明前面的军车队并没有脱离得太远。同时，山上面也发现了一二十道灯光，这证明了后面也有车子，这队旅客恰是夹在中间。山上山下，虽然慢慢地转入昏黑状况，而这几十道电炬，由半空散漫到脚底，前后左右地盘旋，倒成为很好看的一个场面，尤其是各车的喇叭不断地响着警戒前后同伴，可说是声色俱历。这虽有几个土匪藏在山林里，看到这情形也会吓走。

这样地走了十来分钟，在山脚前面发现了一片白光，似乎是个平原上的城市区了。车上有人叫道："镇远在前面了，镇远在前面了。"又是十来分钟，车子完全脱离了山路，走到了平地，同时也就看到了房屋，车上人是不约而同地叫着一声好了。车子继续向前，进了一条市街，两旁的市房也是西南形状，都是竹木黄泥凑合着编夹的。昏黑中也分不出来哪里是车站，车子就在街旁上停着。

大家有了经验，既有大批军车在一处，就不找大旅馆了，只是找小饭店去问房间。这里到底是个大城市，所有的旅客都找到了小饭店。这还是个没有电灯的城市，归效光打着手电，找了三家相连的小饭店把全车的人都安顿下了。黎小姐、刘太太和余自清全家，都安顿在一家小饭馆的楼上。而这里的饭店老板却特别地客气，给各间屋子里，送上了一盏菜油灯。灯檠虽是陶器的，可是也擦抹得干净。那油碟子里漂了三根灯草，也清清楚楚的，不带什么油腻，这看到了，就让人感到三分痛快。在灯油光下，照见桌椅床铺都还是整洁的。

余自清走到屋子里，拍了两手道："虽然今天走了大半天的惊险路程，可是这旅馆倒比较地干净，让人心里先舒服一阵。晚饭我请客，给黎小姐压惊。"黎嘉燕住在隔壁屋子里，她接言道："大家都受惊，为什么给我一个人压惊呢？而且我坐在司机座上，根本就不知道经过了危险区哩。"余自清笑道："和效光压惊，也必得请你。与其请他而附带请你，倒不如将你变为主体，这自然是笑话。但我们紧张了这一下午，也当轻松轻松啊。"于是两间屋子里都笑了。

这旅馆楼下就是饭店。在三个头的菜油灯下，围了一桌子人吃饭。归效光坐在桌子旁，却是不住地发着微笑。余自清道："什么事你这样地高兴。"归效光道："我这番笑是大有原因的。我家有前清时候的教科书，是我叔父念的，小时，我还翻着看了看。在地理教科书上，看到了镇远一课。那书上形容着镇远这个镇市是湘黔的咽喉，形势非常地险要。文里还带着一个图呢，画着一条河，水向箭似的向下流，木船逆流而上，几十个人撑着。岸上的人站在石头上，

221

向河流眺望。我当时看了这图，也觉得十分险要。心里就想着，什么时候能到这地方去看看呢？那个时候我们在江苏，说是到贵州边境上来，那是不可想象的事。现在我居然到了，实在是感到莫大的兴奋。饭后，我一定要到街市上去看看。不然，明天一大早开车，就失之交臂了。"余自清道："原来如此，我也赞成你去看看。"黎嘉燕自然也是在这张桌上吃饭的，她微笑道："天下雨了，你倒有此雅兴，而且你还有个约会呢。人家来了，你让人家扑空吗？"归效光道："那是随便的应酬话，何必认真，我们一块儿去走走吧。"黎小姐正是怕那位汪小姐来拜访归先生，对于这个要求，慨然地答应，吃过了晚饭，两人带着手电筒和雨伞，就走上街去。

他们的车子进市，是由西而东的。自然这镇远的街市一定在东边，因之两人顺了方向，只管向东走去。走了约莫两里路，始终没有找到一条横街。偶然有个小横巷，却是通向街的南边，那里是一条山河，并无去路。街的北边，是一排很高的山，这山就直压到街上，所以坐北朝南的店房，若是有两三进，后部都比前部高，因为房子已经盖到山坡上去了。这山坡多半是陡削的，除了靠街之处并没有房屋，在街市灯光的反映之下，微微地看到山峰上有一排城墙。

归效光和黎嘉燕并排走着的，他就偏着头向她道："我们今天走到了一个奇怪的城市了。这个镇远城是只有东西并没有南北的，而且也只有现在走的这一条街。"她道："何以见得？"他道："你想呀，这街的北边是大高山，而且这山峰峰相连，绝不会中断。既不中断，这市区就向北扩展不开了。说到向南，街外就是大河，也无可发展。所以这个城市只有拉长两头伸展。"黎嘉燕站着定了一定神，笑道："大概差不多，我们还继续走走吧。"

又走了一截路，遇到几处较大的房屋，门口挂了匾额，全是党政军机关。再留心看看，有些大的商号也都在这条街上，而且也都是背山面河的。这时，天上飞着细雨烟子，街上的店铺多已关门，开了门的，也只敞着半扇。因为街上没什么人走路，几盏玻璃罩子的菜油灯很寥落地挂着，环境清净极了。那河里急流撞着石头的哗哗之声，很清楚地送入耳鼓。到了一个敞地所在，向北更看到街后的高山，在天空里排着巍巍的黑影。朝南有个缺口，似乎是码头。看到岸外一片宽大的河床影子，低低地落了下去，水声就由那里来。

黎嘉燕将手抄着穿的短毛绳衣，紧了一紧，笑道："凄风苦雨，很有点儿凉，我们这样游览，也太雅一点儿了。"归效光顺手扶着她的肩膀道："全城不过如此，我们不必看了，回旅馆去吧。"黎小姐顺了他这一扶，回转身来走。归效光这才醒悟过来，这还是第一次搀扶着她呀。看她那情形，倒并没有拒绝，那就索性扶着她的肩膀走了。

走了一截路，黎嘉燕道："回旅馆去，大家就该安歇了，恐怕那位汪小姐不会来拜访你了。"归效光在她肩上轻轻地拍了两下道："我极力尽忠于你，还怕你不能信任呢。我怎么会留心到那汪小姐身上去，以后不要提吧。"黎嘉燕笑道："你或者是这样想的，可是那位汪小姐只管向你表示好感，你又怎好始终不理呢？"归效光道："她又何必向我表示好感呢？"黎小姐摇摇头道："这话不好解释。比如我，又为什么向你表示好感呢？"归效光道："那我也努力不少吧？"黎嘉燕扭颤动着肩膀笑了一笑道："你不也可以向她去努力吗？"归效光拍了她的肩膀道："不许谈这个问题。你再要谈这个问题，我就要罚你了。"黎小姐咯咯乱笑一阵，才把这交涉中止。

他们走出来的时候，仿佛觉得街道很长，现在两人情话绵绵地走回旅馆去，一会儿就到了。余自清泡了一壶茶，在楼下店堂里坐着，见了他们，起身笑问道："街市很热闹吗？"归效光笑道："这是座奇怪城市，只有一条街。"余自清道："我也在街上看了看。这里的建筑，倒很有点儿仿造重庆制度。背对了山的，也是层层向上。背了悬岩的，也在屋后支起了吊楼。在山水之间这一线平地，立了这么一条街市。你不要看这是一条街，前清还是个府城呢，武官有个将军镇守，重视这地方是可知的。镇远县另外有个县城，在河的南岸，大概游人是很少光顾的。"归效光道："府城不过如此，县城当然不必去看。"

黎小姐和归效光来回走了六七里路，实在累了，先回楼上休息去了，归效光陪着余先生同在茶桌边坐下。余自清笑道："你今天兴奋极了吧?"说着，斟了一杯茶送到他面前，笑道，"请浮一大白。"归效光笑道："我其实没和她说什么。"余自清道："你是除她以外，满不用心了。我请你浮一大白，是恭贺你自小向往的镇远城终于达到了。"归效光想起前言，果然是自己误会，也就哈哈笑起来。

第十八章

看鱼和看箫

人过了一个险境，心里头总会觉得是格外轻松的，所以归效光这一行旅客是极其高兴地去安歇。这一晚上，全是细雨纷飞，因之第二日起床已过天亮很久了。旅客们在旅馆里洗脸喝茶吃点心，车队里的人也并没有催促。搬着行李上车的时候，归效光笑着问本车的司机道："今天你老兄倒没有催着上车？"他口里衔大半截烟卷，两手插在裤岔袋里，将肩膀扛了两下，答道："催什么？过去就是有名的盘山险路，天阴路滑，晚点儿走也保险一点儿吧？"归效光听了这话，心里就是一动。可是他为了安定人心起见，并没有提一个字。

行李都搬上了车，旅客跟着挤上去。黎嘉燕是坐司机座的人，她用不着抢位子，她从容地走来，落在人群的最后面。她见归效光在车外空地上来回散步，这就笑问道："为什么还不上车？"他道："我等着你呀。"黎嘉燕笑道："你以为会把我丢了？丢了也不要紧，在这山缝里，住个周年半载，也就把身体养好了。"说着，她走上汽车去。司机看着，向她点了个头，笑道："黎小姐不大舒服吗？前面可又是一段险路。"黎嘉燕站住了脚问道："什么险地，比昨天过的鹅翅膀还险吗？"司机道："这一带的路，说险就险，说不险就不险，上车吧。走这条路那完全是碰运气。"归效光连连地摇着手道："没事没事。"他完全是安慰黎小姐的好意。正好那位汪小姐提了一只旅行袋子，由身后经过抢着去上她的车子。她这就站定脚回转头来向二人一笑，接着道："黎小姐，不要信他，他总是把话骗人的。"黎嘉燕向归先生抿嘴笑着，点了两点头。好像她心里在说，人家可批评你了。他只好一笑了之，并不答复什么。

大家上了车，在阴云满空的天气下，车子开着走了。由镇远市开出去，不到几里路，车子就开始爬山。这里的山，已完全脱离了贵州穷荒的样子。车子爬上了高山，比昨天所经过的道路，那是另外一番样子。满山都生长苍翠的松柏，在绿树林子里，夹杂了赭黄色和朱红色的树叶。松柏叶子是细形的，而红叶却是大形的。绿树林和绿树缝里，露出了这些黄红叶，是非常好看。这又正是阴雨天，那山谷里飞起来的云雾，环绕在树梢和封锁在半山腰里。在这些半红半绿的山巅上，又凹下去许多小谷。那些小谷，整个地云雾涨漫着。这在江浙地方，也很难找到这样秀丽的风景。要说这里面藏有土匪，那是太不配合了。车子走了几个山头，左右前后，都是这些树木浓密、云雾迷糊的所在。慢慢地车子四围云雾加重了，车篷上听到滴滴笃笃的雨点，打得清脆入耳。有时车子走下坡去，溜进一座山谷。四面的山峦环抱，中间闪出一幢木架房子，除了房子前后，都是树林围绕而外，在这种山谷里，一定有一道环绕的山溪。阴雨之后，满溪里全是潺潺的流水声。

这在车上的几位先生们看到这种景致，都觉得很好。余自清首先拍了大腿称赞着道："这地方太好了。我想抗战八年，在这种山谷里的人，除了偶然看到头上飞过一两批敌机而外，是最不感到火药味了。就是看到敌机，他们哪里又会知道是可怕的？所谓桃花源中人，我想这里的居民是当之无愧的了。"归效光听说，向他连点了两点头，微微地笑着。余自清问道："怎么看？我这话说得不对吗？"归效光道："深山大泽，实生龙蛇，在地形上有些事我们是看不出来的。这地方叫作盘山，也是很有名的地方呢。"余先生一路行来，也就早已听到人说，盘山是个匪区。他向归效光回看了一眼，也没有说什么。

这车子在雨雾里走，却是没有稍微停止。所幸经过的路全是山地，公路在天然的沙石路上建筑起来的，车子虽然在阴雨里走，但是公路上并没有丝毫泥浆，车轮子在沙土上滚得唆唆作声。虽然车窗子外，只见天上的雨丝成千成万地斜牵着。可是只看那四围的山林，全让雨水洗得干干净净，青翠欲滴，也依然是满眼新鲜，非常地好看。他心里尽管惦记着这地方不免出土匪，可是他被这新鲜的风景所吸引着，有时也就把那份危险给忘记了。

车子在雨雾里穿过了若干座崇山峻岭，经过一条下山的坡路。归效光在车上向后倒看着，见山路旁边，立着一块木牌坊，上面大书"盘山"两个字。这牌坊上的字，是由西向东悬起来的。车子也是由西向东，根据了这一点，乃是说这盘山的境界牌，是告诉东面来人的。由西出去的人，倒看这牌子，是说由盘山出来，这已离开盘山的大门了。心里拴着的一个疙瘩，这倒是解了开来，觉得精神上的压迫已经是轻松了许多了。这木牌子西面，公路顺了山势，来回地布着之字的形势，共有三四十道曲折，那是渐渐地向上高升的。这木牌子东边，这公路虽然也是曲折地来回，可是车子只管向下而不向上。正是那说，木牌所在地是盘山的最高峰，离了最高峰越远，也就危险性越少了。只半小时的工夫，这个大山完全跑尽。在盘山木牌子东西，只有云雾环绕着山林，不看到人家。过了木牌子三十分钟，人家也就出现了。在山麓上，车子在一丛木架房屋的旁边奔驰了过去。

归效光失声道："好了，有人家了。"车厢里的陈老太太向是表示经验老练的，这就问道："怎么着，我们又过了一截险地吗？"归效光笑道："老太太，你放心打瞌睡吧。我们今天晚上住旅馆的时候，慢慢地说经过的事，那是会更觉得有趣的。"这位老太太靠了车厢木壁坐着，两手抱了膝盖，正是不住地做一个打瞌睡的姿势。她听了这话，将她的双下巴翘了起来问道："你说这话，以为我们老太太胆小无用吗？我有了八年抗战的磨炼，什么危险困难，我们都不在乎。"归效光笑着连连地点头道："我们绝不敢笑老太太，不过八年抗战精神，倒不一定老太太独有，凡是我们在车厢里的人，都有这么一点吧？而且这年头都是一样的，谁也不会打什么折扣的。"这么一说，全车厢里的人都笑了起来。由于这阵笑，更增加了车厢里的轻松气氛。

车子外的雨势随了车子的前进，也更见得浓密。两边的山势，有时离开很远，公路就在山缝里的大小平谷中穿过去。在上午九点多钟，到了三穗县。这个小县城位置在平地上，公路并不进城，绕城而过。在县城的东门外，有几家专为公路旅客开的铺子，车子就停歇在这里。雨正在下着，在车厢里的旅客都感到烦闷。因为司机喊着，他们要在这里吃饭，于是旅客们借了这个机会，都跳下车来。

　　路边两家茶饭馆，墙壁粉刷得一新。敞着店门，店堂用栏杆分开了左右边。摆设的桌椅都还红漆新鲜。黎嘉燕首先由司机座上下来，就奔向了一张干净的桌子。归效光见她伏在桌子沿上，弯腰牵扯着衣服的下摆，这就笑道："你这次下车落座，考了第一名了。"黎小姐将鞋子踏着桌下当当作响，笑道："你不听听这桌子底下是火盆，坐下吧，先烤烤火。"归效光这才看清楚了，一个矮白木架子架住了一只大火盆，里面横直搁了许多木炭，那炉火正熊熊地燃烧着，归效光当然也就跟着坐下来。

　　随后跟来的那些旅客们看到他们共坐一桌，就没有什么人过来，各坐着外面几张桌子。归效光向大家招着手道："到里面来坐，不更暖和一点儿吗？"刘太太在隔座带了孩子，向他们点头道："大家挤着暖和些。"归效光道："我们这桌子底下有火盆。"刘太太笑道："每张桌子下都有，也不见得你那桌子下的就特别一点儿。"余自清老先生坐在更外的一桌，他正划了火柴吸纸烟，笑着喷了烟道："那是见仁见智之不同，例如我就觉得最外面这张桌子好。喝着茶吸着烟，看了这外面的雨景，也非常地有趣味的。"这样说着，让归、黎二人共坐最里面那张桌子，却没有别人来参与。这倒让他两人受到了窘，坐着不动是不好，坐着别人的桌上去也不好。黎嘉燕调皮一点儿，她站起来，笑道："我也到门口看看雨景去。"说着起身走到屋檐下来。

　　这家茶饭馆，一边是店堂，一边是灶房。那拦门灶前面，悬空两列横挡，有许多挂钩，上面整刀的肉、整块的猪肝，尤其是两尺多长的大鲤鱼，悬着好几条。同行的孩子们都向那鱼指指点点。余太太在外面座位上笑道："你看这些孩子让鱼馋成什么样子了。老实告诉你，由这里向东一站的鱼比一站的多，你们要吃鱼往后有的是。"她这样解释着，那五辆车上的司机和押车的队长正向那挂钩边指着大鱼，一个司机笑道："老板，这条鱼大，你就给我们做这条鱼吃吧。"厨子听说，就在挂钩上把鱼取了下来，放到灶边砧板上，就把来剥鳞。司机们更对了厨子笑道："我们为了吃鱼，才在这里休息的。你若不给我们做鱼，我们还不在这里休息呢。你让我们吃得好了，我们就愿意老在这里打尖了。"厨子笑道："好的，我们把鱼做得好好的，还给你预备两壶好酒。鱼中段是红烧，鱼头鱼尾给你们煮上一锅豆腐。"这些车队里人听到这话，一齐鼓了掌叫着要得。

那些小孩子们听到这话，都在脸上现出了一种羡慕的样子。余自清拍了他自己小孩子的肩膀，笑道："你们不要急着想鱼吃，现在是九点多钟，吃午饭太早。到了前面大站头，我们一定吃一顿饱鱼。你们要继续保持着这想吃鱼的精神就好，可别有一天皱起眉来说是顿顿吃鱼。"黎小姐在屋檐下望雨，这时算是把刚才一点儿难为情搭讪着混过去了，这就笑道："不管怎么着，这几年在四川，鱼实在吃得太少，前面不知道有什么大站可以吃鱼。我今天晚上，可以做个小东，请大家吃回好鱼。"

陈老太在最后面的一张桌子上坐着，她表示了她对这条路线的内行，扬着脖子道："由这里过去，是贵州的玉屏县。这个县份的名字就雅得很。雅的地方，自然也出雅的东西，这里出洞箫和笛子。据说，在这县境里，有个地方的竹子做洞箫最好，由头到尾共是五个节，每节的尺寸都长得一样的长短。可惜这个地方的竹子，每年只出一二十根。其余的竹子虽然都可以做洞箫，就不如这山上的恰到好处了。"余自清道："陈老太知道这出竹子的地方叫什么名字吗？"她笑道："我也是听到人家这样说的。不过我相信这个传说总不会假，因为每个出产物品的地方总有最好的原料和最好的制造品。当年玉屏箫还是贵州省进贡最好的东西呢。"黎嘉燕笑道："我们谈的是吃鱼，可以说俗得很。陈老太却只管说雅事，这和我们的口味相差得很远。"陈老太太笑道："哦，我原是一站一站地谈过去，只管谈玉屏箫，把问题就扯远了。玉屏过去，就到了湖南境地了。第一个县份是晃县。这县里就有几条河，县城附近也有河，要吃鱼，那太不成问题了。"她说到这条路上的老经验，就越谈越有味，大家听她的话，归、黎二人的事就不为人所注意。

黎小姐回到里面桌子上来，归效光已将茶壶悄悄地斟上一杯茶，放到她的面前。黎嘉燕坐下来，向她低声笑道："喝杯热茶，冲冲寒气吧。"黎嘉燕端着茶杯，眼光却向外面几张桌子看了一看。归效光笑道："没关系。"他正说这句话时，恰好那位胆子最小的王七佳由身边经过。他猛可地站住了脚问道："又有什么乱子要发生吗？"黎嘉燕觉得他这个岔打得很有趣，忍不住笑，一歪头，把口里含的茶喷在地上。王七佳更是愕然，望了归效光道："我问了什么外行话吗？这一路几个险要地方，是鹅翅膀、盘山、榆树湾、雪峰山，不知道还有些什么危险地带。"他笑道："王先生，你不必打听。我们一路福星高照，不会有什么问题的，尤其是我们和百十辆军车夹在一处走，这比任何情形之下都要保险。我说没关系是另外一件事。"王七佳道："是什么一件事呢？"他笑道："到了南京的时候，我再告诉你。"这么一说，引得黎小姐又笑起来了。王先生对于这个哑谜，始终不大明白，也就只好默然地算了。

大家很愉快地休息了一点多钟，司机们已吃过了饭，大家上车在雨中继续前进。归效光坐在车厢里不时地发着微笑，因为他想着和黎小姐的爱情逐渐地暴露，已到了准公开的情形下了。两个人同坐一张桌子喝茶，别人就不来打搅。也许到了武汉，这事情就瓜熟蒂落了吧？人家都说黎嘉燕是个性坚强的人，不容易对付，而自己在最短的旅行期间，就把她把握住了。复员回家，并没有升官发财，原可以说是毫无成就。现在若是娶得这样一个美妻，最后五分钟还是落到了成就的，这也可以自慰的了。想到了这得意的地方，他就免不了笑意上脸。

余有庆和他坐得最近，常看到他的笑容，就问道："归先生老是

230

高兴，这一路都没有了问题了吧？"归效光道："你就少开玩笑吧。"余有庆拍了腿道："嗟！我说的是路上不会有什么危险，你又猜到你高兴的那件事上去了。你大概坐在车上不说话，就想到了你那高兴的事。"于是车上的人也都哈哈大笑起来。这样，就免不了和归效光打趣。

在大家高兴的当中，很快地就到了风雅名称的玉屏县。公路又是绕了城圈子走，到了东门外一条冷静街口方才停住了车。这司机也很风雅，在车外叫道："要买箫的赶快呀？我为大家停二十分钟。"这话引起了大家的趣味，连女太太们在内，都跳下车来买箫。这里七八家店铺，除了一两家茶饭馆，全是卖箫的。卖箫的铺子，正如他卖的东西那样清闲，店堂里横列了一堵木柜台，里面的货架子只列了几只长盒子和几支箫笛，冷清清的。店外屋檐上，正飘着疏落的雨点，也添了一番清冷的趣味。旅客下了车，在柜台里的商人都有些像冬天的饿鹰，睁眼看了肥胖的小雏。

归效光奔了一家大些的店铺前去买箫，老板取出许多长木盒子来打开，里面用红蓝绸衬托着两支洞箫。这竹子很奇怪，只有大拇指粗细，是扁圆的。竹子的外皮，让人磨琢得十分光滑，分黄色和白色。箫管上并雕刻着画和诗句，归效光将箫看了几对，却分不出好坏。余自清老先生他也来了，笑道："我有点儿小内行，告诉你吧，白的是本色，黄是烟熏的。箫管上刻的诗画，那是装潢，不关重要。你先要看两支箫的节，是不是一样齐。然后横了三个指头，比着每一个箫孔的距离。最后，你能品箫的话，就可以试试它的声音了。"归效光道："原来有这些讲究，我还专挑刻得好看的要呢。"于是他照着老先生的话，试了两支白箫，又把两手捧着一支送到嘴唇边去对口风。吹了七八次，比了七八次，一点儿响声都没有。余自清笑道："洞箫本不容易吹响，那是磨人性情的乐器，玉屏箫更不容易吹。你倒不必吹，买几支带回去送人就行了。不吹，当古玩摆，不也很雅致吗？"

归效光摇摇头笑着，也就胡乱买了几对，并给黎小姐也买了两

231

盒，送到司机座边让她去过目。她接过箫，什么也不看，先横了三个指头，在节孔中间比了几比。归效光笑道："呀！你原来是内行。"黎嘉燕笑道："算你没有买错，你再给我买两支笛子来。我不掏钱了，算是你送我的。"归效光连说着"当然"，就跳着雨地，再去给她买两支笛子送了过去，并附带有一包竹膜。他因雨下得紧，不能在车子外站着，就回到车厢里去。车厢里的人也都互相在看箫。

这时，忽然车子前面，呜哩呜哩一阵悠扬的笛声送了出来。大家都问，这是谁吹笛子。余有庆道："是黎小姐。"余自清道："黎小姐还有这一手，我认识她多年，今天才知道。这个调子是《梅花三弄》，不是老手，还吹不起来呢。"归效光听着，脸上发出极高兴的微笑。余自清笑道："效光，我也很高兴，我改首唐诗打油一番吧。一车旅客去长沙，东望南京要返家，有个甜心吹玉笛，司机座上弄梅花。"车上的人听着，都笑了。

司机座上的笛声停止了。黎嘉燕拍了车板问道："你们笑什么?"余自清道："我们恭贺效光呢。"她问道："恭贺他什么?"余自清道："恭贺他以后可以常常听到《梅花三弄》。"她咯咯地笑着，却没有答复。余自清道："这复员的旅途，若都是像这样地轻松，再走两个月，效光也是不嫌久的。"大家都是一路被福星高照着，而效光所得的福星之高照，却比哪个都多呀，全车人又是一阵笑。车子在大笑声中，向贵州最东的边缘前进，而要踏入湖南境了。

第十九章

胜利的果子

由玉屏东去，公路有时在平原上，有时也在山谷里。若是在山谷里，那丛杂的树木黄绿相间，天气还是继续地下着雨，林木被雨烟雨雾笼罩着，很有江南秋雨的景象。到了平原上，村庄前后连接着，挑担子的、背筐箩的，路上来往不断。经过一个村庄，大树簇拥了几十幢民房。村子外有一道白粉墙，黑墨大书着"湘黔锁钥"四个大字，这是进入湖南境了。公路常是在一条山河的南岸走。河里是水平如镜，总有里把路宽，两岸都是小丘陵或树木夹峙着，益发映得这河水成了淡青色。有那长不满丈的小船，小桅杆悬着桌布大的白帆，船是像移动又不移动地在水里漂着。这环境是太幽美了，尤其是那满空的细雨，增加了不少的诗情画意。在四川长大的孩子们很少看到这种环境，大家爬着窗户眼下，大叫看船看船。在车厢里的旅客，都为了这事发挥议论。在大家的愉快情形中，也就不感到旅途的寂寞。

下午两点半钟，车子抵达了晃县。这是湘西最远的一县，在报纸上也是常露面的。汽车在大街上停着，司机叫着："各位下车找旅馆吧，天阴路滑，车子不能走了。"大家听说，自然又是先推壮丁下车。但大家在街头一看，又是感到绝望的事情。街的两边全都停了十轮大卡，这可知车上所载大批复员人物捷足先登，已把所有的旅馆都订下座了。大家互相地看了一眼，又互相做了一回苦笑。但尽管苦笑，旅馆是不能不找的，在满地泥浆、天上落着雨线的情形下，奋勇去找旅馆。车辆所停的这条街道上，除了小吃馆，几乎全是旅店，找起来倒也不十分费事。干净的大旅馆没有，被人挑选着遗留下来的小客店却还是有。

归效光是深怕黎嘉燕小姐受了委屈，跑了四五家客店，终于找着一间临街的楼房。这房子不小，里面有两张床铺，他心里想着，两张床铺就让它空余一张吧，不要对黎小姐说明了。告诉她时，她必然做个顺水人情，又把刘太太全家引了来。虽然刘太太在这里并不会受到她什么拘束，有些话还是不能很爽快地说着的。如此想着，就一路摇头，跑到汽车边去。因为满地是泥浆，黎嘉燕还在司机座上坐着。他笑道："很不容易地找到一间屋子，凑付着住下吧。反正比川黔道上总要好得多。"黎嘉燕笑问道："是两张铺吗？"他还没有答复，刘太太却正提着两件行李，由车上下来，笑道："有两张铺吗？还是让我和黎小姐去做伴吧？"黎嘉燕道："他还没有答复呢，不知道找的是一间什么屋子。"归效光笑道："房子大不了。刘太太的房子交给我了，我负责一定找一间大些的房间。"刘太太道："那我就很感谢了，这一路上都麻烦归先生。"黎嘉燕道："大雨淋漓的，你让人家在烂泥地里老站着，那是什么意思？"

这么一说，归效光什么也不好说，只有找了挑夫来，把她们的行李都挑走了向旅馆去。这小客店楼下是所客堂。两旁全让给别人开了商店，只有楼上全是连着左右邻居的，有了一带房间。归效光把行李带进门来，那账房先生就迎着道："哎呀！没有了房间了。你们三位是一家吗？楼上就剩一大一小两间屋子。大屋子两张铺，归先生你已经订下了，就剩一间小屋子，只有一张铺。"黎嘉燕问道："效光，你是向来只为别人，忘了自己的，你已经有了房间了吗？"他笑道："我不忙，夹道里都能搭地铺。"

说着话，挑夫先把行李关进了大屋子。黎小姐一看是两张铺，就憾然地向刘太太道："还是我们凑合到一处吧。只剩一间小屋子，就让给效光了。满地泥浆，你还要出去找旅馆吗？"说着，她向归效光望了去。他看这样子，也是违拗黎小姐不过的，笑道："我随便，二位合适就行。"刘太太有点儿觉悟，归效光始终没有赞成自己和黎小姐合住一间屋，不可以勉强，便道："我还是搬到那小房间去住

234

吧，我这两个孩子闹得很。"黎嘉燕道："这家客店，可没有了房间。你把那小屋子占了，效光他又得出去想办法。挑夫把行李挑来挑去，人家也不愿意。"这话正中了挑夫的下怀，笑道："不用去找旅馆了，家家都住满了，这个小码头来了几十辆车子客人，哪里容纳得下？再有车子来，站的地方都没有了。"归效光笑着，没有了考虑，给了那挑夫的力钱，就搬到小房间里去。

他把床铺叠好了，要水洗过了手脸，他正想到那边大房间里去，门框上却咯咯地有人敲了几下，回头看时，正是黎小姐靠了门站定，向屋子里嘻嘻地笑着。归效光道："请进来坐吧。"她倒是随着这话走进来了。看到屋子里只有一张床一张两屉桌子，连凳子也没有一条，要坐就坐在床上，她也不坐下来，手扶了桌子低声笑道："你得罪刘太太了。"归效光道："我怎么会得罪她呢？没有敢乱说话呀。"黎嘉燕道："你挑好了一间有两张铺的房间，为什么不让她和我同住？"归效光道："你单独地住一间屋子，不觉得清静一点儿吗？"黎嘉燕摇摇头道："你的用意还不在此。"归效光笑道："我对你说出来，也没有什么关系。你看，她住在你屋子里，我和你要谈什么话都得受着拘束。"黎嘉燕冷冷的颜色，不带什么感情，问道："难道她不在我屋子里，你和一位小姐说话就可以不受拘束吗？"归效光笑道："当然相当地受拘束。不过……"黎嘉燕向他摇摇手道："不要谈这些问题。余先生一家住在哪家旅馆我们还不知道。老先生带了全家大小，他够累的，你也应当去看看。我不愿意人家说，一路之上，你就只招待了我一个人。"归效光道："我知道，他就住在隔壁小客店里。"黎嘉燕道："既是这样近，你更应当去看看。"归效光道："等茶房把你的茶水都预备好了我再去。"黎嘉燕笑道："难道你不在这里，茶房会给我冷水喝？你去吧，我会给你照应房屋。"归效光笑着，还想说什么。黎嘉燕指着门外道："去吧，我命令你去。"归效光说了句"得令"，真的走了。

黎嘉燕回到屋子里，刘太太已把屋子里收拾清楚了，笑道："你大声说着，命令归先生去买什么？"黎嘉燕笑道："这话你听见了。

他这个人，做事倒是干脆。不过有时和我商量什么事情来，总是拖泥带水。"刘太太见房门是敞开的，先向门外看了一看，然后笑道："小姐，男子对于女子都是这样的呀。不过，这在某一个时期是这样的，到了男子们如愿以偿了，那又当作别论。老实说，一路之上，我就不愿和你同住一个屋子。这对于归先生拖泥带水的作风，是有妨碍的。"黎嘉燕脸上带了三分笑意，又带着两分烦厌的样子，摇摇头道："一个长途旅行的人，到了旅馆里，就该休息了。前五百年后三百年，那些无聊的话谈个没完，什么意思。我倒是欢迎你和我同住一间屋子的。"刘太太笑道："你不是可以对他下命令的吗？你命令他不要多说不就行了吗？"黎嘉燕道："我又不好意思让他难堪。"

刘太太走了过来，轻轻地拍了她的肩膀道："那有什么话说，这就是你被他降伏了，我当年做小姐的时候也是这样，不愿刘先生老和我起腻。可他一味地低声下气，我又没那勇气不让他腻我。这是女人一个短处，也许是天理人情吧？腻久了，我也莫名其妙，他说订婚，我就订婚，他说结婚，我就结婚。"黎嘉燕鼻子里哼了一声，摆着头道："我不能那样好说话。"

两个人正说笑着，归效光却回来了。他径直地走到屋子里来，笑道："余先生真是个教育家，他对自己的孩子们也不肯为小事失信，他带他们吃鱼去了。我看小饭馆门口，全挂着几斤重的大鱼，尤其是鳜鱼，这东西自入川以后，就没有尝过。看到之后，真有些馋涎欲滴，我们也去吃鱼吧。"刘太太两个小孩子对于大鱼也是心焉想往。大孩子就跑着拉了刘太太的手道："妈妈，我们吃鱼去吧。好久你就答应我到汉口吃鱼了。"刘太太笑道："这个你倒记得。不过现在还没有到汉口呀。"归效光笑道："大概我们这一群，十有七八今天都会在晃县吃鱼的。"刘太太笑道："那么，到了湖南境内，给予我们一个强烈印象的，恐怕就是吃鱼。"归效光摇摇头道："不，对照得最为强烈的，还是湘黔两省的语言。我们几小时以前，走到贵州最东的一县玉屏，人民还说的是西南官话。到了晃县，情形就完全两样了。这里人说话，纯粹的是湖南口音，而且多数字音是卷着舌头说出来的，我们听着是半猜半懂。这百十里路，语言相差得这样厉害。而由四川到黔东，山川绵延几千里，反是没有什么大分别，这不是很有趣的事吗？"

黎嘉燕笑道："得啦，坐下来休息休息，我这里是刚泡的茶，你喝一杯吧。"归效光道："我的意见，我们现在就去吃小馆，没有吃鱼以前，先让饭馆子里茶房和我泡一壶好茶。这里不就是喝湖南茶叶吗？"黎嘉燕道："满街泥雨淋漓，寸步难移，我就叫一碗面来吃吧。"归效光道："还是去吧。挨着屋檐走，还不算怎样难走。"黎小姐笑道："我也成了小孩子了，等着吃鱼。"归效光看到床上放着她的皮包，就拿了起来，递到她手上。看到她的大衣挂在墙壁上，也取了下来，两手提着大衣领子，披在她的身上，然后笑道："还是去吧。过去几人家就是小馆子，走入了湖南境界，天气显然是凉着一点儿的了，你由馆子里叫面来吃，恐怕不大适宜。尤其是外面细雨纷飞，面碗里飞进了生雨下去，那不是与卫生有碍吗？赏光吧。"说着，还微微地鞠了个躬。黎嘉燕笑道："像你这样请客的人，可说叫人是却之不恭。刘太太，我们一路去吧。"归效光也就改变了方向，对着刘太太也点了个头，笑道："兄弟做个小东。"

刘太太笑道："我叨扰归先生一次可以，到前面大些的码头，我再来回请。不过这倒是可以给黎小姐一点儿教训的。"于是回过头来向黎嘉燕笑道，"我说的话怎么样？男子要是请女子吃饭或者听戏以及其他，凡是男子们预备做东的时候，你很少有办法可以拒绝。"归效光笑道："我实在没有考虑到请客还有什么不妥的地方。"刘太太摇摇头道："不是这个说法。刚才你不在这里，我曾和黎小姐谈到……"黎嘉燕乱摇着两手道："不说了，我们吃大鱼去吧。"刘太太也就收住话锋，一笑而罢。

三人叫茶房锁了房门，带着孩子走出客店，果然不多远的路，就是一家饭馆子。这里的客店自然是旧式的布置，进门便是厨房。厨房里照例有个陈列菜肴的木架子。架钩上除了挂着鸡与猪肉，最引人注意的，就是大鱼了。有条大鳜鱼，颜色很新鲜，约莫有一尺四五寸长。归效光指了架钩上笑道："好大鳜鱼，自别宜昌以来，不见这样大鳜鱼，九年于兹矣。"黎嘉燕和他并肩走着，将手膀子碰了他一下，微笑道："你也太难点儿。"归效光哈哈大笑。引着大家到了后面客座上，却见有好几副座头都来着同行的客人，而且有两张桌上正都用盘子盛着红烧的大鱼。他便低声笑道："你看嘛，这不是大家都有这点儿感想吗？"

大家说笑着找了副座位坐下。茶房过来，问要些什么菜。两个小孩子都举起手来说："我们要大鱼，我们要大鱼。"茶房看了这样子，也引得笑个不住。归效光道："好！我们就先决定红烧鳜鱼。我看到你们厨房里挂着的那条鳜鱼很大，就是那条鱼吧。"茶房道："还要什么菜呢？"归效光道："到了湖南了，我们得享受享受湖南的物质了。你把好的本地茶叶给我们泡一壶茶来。"黎嘉燕笑道："人家问你要吃什么，你倒是变着了要茶，我们就喝茶吃红烧鳜鱼吗？"归效光道："我们的唯一目的，就是吃鱼开荤。吃过鱼，其余就都可以随便了。"茶房笑道："由四川来的客人除了吃鱼，都是在我们这里吃湖南腊肉的。"归效光道："那也好，炒一大盘湖南腊肉来。"刘太太笑道："其实，你就不说明要湖南腊肉，他也不会给你四川腊肉吃的。"于是大家又都笑了。黎嘉燕道："人家茶房在这里等着呢，快把其余的菜决定了吧，我们也都饿了。还不是早上在镇远吃的早点吃？"

归效光向茶房望着，正要向他说菜，黎小姐这样地说着，他又偏过脸来，向她笑道："人类文明进化到现在，我们总也算此生不虚了。在贵州大城吃过早点，到湖南大县来吃午饭。"黎嘉燕和他是抱了桌子角坐着的，这就伸过手来，轻轻地拍了他的手臂道："喂！你是怎么回事，刚把问题谈拢，你又扯远了，男子们真是拖泥带水。"她说拖泥带水，还是根据了在旅馆里说的那些话。刘太太自然明了，抿嘴微笑着。归效光以为真是要菜的事拖泥带水了，立刻把菜就叫好了。

一会儿菜送上来，刘太太两个孩子首先地抢着拿起筷子吃鱼。

他们是跪在凳子上的，这却向桌沿上伏了半截身子，老远地把筷子伸到鱼碗里去吃鱼。刘太太笑道："幸而没有陌生人在一桌吃饭。你看，这是多献丑的事情？"归效光摇着头笑道："不然，我们虽没有到前线去打仗，但是无论怎么无表现，也过了八年的抗战生活，而且连这两位小朋友在内。现在早已坐飞机东下的接收大员，固然是大食其胜利之果。然而就以我们在这里吃鱼而论，也是胜利之果的一份。他们今天享受这点儿胜利果子，应当让他们痛快地吃。"刘太太笑道："他们这胜利果子，可不是得自日本人手中的，而是由归先生口袋里掏出来的。"归效光笑道："刘太太，这样吃胜利果子而由我做个小东，我是极为愿意的。我也吃着胜利果子呀。"刘太太笑着哦了一声，先看着黎小姐然后又看看归先生，问道："你说的这胜利果子，是指的盘中鱼吗？"归效光笑道："当然也有其他的事情。"

黎嘉燕也微笑着，她向窗外面看了一看，笑道："我们不要老谈吃鱼的事，好不好？这有点儿寒蠢相了。我看天色已经开朗了，饭后无事，我们也可以参观参观这县城。"说到这里，正是茶房又送一碗菜来的时候。归效光道："我和你打听打听，你们这附近有什么名胜古迹吗？"茶房对于这话不大了解，瞪了眼睛望着他。黎嘉燕道："他是问你们这里，有什么可玩的地方没有？"茶房笑道："县城不在这里，离着这里还有一两里路。这个码头，是公路通到这里以后新开的，这里叫新市，没什么好玩的。过去半里路有一道河，河上有桥。你们不是喜欢鱼吗？可以去看打鱼。"归效光哈哈笑起来，摇了头道："我们这些四川来的人，真透着有点儿馋相了。"茶房见话不投机，也就不言而去了。

归效光道："这个地方，除了地方性的小名胜，恐怕是没有游览之地的。因为原来的晃州，是现在的芷江。这个地方，叫晃州驿。由贵州到湖南的大路，在这里设个驿站。民国手上才改为晃县，历史很短的。"刘太太道："归先生并没有走过这条路，你怎样知道得这样清楚？"他道："既然选择了这条路走，少不得翻翻和这条路有关的书籍。"刘太太道："这可见归先生遇事留心。我们是到了一个

239

地方，才知道一个地方的名字，这样走路，是有点儿糊涂账的。"黎嘉燕笑道："我们又不做地理学家，打听得那样清楚做什么。我们的旅程有个目的地，只要顺了这旅程能找到目的地，那就得了。"刘太太道："你有归先生这样一个伴侣，当然用不着打听什么。"黎嘉燕道："那也因为是团体旅行的缘故。"刘太太道："我说的不是这回，往后你到哪里去旅行都有好伴侣的。"黎嘉燕微笑着，却没有说什么。刘太太笑道："若以得着胜利果子而论，黎小姐的收获可说是丰盛的。"刘太太的大女孩子有七岁了，老提着果子，她就问道："什么果子呀，我们也买一个吃吃吧？"刘太太望了她笑道："你呀，你还早着呢，至少也得十四五年。"她道："等那么久呀？"这样一说，大家全都笑了。

（未完）

图书在版编目（CIP）数据

银汉双星·一路福星 / 张恨水著. — 北京：中国
文史出版社，2018.6

（民国通俗小说典藏文库·张恨水卷）

ISBN 978-7-5205-0001-2

Ⅰ. ①银… Ⅱ. ①张… Ⅲ. ①长篇小说-小说集-中
国-现代 Ⅳ. ①I246.5

中国版本图书馆 CIP 数据核字（2018）第 010532 号

责任编辑：卢祥秋

整　　理：澎　湃

出版发行：**中国文史出版社**

网　　址：http://www.chinawenshi.net

社　　址：北京市西城区太平桥大街 23 号　邮编：100811

电　　话：010-66173572　66168268　66192736（发行部）

传　　真：010-66192703

印　　装：廊坊市海涛印刷有限公司

经　　销：全国新华书店

开　　本：720×1020　1/16

印　　张：16　　　　字数：223 千字

版　　次：2018 年 6 月第 1 版

印　　次：2018 年 6 月第 1 次印刷

定　　价：48.80 元